TRILOGIA LOGOS

OS PARDAIS DO VELHO MUNDO

GABRIELA FERNANDES

Copyright © Gabriela Fernandes, 2025. Todos os direitos reservados.

Todos os direitos desta publicação são reservados à Vida Melhor Editora Ltda. Nenhuma parte desta obra pode ser apropriada e estocada em sistema de banco de dados ou processo similar, em qualquer forma ou meio, seja eletrônico, de fotocópia, gravação etc., sem a permissão dos detentores do copyright.

Copidesque	Clarissa Melo
Revisão	Wladimir Oliveira
	e Maurício Katayama
Projeto gráfico e capa	Gabê Almeida
Ilustrações	Marianna Correia
Diagramação	Sonia Peticov

Dados Internacionais de Catalogação na Publicação (CIP)
(Câmara Brasileira do Livro, SP, Brasil)

F363o
1. ed.   Fernandes, Gabriela
         Os pardais do velho mundo / Gabriela Fernandes; ilustração Marianna Correia. – 1.ed. – Rio de Janeiro: Thomas Nelson Brasil, 2025.
         368 p.; il.; 13,5 × 20,8 cm. – (Trilogia Logos; 2).

   ISBN 978-65-5217-154-2

   1. Ficção brasileira. I. Correia, Marianna. II. Título. III. Série.

01-2025/140   CDD-B869.3

Índice para catálogo sistemático: 1. Distopia: Literatura brasileira B869.3
Bibliotecária responsável: Aline Graziele Benitez – CRB-1/3129

Os pontos de vista desta obra são de responsabilidade de seus autores e colaboradores diretos, não refletindo necessariamente a posição da Thomas Nelson Brasil, da HarperCollins Christian Publishing ou de suas equipes editoriais.

Thomas Nelson Brasil é uma marca licenciada à Vida Melhor Editora LTDA.
Todos os direitos reservados à Vida Melhor Editora LTDA.

Rua da Quitanda, 86, sala 601A - Centro
Rio de Janeiro/RJ - CEP 20091-005
Tel.: (21) 3175-1030
www.thomasnelson.com.br

⚠ Este livro não é recomendado para menores de 16 anos. Contém cenas de violência, coerção e tortura.

Para todos aqueles que anseiam viver eternamente.

PRÓLOGO

ANO 318 DEPOIS DA CHEGADA

ZION VIROU COM TODA VELOCIDADE o corredor escuro, pegou impulso em uma falha no concreto da parede e pulou sobre a grade suja de poeira. Conhecia aqueles becos como ninguém; eram sua casa desde a infância. As longas pernas de um jovem recém-desenvolvido lhe davam certa vantagem contra os soldados da República. Todas as crianças descartadas eram altas e bastante corpóreas, um critério dos genes escolhidos pelos pioneiros.

Ele diminuiu o ritmo; a respiração começou a ficar mais pesada. Olhou para trás e não viu mais a armadura que o perseguia. Olhou o pacote no bolso e notou que estava intacto. Um dos cantos dos lábios se ergueu.

Idiotas!

Ele puxou o capuz do casaco sobre a cabeça, ocultando boa parte do rosto, e seguiu pelas ruas estreitas de Baca com a naturalidade de quem não tinha acabado de vivenciar algo fora do comum. De repente, sentiu um tremor embaixo dos pés seguido de um estrondo. Bombas! Olhou de um lado para o outro. Uma batalha entre os exércitos da República e da Fenda acontecia perto dali. Precisava ir mais rápido se quisesse chegar a tempo no esconderijo.

Atravessou a avenida abarrotada de lixo a passos largos, aplicando-se em não chamar atenção. Virou mais uma esquina e, quando estava próximo da entrada do prédio abandonado, deu de cara com um homem velho sentado no chão; estava todo encolhido e tremendo de frio. Um retrato cada vez mais comum na cidade, já que as indústrias da República haviam sido fechadas e transferidas para outros locais por causa da guerra, deixando os trabalhadores sem recursos.

Passou direto. Não poderia dividir o que carregava no pacote, mal era suficiente para alimentar o grupo durante a noite. Mas, de repente, seu corpo parou.

Droga! Às vezes era irritante o quanto a consciência tinha controle sobre ele. Girou os pés e foi até o homem.

— O que você quer, garoto? — o velho disse e levantou os olhos.

Zion tirou o pacote do bolso, separou três pequenos empanados de frangos, de forma que ainda sobrassem três para os amigos e dois para ele mesmo, oferecendo-os ao homem. O olhar dele reluziu e a boca se abriu como se quisesse salivar. Provavelmente não via carne há muito tempo.

Inclinou-se um pouco mais e sentiu o odor forte de um corpo que não encontrava água havia semanas.

— Pegue logo — Zion disse irritado.

O homem levantou a mão e, com um movimento rápido e desconfiado, puxou os empanados e os enfiou na boca, mastigando-os com desespero e esperança.

Zion endireitou o corpo e, após soltar um suspiro pesado, retomou o caminho até o esconderijo. Já não se sentia tão satisfeito consigo mesmo por ter surrupiado comida dos soldados da República. Era tão pouca que passaria a noite com fome de qualquer maneira.

A Fenda dizia que a fome era culpa da má administração da República, já a República alegava que a situação era consequência da Grande Revolta e da Fenda. Mas ele não tinha certeza de nada. As coisas eram assim desde que ele se lembrava.

Entrou no prédio por um buraco aberto por armamento pesado e atravessou a escuridão do salão principal. O chão estava tomado por pedregulhos e musgos. Pegou a escada de emergência e começou a subir os degraus de dois em dois.

A cada andar, grandes janelas sem vidro deixavam que a luz da rua invadisse o ambiente. Ao chegar no décimo oitavo andar, ele parou diante de uma delas e passou a observar o brilho das explosões das bombas que iluminavam a linha do horizonte.

Quando finalmente chegou no último andar, abriu a terceira porta do corredor. O espaço abarrotado de móveis e utensílios de escritório amarelados e desgastados pelo tempo estava tão silencioso que ninguém diria que ali vivia uma das pessoas mais tagarelas que Zion já tivera a oportunidade de conhecer.

Deu um assobio característico, que só ele sabia fazer, e, em poucos segundos, um rosto magro e astuto, ornado por um par de óculos quebrados, surgiu atrás de uma mesa tombada, seguido por mais dois garotos, um atrás do outro. Zion e os três rapazes usavam a sala como uma espécie de esconderijo e aproveitavam para descansar e dividir suprimentos.

— Até que enfim, estávamos esperando por você — disse Oliver, o mais velho, que veio em sua direção pulando em um pé só. O menino havia se machucado enquanto fugia de uma patrulha de inspeção. Usava um uniforme próprio, feito por uma junção de várias peças das roupas dos soldados de ambos os lados da guerra, inclusive uma medalha de identificação com um nome muito esquisito.

— Você conseguiu alguma coisa? O dia foi fraco e estamos morrendo de fome — o segundo garoto resmungou, a franja castanha caindo para o lado.

— Trouxe alguma coisa, mas precisamos descer, pelo menos até o bombardeio terminar.

— Estávamos prestes a fazer isso. — O terceiro e mais novo do grupo foi até a janela e depois correu escada abaixo.

— Não vou conseguir descer tão rápido desta vez. — Oliver deu uma risadinha e apontou para o pé.

Zion abaixou-se para que o garoto subisse em suas costas. Com o menino se segurando firme, os dois começaram a descer. Os estrondos e fleches de luz que vinham de fora aumentavam a cada passo.

Oliver estremeceu sobre seus ombros quando alcançaram o último degrau. O chão estava coberto de uma crosta de pedregulhos causada pelos deslizamentos e poças de água amarronzadas. No teto, alguns pontos de fissura deixavam escapar uma sinfonia de gotejos.

— Cara, isso está mais fedido que você — o garoto murmurou.

Zion virou o rosto para trás, os olhos afunilados.

— O que disse?

Os outros dois se entreolharam. Oliver jogou a cabeça para trás e soltou uma gargalhada.

— Eu só estava brincando. Fica calmo. Claro que eu não fico te cheirando. Se você fosse uma garota, pelo menos.

Zion balançou a cabeça, suspirando baixinho, e continuou andando até encontrar um lugar confortável e seco para que o garoto pudesse se acomodar. Assim como ele, Oliver havia sido uma das crianças do Projeto Descarte, e, apesar das diferenças em seus temperamentos — Zion mais sério e reservado, e Oliver mais irreverente e tagarela —, ambos compartilhavam uma afinidade especial, um entendimento silencioso que vinha do fato de terem vivido experiências tão parecidas.

Os quatro se sentaram em um meio círculo, o silêncio tomando conta por um momento. Zion puxou as pernas contra o peito e, com um gesto simples, alcançou o pacote de comida no bolso. Pegou dois empanados, um para ele e outro para Oliver, e entregou o restante para os outros garotos, que já estavam ansiosos para comer.

— Por que só dois para você? — Oliver perguntou, inclinando-se para espiar a parte de Zion no pacote, enquanto os outros já estavam devorando a comida sem cerimônia. A pergunta era despretensiosa, mas Zion percebeu que o tom de Oliver era de alguém que sempre estava observando mais do que parecia.

— Tinha mais, mas... — deu uma única mordida e concluiu ainda de boca cheia: — dei um par deles para um velho sentado aqui nas redondezas.

— Ah! — Oliver balançou a cabeça de forma positiva. — Você parece durão, mas no fundo tem um coração molenga, igual o dr. Haskel.

Zion ficou emburrado.

— Cale a boca e apenas coma.

Oliver riu. Então, pegou o empanado extra, partiu em dois e estendeu metade na direção de Zion.

— Pega!

— Você precisa mais do que eu.

— Nada disso — Oliver sussurrou —, eu fiquei a tarde aqui sem fazer nada enquanto você correu pelas ruas, passando a perna nos manés da República. Precisa de muito mais do que eu. — Começou a balançar o pedaço de frango na frente do rosto de Zion. — Se não pegar, eu não como nada.

Zion hesitou, mas no fim agarrou a carne branca já quase desintegrada.

Depois de comerem, os quatro ficaram encolhidos, as mãos abraçando as pernas, no tempo que ouviam bombas caírem cada vez mais perto. O coração de Zion pulsava forte e, embora tentasse disfarçar, Oliver também tremia, mesmo não admitindo que estava com medo.

Será que estavam seguros ali?

— Sério, Zion — o garoto começou a dizer de súbito, a voz tão empolgada que não deixava sinais de que estavam no meio de um bombardeio. — Eu daria tudo para dar uns cheiros em uma garota. Me conta como é.

Zion franziu o cenho um tanto confuso, os dois outros garotos riram.

— Por que você acha que eu sei?

— Ah, conta outra! — Oliver deu um soquinho que mal fez cócegas em seu ombro. — Bonitão assim do jeito que você é, já deve ter estado com várias.

— Não tenho tempo para isso — murmurou.

— Como não?

— Hã! Talvez porque eu passe o dia todo tentando sobreviver.

O sorriso de Oliver sumiu, ele ajeitou os óculos, respirou fundo e descansou a cabeça na parede.

— Cara, você tem tudo para viver. Quem me dera ter ganhado os mesmos genes que você, já teria beijado algumas ruivas.

Zion arregalou os olhos e sentiu o rosto corar, meio horrorizado, meio envergonhado. Para disfarçar, pegou um pouco de terra e jogou no garoto. Os outros dois se sobressaltaram.

— O que eu tenho que fazer para você calar essa boca e parar de falar tanta besteira? — disse.

Os ombros de Oliver começaram a subir e a descer no balanço das gargalhadas que soltava. Zion não aguentou e começou a rir também. Os outros dois se juntaram a eles até que os sons de terror foram substituídos por risos juvenis e de euforia.

Zion abriu um dos olhos e, instintivamente, levantou a mão para bloquear a luz que entrava pela rachadura na parede e atingia diretamente seu rosto. Olhou para o lado, e dois dos garotos já haviam saído. Somente Oliver ainda estava encolhido em cima de um pano, como alguém que não tinha nenhuma intenção de acordar. No entanto, o estômago de Zion já começava a doer. Era preciso garantir a primeira refeição do dia.

Odiava pensar assim, mas, depois de uma batalha, era mais fácil conseguir coisas boas: os mortos não precisariam mais de nada.

Esfregou o rosto, obrigando-se a despertar por completo. Em seguida, ergueu-se e permaneceu um minuto com as mãos estendidas sobre os joelhos enquanto baixava a cabeça.

Sobreviveu a mais uma noite, mais uma batalha. Será que um dia a preocupação em manter-se vivo deixaria de existir?

— Oliver — Zion chamou enquanto sacudia os ombros dele.

— Humm! — O garoto tirou a mão para o lado e voltou a se encolher. — Só mais um pouquinho.

— Preciso sair. Tenho que te levar lá para cima. Aqui não é seguro.

Depois de reclamar bastante, Oliver foi convencido de que era melhor que eles se apressassem. Ainda sonolento, subiu nas costas de Zion e deitou a cabeça nos ombros dele, sinalizando que já poderiam ir.

Subir não era tão fácil quanto descer. As pernas de Zion moviam-se lentamente, tornando-se mais pesadas a cada passo. Passaria o dia com uma forte dor nas costas.

Na metade do caminho, passou a respirar com dificuldade. Gotículas de suor escorriam pela lateral do rosto.

— Zion — Oliver disse de repente —, você acha mesmo que o dr. Haskel nos salvou?

O peso da pergunta misturada ao silêncio pairou sobre eles. Zion sentiu que o fardo ficara mais pesado, e não era por causa de Oliver.

— Sim — disse e o olhou nos olhos. — Se não fosse por ele, teríamos sido lixo de laboratório.

— E não é isso que nos tornamos?

Zion cortou o contato visual e, pela janela, observou a vastidão dos escombros da metrópole causado pela guerra. Estavam bem no meio da batalha.

— Para o dr. Haskel não éramos — respondeu.

Voltou a subir.

De repente, ouviu vozes masculinas vindo de uma das salas no final dos corredores. Com as pernas trêmulas, Zion deu um passo atrás e fez sinal para que Oliver se mantivesse calado. Estava em dúvida se deveria continuar subindo sem que ninguém os visse ou voltar.

As vozes foram ficando mais altas. Zion deu meia-volta e começou a descer em passos silenciosos. Não tinha ido muito longe quando sentiu um puxão nas costas. Oliver caiu, e o peso de seu corpo o levou junto. Assustados, os dois olharam para cima. Quatro homens fardados em um uniforme verde-musgo os encaravam, cada um portando uma metralhadora.

— Olha o que temos aqui — um soldado loiro disse.

Zion o ignorou e voltou a atenção a Oliver. Pelo baque, parecia ter se machucado.

— Você está bem? — perguntou.

Ele fez que sim, mas a respiração pesada deixava claro que sentia dor. Zion sentiu o sangue ferver. Com os punhos fechados, tentou se levantar. Mas uma bota pesada enfiada em seu peito e um cano de arma em seu nariz o impediram.

— Calma aí, garoto, não queremos te machucar.

— Quem são vocês?

— Eu faço as perguntas aqui — o outro homem fardado disse quando a arma se afastou um pouco. — Quantos anos vocês têm e o que fazem aqui?

— Quinze — Oliver respondeu, com um tremor em sua voz.

Zion forçou-se a tomar o controle da situação.

— Nós só nos escondemos aqui durante a batalha, senhor, não fazemos parte de nenhum regimento.

O homem soltou uma risadinha maliciosa, os outros riram também.

— Até agora, garoto.

Zion permaneceu imóvel, atento. Estava pronto para correr; conhecia todas as rotas de fuga. Mas e Oliver? Não podia deixar o garoto ali sozinho com o pé machucado.

O soldado loiro levou uma das mãos a um ponto na parte de cima do colete. Um ruído entrecortado saiu de uma espécie de comunicador.

— O quê? Pode repetir? — Um momento se passou e então ele respondeu em voz de comando: — Matem quem tentar fugir, é a ordem de Moloch.

O soldado voltou a atenção para eles e sorriu.

— Vocês são moradores de Baca, e agora Baca pertence à Fenda.

As armas foram afastadas. O homem fez sinal para que ambos se levantassem.

Zion sentiu um breve alívio. Virou-se para ajudar Oliver, mas foi impedido.

— O que está fazendo? — Um terceiro soldado encostou a arma em seu peito.

— Ele não pode andar, precisa da minha ajuda.

— É mesmo? Por quê?

— Machuquei o pé — foi a única coisa que Oliver respondeu.

Os soldados se entreolharam e uma sombra do horror tomou os olhos de Oliver. Zion tentou dizer que tudo ficaria bem, estava disposto a fazer uma promessa de cuidar dele, mas, antes que pudesse abrir a boca, o soldado loiro sacou uma arma de mão e disparou dois tiros bem no peito do garoto.

Ainda com os olhos arregalados, Oliver caiu para trás em um baque seco.

Zion ficou gélido feito estátua. Dor e impotência se apoderaram dele.

— Um garoto grande e forte como você será útil para a causa — o soldado disse, segurando-o pela gola do casaco.

Ainda em choque, tentou resistir. Os dois outros soldados o seguraram e o carregaram à força com suas mãos pesadas para dentro de uma nave-patrulha estacionada no meio da rua.

No caminho até lá, viu os corpos dos outros dois garotos estendidos no chão. A bile subiu pela garganta. Já havia visto a morte antes, mas não tão friamente.

O ar estava denso de poeira e cinzas, mal dava para respirar. Ou será que ele havia esquecido como fazer isso? De qualquer maneira, Zion sabia que sua vida — que nunca havia começado de fato — estava prestes a acabar.

PARTE 1

CAPÍTULO 1

PRESENTE, ANO 329 DEPOIS DA CHEGADA

KELAYA DEBRUÇOU-SE no parapeito da Stella. Os cabelos soltos dançavam no mesmo ritmo da brisa enquanto os primeiros raios de sol iluminavam o rosto apático. O mar estava como ela, nebuloso e agitado.

As revelações dos últimos dias foram um golpe duro: além da situação com Zion, descobrira que tinha um irmão.

Um irmão!

Era o que mais desejara na infância. O quanto ansiara não ser sozinha no mundo! Mas ela havia estragado tudo — Tai a odiava. Quando ele perguntara sobre a mãe deles, Kelaya não teve alternativa, senão dizer a verdade: tinha a abandonado.

De imediato, ela entendera a expressão nos olhos dele — um vislumbre de dor e mágoa — e poderia apostar no que ele estava pensando: a mãe tinha errado em ter escolhido Kelaya. Ele jamais teria ido embora.

Mas Tai não conhecia a vida dela. Ele não poderia entender suas escolhas, não importa o quanto ela se explicasse.

Por que estou tentando dar desculpas? Isso não é possível. Eu errei, mas, por Logos, não carrego mais culpa.

Kelaya ergueu a cabeça e olhou em volta. O ambiente ainda estava relativamente tranquilo, mas em pouco tempo a primeira turma de civis chegaria para o "banho de sol". Como a Stella estava lotada, não havia como permitir que todos os passageiros ficassem ao mesmo tempo no convés. Para contornar esse problema, uma escala rigorosa havia sido estabelecida, dividindo os grupos em turnos para que cada um pudesse desfrutar de um pouco de ar fresco e da luz natural, ainda que por um curto período. Tudo na nave seguia uma organização meticulosa, pensada para tornar aquela longa viagem o mais suportável possível — desde as acomodações improvisadas, a divisão da comida e os horários das atividades.

Eles estavam indo para a Ilha de Efes, um local regido principalmente pelo livre mercado, onde os ricos do Planeta Novo moravam — pelo menos os que sobraram deles. Zion havia dito que lá era possível conseguir um novo aparelho decodificador, parecido com o que Adara havia dado a ela e fora destruído por Moloch. Ela tinha o dispositivo drive com as informações, mas precisava de um decodificar especial para lê-las.

Antes de voltar para sua cabine, ela sentiu um cutucão no ombro. Quando se virou, um homem moreno com barba para fazer e roupa maltrapilha a observava.

— Então você é a garota do capitão? — ele perguntou sem nenhuma cerimônia.

Kelaya arregalou os olhos. Depois olhou de um lado para o outro sem mexer a cabeça.

— C-como assim?

— Oh! "Como assim?" — Ele endureceu o rosto. — Tô perguntando se você é a garota do capitão. Com quem ele fica... — Ele fechou os olhos, fez um biquinho com os lábios e começou a mexê-los. As mãos subiam e desciam na frente do corpo, como se estivesse apalpando alguém.

Ela sentiu o rosto queimar feito pimenta.

— N-não! — respondeu e puxou as mangas do macacão, encolhendo os ombros como para se esconder. Na verdade, queria mesmo era sumir dali.

O indivíduo continuou com as insinuações. Alguns civis passaram e acharam graça enquanto ele fazia sons esquisitos. Mortificada, ela deu um passo à frente com a palma da mão levantada. Era uma forma de implorar que ele parasse, mas, caso não funcionasse, serviria para dar-lhe um tapa e quem sabe deixá-lo inconsciente.

— Para agora! — ordenou mais alto do que pretendia. Olhou em volta mais uma vez e baixou o tom: — Com certeza a gente não está junto.

Não era mentira. Zion e ela estavam mais distantes do que nunca.

O homem recuou alguns centímetros, fechou apenas um dos olhos e continuou a encará-la. Kelaya puxou da memória onde já o tinha visto, em vão.

— Quem é você e quem te disse essas coisas? — ela perguntou.

— É o que tá todo mundo dizendo, moça.

— Estão?

O corpo formigou de nervoso.

— É, ora. — Ele sorriu, e os feixes de luz passaram pelas janelas dos dentes faltando. — Só queria saber se era verdade. Se o capitão tem bom gosto.

O rosto queimou ainda mais e, de repente, Kelaya começou a sentir muito calor dentro do macacão cinza, antes usado pelo pessoal da manutenção.

Por Logos, era só o que faltava!

Os civis que estavam por perto ainda os observavam de esguelha, desconfiados. No mesmo instante, um tripulante passou puxando um tanque de armazenamento de Suii, encarando-a muito sério. Kelaya engoliu em seco. Será que era verdade — será que todos falavam deles?

— Natanael! — uma voz feminina chamou atrás do homem.

Reconheceu a mulher magra e de cabelos curtos — a mesma que conversava com Zion de vez em quando e, por algum motivo, gerava uma onda de ciúmes no coração de Kelaya.

O homem virou-se para a mulher. Então Kelaya lembrou que fora o mesmo que chamou Zion de "bonitão" no dia em que ela soube dos civis refugiados.

— Você já comeu? — A mulher se aproximou com uma garrafa de Suii na mão.

— Não — respondeu e voltou a olhar para Kelaya, abrindo mais uma vez o sorriso banguela. — Tô aqui conversando com a garota do capitão.

A mulher acenou com a cabeça, um pouco sem jeito.

— Você pode parar de me chamar assim? — Kelaya pediu. Ele a fitou e cerrou o cenho.

— E eu tô mentindo?

— Acho que ela não está com vontade de ser interrogada por você, meu amigo — a mulher interveio, colocando a mão no ombro dele. — Por que não vai beber seu Suii com o Caleb? Ele estava te procurando.

Natanael arregalou os olhos e girou o corpo, procurando por alguém. Pegou o Suii da mão dela e saiu em disparada. Parecia ter esquecido completamente de Kelaya. As duas mulheres ficaram observando-o se afastar.

Kelaya voltou-se para o mar, achando que a mulher iria embora, mas, em vez disso, ela também se aproximou do parapeito e começou a observá-lo ao seu lado. Pelo canto do olho, percebia que vez ou outra a figura lançava um olhar em sua direção. Céus, o que ela queria?

Para encorajá-la a falar, seja lá o que tivesse a dizer, tentou colocar no rosto um sorriso amigável.

— Então é verdade? — a mulher perguntou e sorriu de volta.

Kelaya suspirou, as mãos apertando a grade com força.

— O que é verdade?

— Você e o capitão?

A garganta ficou seca.

— Eu não sei exatamente o que está sendo dito nos corredores da nave sobre a gente.

— Bem, você sabe... que vocês têm um *relacionamento*. — A mulher pareceu corar ao perguntá-la, voltou a olhar para o mar e em seguida completou: — Dizem que foi por você que ele fugiu do Continente Baixo. É verdade?

Kelaya podia se aproveitar daquele boato e tirar certa vantagem em relação à amiguinha de Zion. Mas a quem ela queria enganar? Não estava tão segura quanto aos rumos do próprio casamento.

Ela havia pedido um tempo. Eles não poderiam continuar como se nada tivesse acontecido. Queria um espaço seguro para pensar, observá-lo, e, quem sabe, eles pudessem voltar a conhecer melhor um ao outro. Ambos se amavam — no fundo ela sabia —, mas o amor e a verdade precisavam andar juntos.

Porém, Zion parecia não ter compreendido a decisão dela. Nos últimos tempos, mal saía da cabine e, quando o fazia, conversava com um tripulante ou outro e voltava a se entocar. Como explicar tudo isso para uma estranha?

— Sim, somos casados — respondeu meio desanimada.

— Uau! — A mulher olhou para ela boquiaberta. Depois, assentiu com a cabeça, várias vezes, como se estivesse convencendo a si mesma da resposta.

— Mas, no momento, estamos meio... hum... separados.

— Ah!

Kelaya mordeu o lábio.

— E quanto a ele ter fugido por minha causa, não foi bem isso. Acho que ele já pretendia fugir há muito tempo.

— Entendi.

Elas ficaram em silêncio por alguns instantes até que, por fim, a mulher soltou um comentário:

— Ele é um bom homem.

Kelaya concordou, pois sabia que ele era bem-intencionado. O problema é que Zion acreditava poder fazer coisas erradas se fosse por um bom motivo. Suspirou e voltou-se para a mulher.

— Desculpa, qual é mesmo o seu nome?

— Ah, eu que peço desculpas. Não me apresentei. Meu nome é Laura.

Kelaya assentiu.

— O meu é...

— Kelaya. Eu sei.

Ela estreitou os olhos confusa, e Laura riu.

— No dia em que o capitão a levou lá no salão, nós perguntamos aos tripulantes quem era você. Tudo estava tão monótono que qualquer novidade era suficiente para nos entreter.

Que ótimo, seu drama conjugal agora tinha uma pequena plateia.

— Como o conheceu? — Kelaya perguntou. Laura pareceu não entendê-la, então Kelaya refraseou a pergunta: — Zion, você já o conhecia antes de vir parar aqui?

— Ah, sim. Foi no dia que ele foi procurar o profeta, lá nos abrigos de Baca.

Sentiu a testa enrijecer. O título causou um sentimento estranho em Kelaya.

— Profeta?

— Sim, era assim que as pessoas o chamavam.

— Por quê?

— Acho que por causa das histórias que ele contava. Parecia um profeta anunciando o futuro.

Kelaya virou-se para frente, encarando as montanhas de nuvens que se formavam ao longe, e lembrou-se que Adara pretendia mandar o dispositivo do Logos para alguém em Baca. Ficou em silêncio antes de mirar Laura mais uma vez, o olhar com um lampejo de interesse.

— O que aconteceu com ele?

— Eles o levaram. — Laura olhou em volta e baixou o tom. — Soldados da Fenda.

Kelaya fez que sim e inclinou o corpo em direção a ela.

— Que tipo de histórias ele contava? — perguntou em um sussurro. Laura demorou a responder e um ligeiro tremor surgiu acima de seus lábios. — Não precisa ter medo, eu não vou te recriminar — garantiu.

— Umas histórias fantásticas, nada demais — respondeu com um sorriso débil.

Kelaya estreitou os olhos.

— Essas histórias envolviam uma espécie de poder esquecido?

Laura assentiu bem de leve, empenhando-se para ser o mais discreta possível.

— E para quem mais ele contava?

— Para todo mundo que está aqui. — Ela apontou com o rosto em volta e Kelaya a acompanhou. — A gente gostava de ouvir, era... reconfortante. Ajudava a lidar com o sofrimento. Mas eram apenas bobagens.

Kelaya sentiu uma agitação na boca do estômago. Teve vontade de rir pela primeira vez em dias. Aquilo era um sinal, só podia ser.

— E se eu te disser que não eram... ou melhor, que não são apenas bobagens?

Laura a fitou, o rosto tomado de confusão.

— O que quer dizer?

Sem mais conseguir conter o entusiasmo, Kelaya abriu um enorme sorriso.

— Laura, você e seus amigos gostariam de ouvir mais sobre o poder do Logos?

CAPÍTULO 2

KELAYA NÃO PODIA PERDER TEMPO: em pouco mais de uma semana, chegariam em Efes, onde os civis seriam imediatamente encaminhados para uma Agência de Colaboradores. Lá eles teriam acomodações, treinamento e depois seriam conduzidos para seus postos de trabalho.

Era um processo meticuloso, quase burocrático, mas inegavelmente eficiente. Kelaya ainda não compreendia exatamente como funcionava o sistema e em que tipos de tarefas eles seriam empregados. Para ser honesta, nem sequer importava. A única coisa que realmente pesava em sua mente era o fato de que, uma vez que fossem separados, talvez nunca mais tivesse a chance de encontrá-los novamente. Por isso, antes que esse momento chegasse, ela precisava transmitir a eles tudo que sabia sobre o Logos.

— Você está dizendo que as histórias que o profeta contava eram verdadeiras? — um rapaz baixo, de pele rosada e feições jovens, perguntou.

Kelaya olhou por sobre o ombro para ver se algum tripulante da Stella estava por perto. De relance, só viu Tai passando pelo vão da porta do convés. Voltou o rosto para frente.

— Não sei quão exatas eram as informações, considerando que ele nunca teve acesso a elas diretamente. Mas, sim, posso garantir que o Logos é verdadeiro. Essa história que eu acabei de contar é a do Cântico Maior. Eu a decorei, palavra por palavra. — Umedeceu os lábios e baixou o tom de voz para quase um sussurro. — É a mais importante de todas.

O pequeno grupo de pessoas se entreolhou. Alguns dos homens estavam de braços cruzados e o cenho franzido.

— E por que não podemos ter acesso aos textos originais? — um deles perguntou.

— Vocês terão, muito em breve. Eu prometo.

Laura, que estava ao lado de Kelaya, sorriu. O cansaço e o desgaste haviam dado lugar à excitação.

— Teremos que ser cautelosos — Laura disse ao colocar a mão no ombro de uma colega. — Mas tenho certeza de que a senhora Kelaya e o capitão farão o possível para isso acontecer.

Kelaya expressou um sorriso fraco. Não estava tão certa quanto à disposição de Zion. Na verdade, ainda tinha a possibilidade daquele dispositivo que ele havia roubado não conter nada, e tudo não ter passado de blefe do Risa para provocar revolta. Um calafrio percorreu sua espinha com o pensamento, mas não podia descartar essa possibilidade.

— Senhora — uma voz grave a chamou por detrás e Kelaya se sobressaltou.

Era um dos guardas de Zion, Emil.

— Sim — ela respondeu quando se virou em direção a ele, tentando se recompor.

O guarda se mantinha ereto, a expressão séria como de costume, sem revelar qualquer emoção além do profissionalismo impecável.

— O capitão solicitou a sua presença na cabine.

Kelaya piscou algumas vezes, absorvendo a informação. Sentiu as bochechas ruborizarem quando ouviu alguns cochichos e risinhos ao pé do ouvido. Olhou mais uma vez para o pequeno grupo de civis, esboçou um sorriso educado, tentando agir com naturalidade.

— Eu volto logo. — Levantou-se, seguiu o soldado até a sala de comando e, depois, até a cabine do capitão.

Vestindo um colete preto sobre a camisa branca, Zion estava com o rosto rígido e o olhar afiado e concentrado na tela holográfica projetada sobre a mesa de controle. Seus dedos deslizavam sobre os comandos, alternando entre gráficos, mapas e relatórios. Às vezes, ele movia a mão para o lado, mudando de tela com um gesto preciso.

Era uma postura que Kelaya conhecia bem. A postura que ele assumia quando queria deixar claro que não estava nem um pouco feliz.

O ambiente ao redor parecia carregado, como se houvesse eletricidade pairando no ar, prestes a explodir a qualquer momento. Kelaya respirou fundo, preparando-se para o que estava por vir.

— O que você pensa que está fazendo? — o homem disparou, quando a porta fechou.

— Nesse momento? — ela retrucou, sarcástica.

Ele apertou os lábios de raiva.

— Um segundo antes de eu te chamar.

— Estava conversando com os refugiados. Por quê?

— Você não estava só conversando com eles — ele disse entredentes, ainda olhando para os hologramas. — Estava contando aquelas histórias malucas.

Kelaya cruzou os braços e levantou o queixo. Então era assim que iria ser?

— Quem te falou isso? — disse.

Ele parou o que estava fazendo e cravou os olhos nela.
— Não importa.
— Importa, sim.
— Não, não importa. Apenas pare já!
— Foi o Tai, não foi?

Zion não respondeu. A boca transformou-se numa linha dura.

— Ah, que ótimo! — Ela soltou uma risada sarcástica. — Imagino que os dois devem passar um bom tempo falando sobre mim.

Ele cruzou os braços e se recostou na cadeira.
— O necessário.

Os olhos dela dispararam em direção a ele, os punhos se fecharam com força ao lado do corpo.

Zion manteve o olhar frio. Ainda sabia como irritá-la.

— Não vou parar de falar das histórias do Logos — soltou, expressando sua rebeldia em cada palavra.

— Você vai!

Kelaya bufou e depois abriu os braços.

— Qual o problema, Zion? Eles já ouviram essas histórias antes, pelo menos parte delas. Você sabia e não me falou. Está parecendo um tirano. Primeiro me ignora e agora vem com essas ordens: "faça isso!", "pare com isso!".

O homem apoiou os punhos da mesa e começou a se levantar, de um jeito bem ameaçador, o corpo inclinado para frente.

— Um tirano? — Os olhos dele faiscaram como fios desencapados. — Você sabe o que aconteceu com quem contava essas malditas histórias? Sabia que quase ninguém tem essas informações no planeta inteiro? Além de Tai, nem mesmo minha tripulação sabe a respeito delas.

Kelaya voltou a cruzar os braços e trocou um dos pés de apoio.

— Você dizia que no exterior as pessoas eram livres.
— E são! — Zion deu um berro, o rosto marcado pela impaciência. — Livres para ir atrás de você e atirar na sua cara caso você tenha algo que elas queiram. Livres para acabar com quem se coloca em seu caminho.

Ela arregalou os olhos.

— Isso não é liberdade.

— É, sim. É o exato conceito de liberdade para algumas pessoas. Quando você se conectar ao sistema deles, vai perceber. Se ao menos tivesse saído da bolha da Fenda, saberia disso.

Kelaya desviou o olhar e balançou a cabeça.

— Não é muito diferente do Continente Baixo, então.

— Não. Não muito, mas eu ainda prefiro me defender de pessoas do que corporações governamentais. — Ele voltou a se sentar e a voz assumiu um tom normal. — É por isso que precisamos conseguir essas informações sobre o Planeta Origem.

Planeta Origem? O que aquilo tinha a ver com o Planeta Origem?

Kelaya sentiu o sangue fervendo. Eles nunca se entenderiam pelo jeito. Zion se achava experiente por ter viajado por todo exterior e, por isso, não a ouvia. Mas ela viu e viveu coisas que ele sequer poderia imaginar.

As lágrimas arderam nos olhos.

— É sobre o fato de eu precisar falar — Kelaya murmurou baixinho.

O rosto dele suavizou quando ela voltou a mirá-lo.

— Eu juro que estou tentando, mas não consigo entender a lógica — ele disse em tom mais brando.

— Eu simplesmente não posso parar. Preciso fazer exatamente o oposto, Zion.

— Por quê?

— Porque eu fiz uma promessa!

Ele respirou fundo. Voltou a se sentar e começou a massagear com uma das mãos as têmporas.

— Uma promessa, é? Pois você também fez outra promessa que não está cumprindo.

Kelaya fingiu não ouvir. Não queria, nem por um segundo, entrar naquele assunto. Não agora. Não naquele momento de tensão sufocante, onde cada palavra errada poderia transformar a situação em um confronto aberto. Mas, se havia alguém ali que não estava cumprindo alguma coisa, era Zion, não ela.

Ela manteve a postura intransigente — parecia ter quinze anos de novo, quando ambos eram jovens e se provocavam na academia. Mas, ao mesmo tempo, no fundo sua consciência sussurrava insistentemente que ela estava sendo rígida demais. Talvez estivesse exagerando. Mas, ah, como ele podia a tratar daquela forma depois de ignorá-la todo aquele tempo?

— Seja lá o que mudou em você nesses últimos dias, a teimosia continua a mesma — Zion disse.

— Digo o mesmo sobre você. — Ela riu, sem achar graça. A lágrima escorria pela lateral do rosto. Ele não podia ver, mas estava magoada.

Zion balançou a cabeça, repreensivo.

— Já que você não se importa com a própria segurança, pelo menos pense nessas pessoas. Vai se responsabilizar por elas? Vai protegê-las em Efes quando estiverem atrás de cada uma delas por causa dos rumores?

Kelaya tentou encontrar uma resposta, mas não conseguiu. Sabia que não seria capaz de proteger todos que soubessem sobre o Logos. Mas isso deveria impedi-las de conhecê-lo? Não.

Sentiu a bochecha tremer. A raiva diante da impotência já havia tomado seus nervos. Zion, que a estudava nesse meio-tempo, levantou-se e começou a rodear a mesa.

— Por favor, Kel... — Os olhos dele, bem como a voz, tinham um tom de súplica. — Pelo menos uma vez na vida, faça o que eu digo.

Ela apertou os lábios e voltou a fitá-lo.

— Sim, senhor, capitão.

Fez sinal de sentido, virou as costas e saiu antes que ele pudesse chegar até ela.

CAPÍTULO 3

ZION ESTAVA DISPOSTO A IR atrás de Kelaya, não se importando com a cena constrangedora que eles protagonizariam. Porém, quando chegou na porta da cabine, quase trombou em Tai, parado, observando a irmã se afastar a passos rápidos. Zion ficou ali, olhando na mesma direção. Por um momento, refletiu sobre como aquela mulher causava uma confusão de sentimentos em ambos, ainda que de maneiras diferentes.

O capitão tinha prometido a si mesmo que daria um tempo a ela. Tentou manter distância durante as últimas semanas e ocupar-se com os problemas da Stella, que eram muitos: passageiros doentes que precisavam ser isolados; falta de suprimentos; manutenção da nave, que estava acima de sua capacidade; além do constante perigo de serem atacados tanto pelo Risa quanto pela Fenda. Um culto dentro do seu navio que colocava os tripulantes em perigo era o que menos precisava.

— Capitão — De repente, Tai se virou e fez uma continência. Zion se sobressaltou ao ter suas reflexões interrompidas e caminhou em direção à mesa de comando.

— Não precisa fazer isso, não estamos mais na maldita Fenda. — Bateu com o dedo com força contra o painel da mesa e a tela holográfica mudou para um mapa de Efes. — Serei o capitão da Stella só até chegarmos no continente.

Parte dele estava feliz em ter se livrado da facção, mas perder seu precioso navio o deixava melancólico.

— Vocês brigaram? — o tenente perguntou.

Zion soltou um riso seco.

— E quando não brigamos? — Apontou com o rosto para a cadeira próxima à mesa.

Tai deixou-se relaxar por alguns instantes. Zion, porém, ainda estava com a respiração pesada, sentia que uma veia lhe saltara no pescoço depois da briga. Foi até o balcão lateral e ligou a caneca de cafeína. Enquanto esperava, colocou dois dedos dentro da gola da camisa para afrouxá-la. A caneca fez um barulhinho estridente e logo em seguida um aroma de café preencheu a sala. Bebeu o líquido amargo quase em um único gole. Era o que o mantinha em pé, já que mal dormira nos últimos dias.

Retornou para o assento e voltou a dar atenção aos dados que indicavam o quanto de Suii teriam que racionar na última semana de viagem.

Tai o observava.

— O que o fez gostar dela? — o tenente perguntou de súbito.

— O quê? — Zion o mirou com as sobrancelhas levantadas.

Tai sustentou o olhar firme.

— O que viu de bom na Kelaya a ponto de querer ter um relacionamento com ela? — explicou.

Zion pestanejou e deixou escapar um suspiro longo. Pretendia deixar aquele assunto longe de sua mente e, para ser bem sincero, naquele momento, seus sentimentos por Kelaya não eram os melhores. Mas Tai parecia tão desolado... Talvez estivesse realmente precisando de uma resposta. Enquanto pensava em como respondê-lo, jogou todo peso do corpo na cadeira. Então, começou a lembrar:

— Quando nos conhecemos, ela estava pesquisando sobre a mãe na rede da academia — disse. Tai se remexeu na cadeira, parecia incomodado com a menção. Zion continuou: — Por uma pequena fração de segundos, ela se mostrou vulnerável. Apenas uma garota perdida em busca de um propósito, como eu. No começo eu estava curioso; de certa forma, atraído. Mas, com o tempo, decidi que eu... que eu *queria* amá-la.

Um aperto no coração com o desenrolar da lembrança fez com que Zion voltasse a ficar sério. No entanto, Tai não expressou nenhuma comoção.

— O que ela pesquisava sobre a minha mãe?

Zion cruzou os braços. Por que Tai não perguntava isso para ela?

— Kel não sabia o que tinha acontecido com ela. Embora suspeitasse que estivesse doente, a mãe nunca havia dito nada até pouco tempo antes dela partir. Quase não conversavam — respondeu. Depois de um tempo, o encarou diretamente nos olhos. — Você realmente não quer se aproximar dela?

— Não vejo por quê. — O tenente levantou as mãos, desinteressado. Mas Zion sabia que não passava de uma fachada. — Nascemos do mesmo útero, mas não significa que temos algum vínculo. Na verdade, não temos nada em comum. Foi um erro querer conhecê-la.

Nascer de um útero soava como um privilégio para Zion. Mas aquela conversa não era sobre ele. Virou a cadeira para o balcão e mirou a planta, a única da nave que destoava de todo o ambiente.

— Amar alguém pode ser difícil — disse quase em um sussurro. — Às vezes precisamos fazer um esforço.

— Nem todo mundo vale a pena — Tai respondeu.

— Ela vale — Zion disparou, e o silêncio tomou a cabine. Aquela conversa sentimental já havia se estendido o suficiente. Zion pigarreou e, mudando o tom da voz, virou-se para Tai. — Mas não foi para isso que você veio até aqui, foi? Surgiu mais algum problema na Stella?

Tai sacudiu a cabeça, como se tentasse expulsar toda aquela conversa e dar lugar ao assunto que ele viera tratar.

— Não. Na verdade, um dos nossos batedores eletrônicos pegou o sinal de um navio mercantil. Elazar acredita que seja um dos navios de exportação da República.

Zion arregalou os olhos e, ágil, selecionou o mapa na interface do holograma.

— Qual a distância?

— Uns sete nós.

— Eles captaram nosso sinal?

— Provavelmente, sim. Mas agora estamos em modo de invisibilidade e eles não devem saber que estamos por perto.

Concordou com um aceno rápido, enquanto abria os últimos registros do batedouro, uma espécie de drone que sobrevoava áreas próximas. O navio não estava mais ligado ao sistema de redes do Vírtua, mas tinha equipamentos suficientes para coletar e armazenar dados.

— Eles devem estar em alerta, mas ainda podemos usar o fator surpresa com as lanchas — disse.

— Vamos saqueá-los? — Tai perguntou.

Zion o mirou de soslaio e sorriu ironicamente.

— A menos que você queira ficar comendo meia fração de Suii por mais uma semana.

— Não se eu puder evitar. — Tai riu e colocou-se de pé.

— Avise os integrantes da tripulação para se prepararem.

— Quantos deles, senhor?
Zion inclinou a cabeça e pensou por um momento.
— O navio é grande?
— Categoria máxima.

Uma boa notícia, porque significa maior número de suprimentos, mas ao mesmo tempo seria perigoso demais. Zion sentiu um calafrio perpassar a boca do estômago.

— Convoque os trinta. Deixe só Elazar, um dos pilotos, a equipe médica e mais três para tomarem conta dos civis.

Tai fez que sim e deu meia-volta. Antes de sair, hesitou.

— E-e Kelaya?

Zion coçou a nuca. Sim, ainda tinha Kelaya e sua nova filosofia de vida. Como ela reagiria à notícia? Não poderia mais esconder nada dela, foi o que prometera. Respirou fundo.

— Eu mesmo falo com ela.

CAPÍTULO 4

KELAYA ENTROU EM SUA CABINE de dormir imediatamente após a porta deslizar para o lado. Passara o dia naquele macacão ridículo. Tentou abrir o zíper, mas a porcaria emperrou. Forçou sua abertura com as duas mãos até que ele cedesse e deixou a parte de cima cair para trás, revelando a regata justa por baixo. Colocou as duas mãos nas bochechas: estavam pegando fogo. Foi até a pia acoplada e jogou água no rosto. Ainda inclinada, apoiou as duas mãos na cúpula, obrigando-se a controlar a respiração.

Molhou os cabelos, que já alcançavam metade das costas, e os jogou para trás. Por fim, alcançou uma toalha e, apertando-a contra o rosto, permitiu-se chorar de raiva. Conforme as lágrimas caíam, a respiração se acalmava, até que voltou ao normal. Ela enxugou as bochechas vermelhas e se sentou na cama.

Pensava que, depois da experiência com o Logos, a vida seria mais fácil, que teria mais sabedoria e paciência para resolver os problemas, mas era o contrário. Além de estar se segurando para não socar ninguém, teve a amarga descoberta de que deveria ser mais cautelosa ao falar sobre o assunto, para evitar o risco de ser mal interpretada ou dada como louca. Porém, tinha certeza, absolutamente certeza, de que o fato de todas aquelas pessoas já terem ouvido sobre o Logos e serem colocadas em seu caminho não era obra do acaso.

As informações do dispositivo precisavam se tornar públicas, assim, ninguém teria motivos para ir atrás dos refugiados. Mas, até lá, era provável que não tivessem mais contato, e eles nunca saberiam o que Adara havia lhe ensinado.

Adara.

Kelaya refletiu sobre a amiga e a forma como ela agira em relação ao que descobrira. Então, se deu conta de que não precisava explicar o Logos para todo o grupo — se transmitisse as histórias ao menos a uma pessoa, esta poderia repassá-las aos outros, assim como Adara fizera com ela. Só precisava de alguém discreto o bastante.

E era isso que Kelaya faria nos próximos dias: contaria tudo para Laura.

A raiva que sentia esvaiu-se, dando lugar à animação. Ela aproveitou para dormir um pouco.

Horas depois, ouviu uma batida na porta. Esperava não ser ninguém disposto a lhe tirar do sério. Mas, quando autorizou a entrada na cabine, Zion surgiu em sua frente.

Os olhos dele baixaram e ali ficaram. Ela piscou algumas vezes e seu deu conta do que ele estava fitando.

— Estou fora de forma — ela disse e vestiu o resto do macacão com pressa.

Ele pestanejou, esforçando-se para voltar ao foco.

— Posso entrar? — perguntou com a voz meio rouca.

Kelaya cruzou os braços e se colocou de lado, cedendo passagem.

Zion entrou e percorreu os olhos pelo quarto, observando alguns detalhes. Ela não tinha muitas coisas, apenas a espada, a joia que Adara lhe dera, a flor seca e o dispositivo que agora ficava com ela. Ele escolheu a joia para estudar mais de perto, manuseando-a entre os dedos.

— Para que você não me acuse de omissão ou até de *tirania* — disse ainda de costas para ela —, vim te avisar de antemão. Vamos saquear um navio mercantil das empresas da República.

Ela apertou os braços junto ao corpo.

— Vocês vão *roubar* um navio — a voz saiu quase como um sussurro.

— É. Mas nada que suje minha consciência, considerando que são as empresas da República, lembra? — Ela assentiu e ele continuou: — Além do mais, os civis vão ficar muito felizes em comer algo que não seja Suii por alguns dias.

— Entendo.

Zion colocou a peça no lugar e finalmente firmou os olhos nela. As mãos grudadas nas costas em uma postura rígida.

— Você quer ir com a gente? — ele perguntou.

Ela titubeou por um instante, uma parte dela gostaria de ir e ver como eles faziam aquilo, mas a outra, obedecendo a uma voz muito clara na mente, dizia para ficar.

— Melhor não — respondeu.

Zion ergueu as sobrancelhas.

— Você negando uma aventura e oportunidade de mostrar todas as habilidades?

— Parece que sim.

Ele encontrou o olhar dela e o sustentou em silêncio. Ela sentiu o coração dar um pulinho, mas logo desviou o olhar.

— Isso não é perigoso?

— Sim, como sempre. — Ele deu de ombros, despreocupado. — Mas vale a pena.

— Não se alguém morrer.

— Espero que não aconteça.

Kelaya o estudou por um instante. Embora parecesse tranquilo e indiferente, tinha certeza de que aquilo não passava de uma fachada.

— Vão ficar mais sete tripulantes. Posso confiar em você para ajudá-los com os civis? — ele disse.

— Claro! — Ela deu um passo e os dois ficaram a meio metro de distância um do outro. — O que você precisa?

— Só as tarefas normais: distribuição de comida, organização de grupo, essas coisas.

— Tudo bem.

Ele olhou em volta mais uma vez, como se tentasse encontrar motivos para ficar um pouco mais. Mas nada disse.

— Sabia que os civis falam da gente? — ela comentou, fitando os próprios pés.

— Falam? Sobre o quê?

— Que nós somos... somos casados.

— E somos?

Kelaya ergueu o rosto surpresa. Não havia nenhum sinal de sarcasmo nas feições dele.

Magoada, balançou a cabeça.

— Às vezes você é inacreditável, Zion.

Ele endureceu o rosto.

— Você é na maior parte do tempo.

Ela o olhou boquiaberta, então cortou o assunto de uma vez.

— Acho que você já finalizou o que veio fazer, não é?

— Sim. — Ele começou a se afastar. — Vou me preparar, então.

— Certo.

Antes de chegar na porta, ele se voltou para ela mais uma vez.

— Cuide-se — disse, agora em um tom que parecia, sem ser, um pedido de desculpas.

— Só tente não matar ninguém — ela pediu.

— Não matar ninguém? — Uma das sobrancelhas dele se arqueou. — Nem mesmo se eu estiver prestes a morrer?

Ela revirou os olhos.

— Por isso eu disse *"tente"*.

— "Não matar ninguém" — ele repetiu, mais para si mesmo. E voltou o corpo em direção à porta. — É... Você não é mais a mesma.

CAPÍTULO 5

ZION VOLTOU PARA A CABINE de comando com o coração pesado. A briga com Kelaya, os problemas da Stella, o saque perigoso para tentar resolvê-los – tudo o levou a agir daquela maneira, e Zion se arrependera no mesmo instante. A conversa tinha sido um verdadeiro desastre e parecia que nada poderia ajudar a melhorar a relação dos dois.

— Senhor? — Elazar havia entrado na sala sem que ele percebesse e estava parado bem à sua frente.

Zion o mirou e se ajeitou na cadeira.

— As lanchas estão prontas? — perguntou.

— Sim, capitão.

— Ótimo.

Sentiu os músculos se contraírem: estava uma pilha de nervos. Duas facções militares estavam atrás deles, e aquele navio mercante poderia muito bem ser uma armadilha, mas precisava tentar. Os recursos estavam escassos, obrigando-os a racionalizar ainda mais. Seria um milagre se durassem até a chegada a Efes.

Levantou-se e foi até o armário. Detrás da porta, tirou o colete e a camisa e os pendurou junto ao seu casaco.

Em seguida, pegou a roupa tática com proteção balística, preta como a noite.

— Tai já designou os homens que vão ficar com você no navio? — perguntou a Elazar, enquanto se preparava.

— Sim.

— Se precisar de ajuda extra, pode falar com Kelaya. Mas... — Parou de afivelar um dos compartimentos do uniforme e colocou a cabeça para fora — fique de olho nela.

— T-tudo bem, senhor.

Zion detestava ser esse tipo de homem; na verdade, se detestara com frequência nos últimos dias, mas era para o bem dela. A ideia absurda de fazer um culto, colocando a si e aos demais em risco, ultrapassava o limite da racionalidade.

Afastou Kelaya de sua mente – precisava se preocupar com o saque. Os novos mantimentos animariam a equipe e resolveriam pelo menos um de seus problemas. Depois ele voltaria a pensar nela, nas informações do dispositivo e, por fim, no Planeta Origem, seu grande objetivo.

Zion e Elazar saíram na sala do comando, se dirigiram ao convés, onde o restante da tripulação os esperava. Estavam todos vestidos com as roupas táticas, cobertos da cabeça, com o capuz que cobria o rosto, até a ponta dos pés. Quase não podia identificá-los, com exceção de Samara, a mais baixa de todos.

Tai veio até Zion com a lança.

— Não, hoje vou usar uma arma de fogo.

— Metralhadora leve?

— Pode ser. Estão todos aqui? — Fixou os olhos na equipe.

— Sim, senhor — Beno, o chefe da guarda, respondeu.

O capitão fez um sinal para Tai dar as orientações, e ambos retiraram o capuz.

— A tática de captura de navio é a mesma de sempre, pessoal. — O tenente abriu um holograma com o gráfico simulador e virou-se para o grupo. — Vamos enviar um barco pequeno com um sinal de pedido de socorro. A embarcação-isca vai se colocar na rota de colisão quando o navio se aproximar, mesmo que ele não preste ajuda. Enquanto o navio se distrai com ela, vamos avançar com as lanchas em alta velocidade. Entramos pelo casco. Rendemos os tripulantes em uma cabine com a tranca temporária. Pegamos a mercadoria e batemos em retirada.

— É um navio mercantil, então não teremos problemas — Zion completou. — Mas fiquem atentos. A minha equipe vai subir primeiro. Quando eu der o sinal, os demais podem invadir.

Os dois baixaram os capuzes com tecnologia de visão noturna, e partiram em direção às lanchas pequenas que desciam pela lateral da Stella.

Antes de descer as escadas, Zion levantou os olhos e viu Kelaya na porta do convés, observando-os. Ela abraçava o próprio corpo, e os cabelos acobreados estavam soltos ao vento.

Ele virou-se para a equipe, que ocupava seus devidos postos na lancha.

— Mais uma coisa — Zion gritou, amaldiçoando a si mesmo porque diria algo ridículo. — Tentem não matar ninguém.

Já era madrugada, sob a luz débil e fria do luar o mar agitado obrigava as lanchas a usarem o máximo de potência do motor. Apesar disso, e das nuvens densas que subiam na extensão do vazio, tudo estava correndo conforme o planejado.

O navio foi em direção à embarcação-isca, enquanto as lanchas avançaram em alta velocidade. Zion fez sinal para Beno rodear o navio com a lancha que liderava pelo lado direito, enquanto a de Tai iria pelo lado esquerdo. Já a lancha de Zion seguiria pela parte de trás do navio. Havia cerca de dez homens em cada uma delas e uma extra, para levar os suprimentos, guiada por Emil.

Assim que eles alcançaram o navio, dispararam ganchos de precisão ligados a um cabo retrátil e ficaram prontos para escalar o casco. Zion foi o primeiro a subir. Quando chegou na borda do navio, avistou apenas dois homens de guarda. Eles miraram suas armas em direção ao capitão e, com apenas dois tiros certeiros, Zion falhou na tentativa de não matar.

Com a arma levantada, deu uma breve averiguada nas filas de containers que se estendia por todo o convés. Depois subiu em uma das escadas de ferro e olhou sobre eles. Não havia ninguém mais ali.

Estranho. Considerando o tamanho daquela embarcação, era normal que tivessem pelo menos uns cinco homens só no convés.

Dan e mais três homens vieram logo atrás. Zion designou a eles a tarefa de render os tripulantes da parte interna do navio. Em instantes, os quatro sumiram de vista.

Mantendo a atenção em seu campo de visão, o capitão foi até a extremidade lateral e fez sinal para que os homens liderados por Tai subissem também. Quando desembarcaram, mantiveram-se em posição de ataque e começaram a andar pelos corredores a passos silenciosos.

— Verificar a ala leste — Zion disse na língua de sinais, conhecida por toda a tripulação por causa de Cal.

— Entendido — Tai respondeu da mesma forma.

O tenente e sua equipe começaram a percorrer a área, evitando ao máximo fazer ruído. Do outro lado do navio, ainda na lancha, a equipe de Beno esperava a autorização para agir. Zion foi pelo corredor central com Samara, que o seguia de perto pelo bombordo.

A estranha falta de resistência o deixou em alerta.

Um clarão cortou o céu de cima a baixo, seguido de um grande estrondo. Logo a chuva iria cair e dificultaria a missão.

Rápido e com a luz da própria arma, Zion começou a verificar as placas que descreviam o conteúdo dos containers: eletrônicos, roupas, armas, especiarias — nada do que precisavam.

Todas as mercadorias eram para o mesmo destinatário, a Nomam, uma empresa de tecnologia de Efes. Ler aquele nome repetidas vezes ressuscitava em Zion lembranças dolorosas do passado. Um tremor começou a subir pelas pernas. Ele vinha sentindo esse sintoma com certa frequência desde que desertara. Para se livrar da sensação incômoda, andou com mais firmeza, quase até o fim do convés.

Faltavam apenas dois containers para alcançarem a última fileira — não era possível que sairiam de mãos vazias. Olhou em volta. Tai fez sinal negativo: também não encontrara comida. Samara fez o mesmo sinal depois de conferir o restante do seguimento.

Zion baixou a cabeça e respirou fundo. Havia desperdiçado combustível.

— Vá atrás de Dan e diga para abortar a missão — ele falou para o oficial mais próximo.

Virou-se mais uma vez para o carregamento e se lamentou. Antes de dar meia-volta, mais um clarão de relâmpagos cortou o céu e, por um breve momento, Zion conseguiu visualizar uma abertura seguindo na direção diagonal. Bem devagar, aproximou-se com a luz apontada e percebeu que havia um anexo meio escondido em um patamar superior do convés, o que não era comum para aquele tipo de navio. Algo o dizia para não avançar, mas e se os suprimentos estivessem lá?

Dane-se! Ele não queria voltar para a Stella sem nada — os civis e os tripulantes dependiam dele. Ele era o capitão; a responsabilidade era dele.

Subiu sozinho os três lances de escadas — tudo era escuridão. As mãos agarradas à arma enquanto gotas de suor escorriam pela testa embaixo do capuz. Buscou com a luz da arma vestígios de uma armadilha, mas não havia nada, além de mais alguns containers. Foi em direção ao mais próximo e a palavra que tanto ansiava surgiu: suprimentos. Ele arregalou os olhos e verificou os demais: todos pareciam conter a mesma coisa. Por um momento, teve vontade de agradecer ao acaso ou qualquer energia que comandasse o universo. Mas era besteira.

Voltou para a escada do anexo. Passou a arma para as costas e com as duas mãos livres fez sinal para Samara mandar a equipe de Beno subir enquanto Emil deveria se preparar com a lancha reserva. Por fim, sinalizou para mais quatro irem até a porta do convés e ficarem de vigia.

Não demorou muito para Beno e seus homens aparecerem. Ele trazia um alicate de alta pressão para os cadeados. Zion apontou para qual ele deveria abrir. O chefe da guarda reteve a arma e se posicionou em expectativa, enquanto os demais oficiais se mantiveram próximos. Todos ansiosos por uma boa refeição.

Zion sentiu uma última pontada de angústia bem no meio do peito, mas ignorou. Não havia ninguém ali, provavelmente era uma tripulação pequena que estava com medo e preferiu se esconder.

Com apenas um golpe, o cadeado partiu ao meio. Beno olhou para Zion e fez um sinal positivo, como se aquele estalo fosse em comemoração ao fim dos dias de racionamento. O homem puxou as correntes, empurrou a tranca para baixo e abriu as portas com força. No mesmo instante, uma bala atravessou-lhe a garganta, jogando-o para trás. Zion adiantou-se para segurá-lo.

— Capitão — o líder da guarda balbuciou por baixo do capuz.

Atordoado, Zion levantou os olhos quando percebeu uma agitação ainda maior: a equipe já estava sendo cercada por homens vestidos de armaduras vermelhas que saíam dos demais containers pelas laterais abertas para cima. Haviam sido pegos. Ele voltou para Beno, já desfalecido em seus braços. Deixou o corpo do oficial no chão e pegou a arma em menos de trinta segundos, mas já era tarde demais.

— Se tentar alguma coisa, capitão, outros irão morrer — um único soldado de armadura dourada e voz robótica, com uma arma apontada para Samara, ameaçou. — Nem pense em contar com os homens que você mandou para o interior do navio. Todos já estão sob o domínio da República.

Zion titubeou. A pressão dos últimos dias e a vida de Beno caíram sobre ele como uma bomba. Se tentassem resistir, talvez conseguiriam matar alguns e se vingar, mas outros de seus homens também pereceriam.

Com as mãos trêmulas, largou a metralhadora e fez sinal para o restante fazer o mesmo.

Maldição!

Zion havia criticado tanto Kelaya, quando, no fim, foi o único que colocou ela e toda a tripulação em perigo.

Fracassara, mais uma vez.

CAPÍTULO 6

COM UM CORTE PROFUNDO no supercílio e um hematoma na bochecha esquerda, Zion estava amarrado em uma cadeira nas dependências do navio mercantil. A embarcação balançava em meio à força das ondas impetuosas comandadas pelo rugido do vento. Um pendente de luz débil piscava logo acima de sua cabeça. A pequena saleta era uma espécie de sala de interrogatório, ou pelo menos tinha essa função.

Nas últimas horas, havia sido inquerido sobre Kelaya e o dispositivo que estava com ela. Respondera que o objeto não existia mais e que fora destruído pelo marechal Moloch. Obviamente, não havia convencido os oficiais do Risa, o que lhe proporcionou alguns golpes no rosto e na boca do estômago.

Já fazia alguns minutos que estava sozinho, se perguntando o que acontecera com sua tripulação. Será que algum deles havia tentado reagir? Dan talvez. Mais algum tinha sido morto?

Ah, Beno!

Não conseguia parar de pensar no soldado atingido.

De súbito, voltou a experimentar o mesmo sentimento de dor e impotência de quando fora capturado pela Fenda e um amigo havia sido morto, ainda adolescente.

— Seu idiota, a culpa é sua — murmurou para si mesmo.

Não deveria ter caído na armadilha — um navio mercantil de carga máxima aparecer justo quando os mantimentos estavam acabando era conveniente demais.

A tempestade lá fora se acalmou e, tempos mais tarde, a porta da sala abriu. Pela primeira vez, estava recebendo a visita do oficial de armadura dourada, que parecia ser o líder da operação. Com uma arma de cano curto girando entre os dedos, ele entrou e parou na frente do capitão da Stella.

— Zion Haskel! — disse por trás do capacete. — O homem que domina terra, céu e mar, menos a si mesmo.

Zion cerrou os olhos.

— Quem é você?

— Ninguém que você conheça. Nos encontramos por acaso, mas eu fui informado a seu respeito e de sua equipe, capitão, logo após ter captado o sinal da Stella.

O que faziam ali, se não haviam sido designados especificamente para capturá-los?

O oficial começou a rodear a cadeira, rangendo a cada passo.

— Você gosta mesmo de roubar, né? Isso deve ser um mal de infância que a academia não conseguiu apagar — disse. E voltou a parar a meio metro do nariz de Zion, inclinou o corpo para frente de forma que o rosto ficasse na mesma altura do dele. Então, balançou a cabeça. — Foi fácil armar essa tocaia, sabia? Todos sabem que o capitão-pirata não consegue ficar sem saquear um navio com suprimentos.

Zion retesou o maxilar. Odiava que o lembrassem do passado em Baca e dos dias em que precisava roubar para sobreviver e, pior, que ainda tinha necessidade disso.

Aproximou o rosto do capacete.

— Se eu roubava é porque a República não me dava outra opção.

— A Fenda também não, pelo visto. — O oficial voltou a ficar ereto.

Zion riu.

— É por isso que eu não faço mais parte dela.

— Ouvi dizer. Mas, mesmo assim, você tem algo que me pertence. Ou melhor, alguém da sua equipe tem.

— Já falei que foi destruído por Moloch.

O soldado voltou a girar a arma, muito à vontade naquela armadura ridícula.

— Bem, não posso ir embora sem ter certeza. Meus homens já localizaram o seu navio e, apesar dessa tempestade inconveniente, foram até lá para verificar. Estarão de volta a qualquer momento.

Kelaya. Ela não deixaria que levassem o dispositivo, não com aquela obsessão pelo objeto e o suposto conteúdo. Se resistisse, eles a matariam. Zion apertou os punhos amarrados às costas. O homem percebeu sua agitação.

— O que foi, capitão? Não me diga que deixou o navio indefeso?

— Leve-me até lá — Zion murmurou.

— O que disse?

— Leve-me até lá, eu te dou o dispositivo e você deixa minha tripulação ir. Eles só querem ir embora do continente, serem livres. Não sabem de nada disso.

O homem estalou a língua.

— Não creio que isso seja possível, capitão. Os cidadãos do Continente Baixo pertencem à República e a ela devem responder por seus crimes, entre eles, se juntar a uma facção rebelde e fugir do continente. Seus homens serão levados de volta. E quanto a você e aquela garota, temos outros planos.

Zion afunilou os olhos.

— Quais planos?

— Programas científicos para os quais dois ex-soldados condecorados serão muito úteis.

Zion soltou um som pelas narinas de puro escárnio. Aqueles desgraçados.

— Programas, é? Vocês são cheios deles. Como aquele de *descarte* que nunca deu certo.

— Ah, é verdade. Se tivesse dado, certamente não teríamos problemas como você.

Tomado pela raiva, Zion levantou-se e, ainda amarrado na cadeira, partiu para cima do homem. Os dois caíram no chão. Sentiu uma dor no peito ao se chocar contra a armadura, mas a raiva não o deixou parar. Sabia de sua condição de criança embrionária descartada, mas não tinha nenhuma paciência com deboches de soldados do Risa. Disparou cabeçadas, chutes e pontapés contra o oficial, a ponto de o capacete dele voar longe.

Em meio à confusão, o navio voltou a balançar com a força das ondas. Ambos rolaram no chão. O homem conseguiu alcançar a arma de choque e desferiu uma sequência de descarga elétrica contra ele, pelo menos duas vezes. Zion tentou resistir, mas seu corpo convulsionou até ficar inerte.

— Seu imbecil! — o oficial disse ofegante e se levantou.

Rápido, colocou o capacete de volta, que amplificou ainda mais a respiração acelerada. Zion viu apenas um vislumbre do rosto dele, mas sabia que estava apavorado. Puxando-o pelo colete balístico, o soldado desferiu contra seu rosto já machucado um, dois, três socos. O capitão estava certo de que morreria ali, por causa de um ataque estúpido de raiva.

De repente, o oficial parou e levou a mão até a lateral do capacete, ainda tentando se equilibrar no chão. Depois falou:

— Entendido. Mande-o vir até aqui.

Zion já não sentia a ardência dos machucados, apenas impotência. Foi arrastado de volta até a cadeira e esperou.

Um segundo oficial, com uma armadura vermelha, entrou carregando uma metralhadora em posição diagonal junto ao peito. Ele parou e observou Zion.

— Trouxe o dispositivo? — o oficial de armadura dourado perguntou.

— Sim, senhor. Estava na cabine de um dos soldados.

Zion sentiu um aperto no peito.

— Certo. Deixe-me vê-lo — o oficial ordenou.

O soldado de vermelho obedeceu e, estendendo a mão, levantou uma pequena placa de metal de cor roxa.

Roxa? Aquilo não era o dispositivo, era...

O oficial superior pegou a placa e apertou um dos botões: uma música alta começou a tocar. O homem hesitou e, quando virou o rosto confuso para o soldado de vermelho, foi acertado com força pelo cano da metralhadora dele. Caiu no chão imóvel.

Zion olhou de um para o outro, as sobrancelhas unidas e a boca aberta.

— Mas o que...

O soldado de armadura vermelha se aproximou, mas Zion tentou se afastar. O sujeito pareceu se divertir com aquilo. Ele colocou as duas mãos no capacete e o retirou, revelando o rosto triunfante de Kelaya. Ela abriu um sorriso imenso e, então, disse:

— Agora estamos quites, capitão.

CAPÍTULO 7

KELAYA SE ABAIXOU AO LADO da cadeira de Zion para tirar as algemas dele. O sangue pulsava graças à adrenalina. Ela não podia mentir: sentia falta daquela sensação eletrizante na boca do estômago. Ainda não havia se livrado da excitação diante do perigo.

— Você fez isso sozinha? — Zion perguntou depois de passar um bom tempo imóvel.

— Não! É mérito do Elazar. O garoto é um gênio.

Elazar e ela haviam elaborado uma armadilha assim que perceberam que os soldados do Risa estavam prestes a invadir a Stella. Com um feixe de luz, ela havia atraído os soldados no convés que mal conseguiam enxergar em meio à tempestade. O garoto havia usado os mecanismos de controle de portas da nave para prendê-los em uma sala de contenção. Depois de rendidos, eles foram levados às celas da Stella.

Com um aparelho de cópia de biometria ocular e roupas dos soldados capturados, eles conseguiram livre acesso ao navio mercantil.

Kelaya levantou os olhos assim que soltou as algemas. Zion estava muito ferido. De forma involuntária, levou sua mão até ele, mas logo recuou e desviou o rosto. Não era hora de ser sentimental.

— Você está bem? — perguntou apenas.

— Sim. Não é nada.

De repente, as luzes se apagaram. O navio inclinou um pouco e Zion quase caiu por cima dela.

— Essa é a nossa deixa. — Kelaya se levantou e puxou o braço dele. — Vem!

Zion tentou ficar de pé, mas as pernas pareceram falhar. Ela o segurou enquanto ele se apoiava nela.

— Eles fizeram mais alguma coisa com você? Onde mais foi ferido?

— Não. Já vou me recuperar.

Aguardaram o navio voltar ao eixo normal. Kelaya pegou o capacete e, com Zion a tiracolo, começou a andar com cuidado. A porta abriu, vultos correram de um lado para o outro. Zion se sobressaltou.

— Tudo bem, estão com a gente — ela assegurou.

— Tudo limpo aqui, senhora — Um dos vultos acendeu uma lanterna contra eles.

— Quem são eles? — Zion sussurrou, os olhos semicerrados.

— A tripulação.

— A tripulação? Você soltou a nossa tripulação?

— Não. Ainda não. — Ela sorriu. — São os civis. Estão com as armaduras dos soldados do Risa.

Zion não reclamou, mas não pareceu animado. Pudera, não era o melhor dos planos.

— E a tripulação do Risa? — ele perguntou, enquanto avançavam pelos corredores tropeçando em corpos no chão.

— Coloquei alguns para dormir.

Zion pigarreou.

— Eu disse sem matar, não sem deixar inconsciente — protestou. — Os demais estão presos na cabine. Elazar invadiu o sistema na sala de máquina e agora está no controle, mas ainda não sabe onde os nossos oficiais estão detidos.

Zion já andava mais firme. Kelaya aproveitou e pegou o comunicador portátil que havia trazido.

— Elazar, na escuta?

— Na escuta — ele respondeu.

— Tudo limpo no andar de cima, pode ligar as luzes.

Em instantes, a sala se iluminou. Zion piscou algumas vezes, firmou as pernas e ajeitou o corpo. Os civis vinham logo atrás, meio perdidos, sem saber como agir.

— Olha o que eu descobri. — Um deles ativou um comando e deixou toda a frente do capacete transparente.

— Legal, mas, com exceção dos olhos, mantenha seu rosto escondido por enquanto. — Ela mostrou como deveriam segurar as armas para parecerem como soldados. Então olhou para Zion. — Consegue andar sozinho?

— Sim, me dê uma arma.

— Não. — Ela colocou o capacete de volta. — Precisamos fingir que estamos te escoltando, caso encontremos mais homens do Risa.

— Quantos homens do Risa foram até a Stella? — Zion perguntou.

— Uns dez, mas acredito que haja mais. — Kelaya voltou ao comunicador. — Elazar, o restante da tripulação da Stella não está aqui. Pode nos levar em segurança à parte de baixo do navio?

— Um minuto, vou verificar as câmeras.

Eles pararam até obterem a resposta.

— Não se preocupe, Elazar vai nos guiar — ela disse.

Zion mantinha as sobrancelhas unidas, não parecia feliz em ter sido resgatado. Seria por causa dos golpes que sofrera ou sentia-se incomodado por não estar no controle?

Ele observou os civis que mal seguravam as armas direito. Estava óbvio que não tinham como enfrentar soldados treinados.

— Dê mais crédito a eles — Kelaya sussurrou. Zion se voltou para ela, a expressão incerta.

— Senhora? — Elazar a chamou com a voz urgente.

— Sim.

— Uma escolta do Risa está indo até vocês pelo corredor direito.

— Ok! — Ela puxou a arma. — Eles estão vindo, fiquem em posição.

O grupo avançou pelo corredor. Kelaya ia na frente e Zion logo atrás, com as mãos nas costas como se estivesse algemado, seguido pelos civis marchando feito soldados. De repente, ouviram os sons de botas, até darem de cara com seis soldados do Risa correndo em direção a eles.

— O que aconteceu? — o soldado mais adiantado perguntou.

— Estamos sendo atacados. O chefe está lidando com os invasores e pediu para levarmos o capitão — Kelaya respondeu.

— Para onde?

— Para junto dos outros prisioneiros

— Mas os prisioneiros não estão nesta direção — o soldado retrucou.

— Ah... Hum... bem, foi essa informação que nos passaram. Estamos apenas cumprindo ordens. — Kelaya tentou tomar o controle da situação.

Os soldados da escolta olharam uns para os outros.

Kelaya mirou Zion de soslaio e ele fez o mesmo. Ambos sabiam que o disfarce já era. Em uma fração de segundo, o capitão da Stella sacou a arma leve que ela carregava na cintura.

Com a própria metralhadora, ela empurrou a arma de um dos soldados para longe, depois pulou para cima dele, derrubando-o. Os demais se assustaram, e, no tempo em que ela lutava contra o soldado no chão, Zion já tinha disparado contra os outros, fazendo cair um por um.

Ela se mantinha na resolução de não matar. Pegou a arma de choque da armadura e deu três descargas no oponente imobilizado, até que ele desmaiou.

Zion, que agora estava bem alerta, estendeu a mão e pediu o comunicador. Ela o entregou com certa relutância.

— Elazar, visualiza mais soldados nos corredores? — Ele colocou o comunicador perto do ouvido. — Certo. Tranque todas as portas, não quero mais surpresas. E a nossa tripulação?

Nesse meio-tempo, Kelaya colocou dois dedos embaixo dos capacetes dos soldados para saber se algum dos outros ainda estava vivo, mas Zion havia os atingido bem na artéria carótida, de forma implacável.

Kelaya ficou de pé e tirou o capacete que estava usando. Os civis fizeram o mesmo — pareciam assustados.

— Volte com eles para a Stella. Elazar e eu vamos achar a tripulação — Zion disse ao se virar para ela.

Kelaya arregalou os olhos.

— Nem pensar. Nós viemos aqui para resgatar vocês e só vamos sair com todo mundo.

— É perigoso para os civis ficarem aqui.

— A maioria dos soldados foi rendida, os outros estão desacordados, mortos ou presos.

Zion bufou e aproximou o rosto do dela.

— Se eu ficar preocupado com eles, vou demorar ainda mais.

— Então vamos logo.

Ela deu as costas e ele a fez virar.

— Por que para você tudo se trata de uma competição, hein? — A mandíbula dele estaca contraída com força. — Por que tudo tem que ser sobre quem vai ficar com o crédito?

— O quê?! — Kelaya pestanejou. — N-não... não tem nada a ver com isso!

— Então por que você não está sendo racional?!

Porque eu não quero te deixar aqui sozinho, seu idiota. Porque tenho medo de te perder.

Kelaya baixou os olhos. As insinuações de Zion a feriram. Ele estava sendo injusto e a interpretando mal mais uma vez e, agora, na frente de outras pessoas. Teve vontade de retrucar, mas se conteve

Respirou fundo e voltou a olhar para ele.

— Tudo bem, Zion — disse com a voz mais comedida possível. — Vou me submeter às suas ordens.

Por um momento, os olhos do capitão se arregalaram de surpresa. Ele deixou a respiração normalizar e, então, voltou a atenção para os demais.

— Sigam-me.

CAPÍTULO 8

KELAYA E OS CIVIS acompanhavam Zion. Antes de saírem, o capitão decidiu verificar as últimas cabines do andar. Saiu batendo em cada porta uma espécie de sequência ritmada. Algumas vezes era respondido, mas em nenhuma delas abriu a porta. Ninguém questionou. Já haviam atravessado quase todo o pavimento, e Kelaya estava atenta a qualquer sinal que pudesse identificar o paradeiro da tripulação da Stella Capitânia.

— Tem certeza de que não viu nenhum sinal deles nos espaços públicos? — Zion disse perto do comunicar. — E quanto à cabine de comando? — Quando ouvia as respostas de Elazar, seu semblante ficava ainda mais sério. As sobrancelhas estavam bem juntas, tocando um filete de sangue seco que atravessava a testa, e a boca era uma linha dura. — Alguma ideia sobre compartimentos secretos em navios? — continuou.

— E se eles foram mortos e jogados no mar? — um dos civis atrás deles disse.

Zion parou de forma abrupta, girou os calcanhares e o encarou.

— É bem possível — o homem se justificou e deu de ombros.

Kelaya fechou os olhos e respirou fundo.

— Não há nada indicando que eles estejam mortos. E precisaríamos garantir que de fato não estão aqui. — Ela deu um passo à frente e se colocou entre Zion e o homem. — Fique calmo — sussurrou.

Zion continuou encarando, mas algo além de Kelaya e dos civis. Parecia em uma espécie de transe.

— Talvez não os tenham jogado no mar, mas... quem sabe nos containers — o civil disse depois de um tempo.

Kelaya engoliu em seco e o silêncio que se instalou gelou o estômago.

— Não, não acredito nisso — ela afirmou.

— O que disse? — Zion perguntou, voltando de onde sua mente tinha divagado.

— Eles podem estar nos containers — o homem repetiu.

Zion voltou a olhar para ela, a respiração começando a ficar acelerada.

— Vamos! — disse e os dois começaram a correr.

Os civis tentaram acompanhar, mas acabaram ficando para trás, e nenhum dos dois pareceu se importar.

— Elazar, tem um panorama do convés? Está liberado? — Zion perguntou ainda correndo.

Assim que receberam o retorno, subiram as escadas de dois em dois degraus, embora a armadura do disfarce não ajudasse. No topo, uma infinidade de containers disposta contra o negrume do horizonte vazio. O mar estava mais calmo. Uma garoa fraca e constante caía sobre eles, enquanto clarões de fim da tempestade cortavam o céu de cima a baixo.

Zion foi até o primeiro container e começou a atirar no cadeado, um tiro atrás do outro, sem trégua, até que a tranca cedeu. Os civis já haviam os alcançado — juntos, eles empurraram a barra metálica e a porta abriu. Estava vazio.

Repetiram a operação pelo menos vinte vezes. No vigésimo primeiro container, encontraram algo suspeito. Kelaya apertou o cabo da lanterna entre os dedos e a mirou no interior do espaço. Era uma câmera refrigerada, com pilhas de gavetas. Ela abriu uma delas e recuou imediatamente. Um civil soltou um grito na mesma hora que um trovão explodiu no céu. Havia um corpo com fios ligados a tomadas.

Zion pegou a lanterna e apontou para o rosto mais de perto: não era nenhum integrante da tripulação. No entanto, a expressão era assustadora, intensificada pela hostilidade da imensidão negra e do murmúrio do vento. Kelaya se aproximou e, então, estremeceu em um calafrio. Lembrava a expressão monstruosa do capitão do navio que ela havia enfrentado na missão perto do vale.

— Mas o que é isso? — um dos civis perguntou.

Zion abriu as outras gavetas, sem dizer uma única palavra. Estavam ocupadas da mesma forma.

— Eu sei o que eles são — Kelaya sussurrou para ele.

Ele a fitou por um instante e se levantou em seguida. Começou a olhar em volta, mordendo o lábio inferior. Apontou para o corredor lateral.

— Você e os civis vão para a Stella, eu cuido disso.

Kelaya não disse nada, apenas assentiu desanimada e fez sinal para que os civis a seguissem. Era uma verdadeira estupidez Zion procurar pela tripulação sozinho e parecia mais estúpido deixá-lo sozinho. Mas, droga, ela precisava obedecer a algo dentro dela que parecia dizer ser a melhor coisa a se fazer, e passou a caminhar em direção à escada de acesso aos botes.

Mais ou menos na metade do extenso corredor, ouvia Zion batendo com o cano da arma com força contra as paredes de ferro na mesma sequência ritmada que fizera nas portas das cabines. A diferença é que agora ele estava desesperado. As pancadas ressoavam nos containers próximos, depois nos que estavam atrás deles e assim por diante, até criar uma sinfonia estridente que chegava até ela.

Ela sentiu o coração apertar. Não queria deixá-lo.

Quando finalmente o barulho parou, ela parou também e pediu para todo mundo ficar em silêncio.

Logos, ajude-me.

Mas ouviu apenas os sons da chuva e do oceano irritadiço. Fechou os olhos desapontada e começou a andar de novo em direção às lanchas, quando, de repente, começou a ouvir o mesmo som das batidas.

Ela virou-se de súbito.

— Vocês estão ouvindo isso? — disse baixinho.

— Não é o mesmo eco de antes? — um civil respondeu atrás dela.

— Não, esse é mais abafado.

O som continuou e ela tentou acompanhá-lo. Fechou os olhos e prestou atenção. Estava mais forte, próximo de onde ela e o civis estavam.

— Zion! — ela gritou — Tá ouvindo isso?

— O quê? — ele gritou de volta.

— Acho que vem de lá, moça. — Um civil apontou para a parte leste do navio.

Começaram a correr. Encontraram Zion no meio do caminho, o rosto pingando de suor. Depressa, localizaram os dois containers de onde vinham as batidas. Zion repetiu a sequência para ter certeza de que era o código certo.

— Afastem-se, vamos atirar — avisou contra as paredes de alumínio.

Descarregaram as armas, fazendo voar faísca para todos os lados, até que a tranca cedeu. Com as mãos trêmulas, Kelaya liberou as correntes e um dos civis a ajudou a abrir as portas do primeiro container.

De imediato, ela cruzou com os olhos arregalados de Tai e uma emoção nova atravessou seu coração. Ele e parte da tripulação estavam com a boca vedada e as mãos presas às costas. O restante da tripulação estava no container que Zion acabara de abrir.

Os soldados agitaram-se quando ela entrou. Havia cortes visíveis em alguns dos rostos, braços e pernas, mas aparentemente nada muito grave. O tenente não se mexeu, mas os olhos verdes dele a acompanharam fixamente. Kelaya não tinha parado para pensar o quanto estava apreensiva com a possibilidade de perder um irmão que ela mal conhecera.

Quando as mãos dele finalmente estavam livres, tirou a mordaça e fez uma careta. Ela esperava um obrigado ou pelo menos um olhar de reconhecimento.

— Está machucado? — ela perguntou.

— Não... — Tai a olhou por meio segundo. — Onde está o capitão?

Um pouco desapontada, ela apontou para fora e logo o perdeu de vista.

Com a ajuda dos demais civis, Kelaya começou a libertar o restante dos soldados. Samara a abraçou, pegando-a de surpresa.

— Eu sabia. — Ela a apertou mais forte. — Antes de nos prenderem, eu assinalei para Tai que você viria.

— F-foi um trabalho em equipe. — Desvencilhou-se para conseguir respirar. — Elazar é o grande responsável.

— Ah — Samara fechou o rosto. — Claro, o garoto gênio.

Durante a confusão da retirada, Kelaya procurou pelo rosto de Zion. Estava iluminado, tomado por ansiedade e alívio ao mesmo tempo. Ele ficou de pé na borda da escada até que todos tivessem abandonado o navio.

Embora não deixasse demonstrar as emoções, Kelaya sabia que, por dentro, ele estava vertendo em lágrimas.

CAPÍTULO 9

ASSIM QUE VOLTOU PARA STELLA, Kelaya se voluntariou para ajudar na enfermaria nos cuidados com os soldados que necessitavam de atendimento médico. Por mais que nenhum deles estivesse correndo risco de vida, a dra. Mark e Beth não teriam como dar assistência a tanta gente sozinhas. Laura também foi ajudar.

Enquanto isso, Zion e um dos pilotos deram um jeito de afastar a Stella o máximo que puderam do navio mercantil. Eles haviam captado um pedido de socorro do inimigo para o Risa e, mesmo sem ter certeza de que viriam, Zion preferia não se arriscar mais.

O dia havia nascido e já estava a caminho do fim quando parte da equipe pôde descansar. Os civis mais jovens assumiram algumas tarefas rotineiras da tripulação, os tripulantes feridos foram medicados e já estavam em suas devidas cabines.

— Quando acabarmos aqui, preciso conversar com você a sós — Kelaya sussurrou para Laura. As duas estavam em uma das extremidades da enfermaria, organizando os equipamentos médicos.

A mulher apenas assentiu, com um olhar intrigado. Kelaya sorriu, mas logo se assustou ao ver Tai entrando na sala. Ele desviou o olhar assim que a viu.

— Tenente — a médica responsável prestou continência —, estou finalizando o relatório com a situação dos feridos e já envio para o capitão.

— Ótimo! — Ele sorriu, a boca em linha reta, e depois se aproximou da maca. — Mas receio que eu mesmo precise de um atendimento.

— O senhor está ferido? — A médica arregalou os olhos. — Por que não veio assim que embarcou?

— Não é nada. — Ele começou a tirar a parte de cima do uniforme, deixando à mostra um corte profundo no ombro. — O capitão precisou da minha ajuda.

Ela examinou o corte, injetou medicamentos e depois pediu para limparem e fazer um curativo enquanto voltava para os relatórios.

— Pode ir limpando enquanto eu pego o que preciso? — a enfermeira pediu a Kelaya no caminho até o paciente.

Como tinha certa experiência em primeiros socorros nas missões no front, ela havia se mostrado bastante competente em fazer curativos. Kelaya jogou um olhar ansioso para Laura antes de ir até o irmão.

Tai encarava a parede, sério.

— Você disse que não estava ferido — ela murmurou baixinho, analisando o ferimento dele.

— E não estou.

Kelaya balançou a cabeça e deixou escapar uma risadinha.

— Bem, pelo menos não sou a única que se recusa a receber cuidados médicos.

Ela se lembrou da primeira vez em que se encontraram. Ela havia se recusado a ir para enfermaria, assim como ele.

— Parece que temos isso em comum — Tai respondeu apenas.

Ela espirrou soro no ferimento.

— Como o Zion está?

O tenente suspirou.

— Ele não fala nada, mas com certeza está se culpando pelo que aconteceu com a tripulação e com Beno.

Ela concordou com um aceno de cabeça. Como capitão daquela tripulação, Zion fizera questão de trazer o corpo do chefe da guarda para Stella e promoveu uma espécie de cerimônia com alguns tripulantes, antes de jogar o corpo dele ao mar. Kelaya não pôde estar presente, mas ouvira falar a respeito.

— Você o conhece — Tai virou-se um pouco, mas ainda relutante em olhar nos olhos dela —, ele não vai esquecer disso tão cedo.

— Conheço, embora ele insista em esconder coisas de mim.

Tai franziu um pouco a testa.

— O capitão é um bom homem, você sabe disso.

Ela fez que sim, mas não era exatamente disso que ela estava falando. Terminou de secar o corte e logo Beth apareceu para finalizar.

Quando ele saiu, fez um breve aceno. Minutos depois, a enfermaria estava completamente em ordem. Em vez de ir descansar, Kelaya passou algumas horas conversando com Laura sobre as experiências com o Logos e tudo que havia acontecido no navio mercantil.

Mais tarde, quando estava deitada no quentinho de sua cama, alguém bateu à porta da cabine. Temendo ser outro problema, com rapidez colocou o macacão cinza e atendeu a um tripulante. Ele informou que o capitão Zion solicitava a presença dela e pedia que o acompanhasse. Kelaya voltou para dentro, lavou o rosto inchado pelo sono, ajeitou o cabelo e foi com ele até a parte inferior da Stella.

Para chegar até onde Zion estava, ela passou pelas celas dos prisioneiros e deu uma espiada para dentro das grades. Os soldados que haviam sido capturadas na Stella estavam sentados no chão, quase sem roupa e com o rosto todo machucado.

O tripulante parou e apontou para o fim do corredor. Ela seguiu sozinha até a última sala, quando encontrou Zion com os braços cruzados, encostado na parede. As mangas da camisa estavam arregaçadas, os punhos vermelhos e ele olhava fixamente para o nada, do mesmo jeito que fizera no navio.

— O que está fazendo? — Kelaya disse quando se aproximou.

Ele despertou e cravou os olhos negros nela, os contornos estavam ainda mais fundos. Com certeza não havia dormido desde então.

— Interrogando os prisioneiros — ele respondeu.
— Assim?
— E existe outro jeito?

Kelaya chegou ainda mais perto.

— Zion, eu sinto muito por Beno. Só que, agindo assim — balançou a cabeça repreensiva —, está piorando as coisas.

Ele cerrou os olhos.

— O que quer dizer?
— Que você está parecendo... está parecendo...
— Quem?
— Eu.

Ficaram se encarando por um tempo até que ele sorriu, mas de forma sarcástica.

— Nesse momento, eu preferiria o seu "velho eu" aqui comigo.

— Duvido.

Ela se afastou.

— Só quero impedir que aconteça de novo. — Zion ajeitou o corpo e começou a abrir ainda mais a gola da camisa, como se o ar estivesse obstruído. — Preciso saber o que eles pretendem, o que são aqueles corpos. Estão atrás de você e...

— Eles não vão falar assim.

— Por isso te chamei aqui.

Ela cruzou os braços, curiosa.

— Quero que você argumente com eles — Zion disse.

— Argumentar?

— Se tem uma coisa que nenhum riseu suporta é perder uma discussão. Quero que você os provoque sobre esses escritos... Logos, o que seja.

Ela ergueu as sobrancelhas. Até que não era má ideia.

— Deveria ter me chamado antes, então.

— Esse é um erro que eu tenho cometido com frequência ultimamente — ele disse e começou a andar em direção à porta da sala de interrogatório.

Kelaya ficou surpresa com a admissão. Já era um progresso.

— Isso foi um pedido de desculpas? — ela perguntou.

— Talvez.

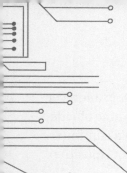

CAPÍTULO 10

DENTRO DA SALA, Kelaya encontrou um garoto de pé entre dois tripulantes da Stella. Estava sem camisa, tinha um lábio cortado e hematomas pelo corpo. Com a tez branca e o cabelo bem preto, não chegava aos vinte anos de idade.

Kelaya pensou em como fazer aquilo do jeito certo. Olhou em volta e, então, pediu:

— Podem buscar cadeiras para a gente se sentar e uma camisa para ele?

Os homens se entreolharam e esperaram a ordem do capitão. Zion assentiu e pediu água e uma cadeira para si também.

Kelaya e o soldado do Risa se sentaram um de frente para o outro. Ele a fitou com os olhos vazios até o estômago dela revirar. Zion permaneceu no canto direito, atrás dele.

— Água? — ofereceu para o prisioneiro.

Ele aceitou. Enquanto bebia, encarava Kelaya sobre a borda do copo.

— O capitão Zion fez algumas perguntas — ela começou. — Seria muito mais fácil se você apenas as respondesse. Ninguém mais vai te machucar.

Ele se manteve em silêncio.

— Vocês estavam atrás do dispositivo?

O soldado continuou a encarando, mas sem oferecer alguma resposta. Kelaya respirou fundo e jogou uma olhadela para Zion. Ele fez um sinal de positivo para ela continuar.

— Você sabe o que são as informações do dispositivo. O Logos?

Os olhos dele se abriram de leve com a última palavra, mas ele permaneceu calado.

Mas que droga, ela não sabia fazer aquilo senão usando de violência. O que provocaria aquele jovem riseu a falar?

Bateu com os dedos na parte de baixo do assento da cadeira e tentou uma nova estratégia.

— Não é estranho uma organização como o Risa, que sempre prezou pelas tradições, usar de informações vindas diretamente do Planeta Origem só para fomentar a guerra?

O soldado fez uma careta.

— Isso é mentira!

Finalmente, uma reação.

— Ah, é? — Ela franziu o cenho de leve. — Então vocês não usaram as cópias do dispositivo apenas como isca para a Fenda atacar o Vale?

Zion ergueu uma das sobrancelhas atrás dele.

— Claro que não — o garoto respondeu —, por que faríamos isso?

— Para provocar uma revolta das zonas neutras contra a Fenda. Exatamente como aconteceu.

— Nós não somos assim, como vocês.

Ela apertou os lábios. Aquele garoto era ingênuo, como ela havia sido.

— Então por que mandar fazer essas cópias do outro lado do continente? Por que passar pelos territórios neutros com um carregamento tão valioso?

— Porque era mais próximo do mar Leste, por onde as cópias seriam enviadas.

Ela se inclinou na cadeira.

— Seriam enviadas para quem?

Ele estava prestes a dar com a língua nos dentes, quando deu por si e virou o rosto, se recriminando.

— Não sei — respondeu.

Kelaya voltou a se recostar na cadeira. Ele tinha cedido à provação, precisava encontrar outra brecha.

— Se as informações são valiosas para Risa, vocês ficaram com uma cópia do dispositivo, suponho. — O silêncio dele foi uma confirmação. Ela prosseguiu após um suspiro dramático. — Por que estavam atrás de mim?

Os cantos dos lábios do soldado levantaram-se com um ar debochado.

— Nós não estávamos atrás de você, mas por acaso você apareceu no nosso radar.

— Qual era a missão, então?

Ele voltou a fechar o rosto e ficar em silêncio. Ela precisava voltar ao assunto do dispositivo.

— Se vocês têm uma cópia do dispositivo e se a missão principal não era me capturar, então por que o seu líder mandou virem até aqui buscar o dispositivo?

O jovem soldado enrugou o nariz.

— Não é óbvio? Para que vocês não alterassem as informações.

— Por que eu faria isso?

Desta vez, a boca dele se vergou para baixo, exprimindo um ar de repugnância.

— Não é isso que a Fenda faz? Reescreve a história, cria narrativas falsas e heróis não nomeados que, na verdade, nunca existiram? Quem tem controle sobre a informação tem o poder de manipulá-la, e vocês sabem fazer isso muito bem.

Kelaya abriu um sorriso, tão debochado quanto o dele.

— Se está falando sobre a República deixar a população passar fome, isso não é uma narrativa falsa, é um fato. Embora você seja novo, deve se lembrar.

Ele afunilou os olhos.

— Porque estávamos passando por uma crise que seria solucionada, como aconteceu nas zonas neutras — justificou. — Já vocês, escravizaram a população. Transformaram o continente em uma aberração e...

— Aberração — ela o interrompeu —, disso vocês entendem. O que eram aqueles corpos deformados e ligados a fios nos containers?

O riseu arregalou os olhos e a boca tremeu brevemente. Atrás dele, Zion inclinou o corpo para frente esperando pela resposta.

— Apenas soldados que morreram em combate. Íamos jogar os corpos no mar, para... para honrá-los.

— Precisavam ir tão longe? Conta outra, não eram apenas soldados e não estou certa se eles estão mortos. Vocês estavam levando os corpos para alguém — Ela se inclinou sobre o garoto para pressioná-lo. — Alguém tem patrocinado as bizarrices científicas de vocês? Quem? O que são? Mutação genética?! Armas biológicas?! Drogas para supersoldados?! Ou...

— Eu não sei! — ele gritou, voltando a fixar os olhos nela. — Podem me matar, mas eu não tenho a resposta. Nós não temos acesso aos experimentos. A única coisa que eu sei é que estamos prestes a mudar a forma de como conhecemos a existência humana.

Zion e ela se entreolharam, e o garoto continuou:

— Todo experimento gera perdas até dar certo.

Kelaya ajeitou o corpo na cadeira.

— O problema é que vocês estão lidando com algo que não podem controlar — disse em tom mais brando.

O rapaz cortou o contato visual.

— Eu enfrentei um desses experimentos, que estava descontrolado, e o matei — ela disse.

Ele deixou escapar uma risada.

— Impossível.

— Bem, eu tive ajuda. Na época eu não sabia, mas hoje eu sei.

Ele pareceu confuso.

— De quem?

— As informações do dispositivo não são *apenas* informações. Contam a história do Logos, o poder verdadeiro. — Ela fez uma pausa, esperando a reação dele. Mas o saldado não fazia ideia do que ela estava falando. — Engraçado, vocês se preocupam tanto em proteger as informações do Planeta Origem, mas não as honram de verdade.

— Você está enganada. A República é a única que protege e honra todas as informações que vieram com os pioneiros.

Kelaya balançou a cabeça bem devagar.

— Tudo performático. Era para toda a população do Continente Baixo saber sobre o Logos. Quando as informações foram encontradas no banco de dados do Planeta Origem por uma oficial de vocês, elas foram mantidas em segredo. Então vocês perderam as informações e só recuperaram anos depois, mas usaram para quê? Fomentar guerra? Lucrar? Mas nem sabem do que elas se tratam.

Ele manteve o semblante sério, não tinha como negar o que ela dizia. Ela fez uma pausa, esperando que o que acabara de dizer tivesse um efeito sobre o garoto.

— Vocês nunca tiveram acesso às informações, não é?

O soldado fez que não com a cabeça.

Kelaya voltou a olhar para Zion pelo canto do olho. Durante o interrogatório, o capitão manteve uma sobrancelha levantada, como se ponderasse tudo que ouvia.

— E para que as cópias? — ela perguntou.

— Eu já disse que não sei. — Ele ergueu os ombros. — Talvez fossem enviadas para encontrar alguém que pudesse decodificá-las.

Kelaya então sorriu.

— Bem, essa pessoa sou eu.

O garoto se manteve pensativo. Kelaya sabia que tinha colocado uma grande dúvida na mente dele. Ela se levantou e ele a acompanhou com o olhar.

— Se quisessem mesmo honrar as informações do dispositivo, não estariam lidando com coisas que são contrárias a elas — ela disse.

— Como você sabe de tudo isso?

— Eu tive acesso a elas.

O soldado lhe lançou um olhar de desdém, mas ela não se importou.

— Não acredito em nada do que você diz — ele disse.

— Ah, deveria. — Kelaya endureceu o rosto. — Se não fosse pelo Logos, agora você não estaria vivo.

— O que você achou? — Kelaya perguntou para Zion assim que eles saíram da sala.

Os dois começaram a andar pelo corredor iluminado por linhas horizontais de neon; ele mantinha a postura de soldado, cabeça ereta e braços nas costas.

— Útil — ele respondeu.

— Só isso?

O que Kelaya queria mesmo saber era se Zion acreditou no que ela dissera para o soldado a respeito do Logos. Ele, porém, não falou nada sobre isso.

— Pelo menos sabemos por que eles não querem você com o dispositivo. Ele estava certo: quem tem controle sobre as informações pode manipulá-las — o capitão comentou.

Kelaya concordou com um aceno. Ela não poderia permitir que alguém com essa intenção colocasse as mãos no dispositivo.

— Por isso precisamos ser rápidos quando chegarmos em Efes. Você conseguiu contato com o fornecedor?

Eles esperavam que um dos contatos de Zion na cidade pudesse arranjar um aparelho decodificador usado pelo Risa antigamente.

— Ainda não. — Zion pigarreou e depois se voltou para ela. — Acha mesmo que eles usaram o episódio do vale para provocar a guerra?

Ela deu de ombros.

— Adara levantou essa hipótese, mas confesso que não tenho certeza.

— Talvez quisessem manter as duas alternativas.

— Como assim?

— Mandar o dispositivo para o exterior ou provocar uma revolta, tanto faz. Independentemente do que acontecesse, eles estariam em vantagem.

— Faz sentido.

Eles entraram no elevador e Zion apertou o botão para o andar superior, onde ficavam as cabines. Kelaya cruzou os braços e olhou o chão, enquanto refletia.

— O que pensa em fazer com eles? — ela perguntou e apontou com o queixo para a sala onde os prisioneiros do Risa estavam enquanto a porta do elevador se fechava.

— Descartá-los. Já tenho muitas pessoas para me preocupar — ele respondeu.

— E como pensam em fazer isso?

O elevador abriu e eles saíram no corredor. Zion parou de frente para ela.

— O que sugere?

Ela encolheu os ombros com os braços ainda cruzados.

— Coloque-os dentro de uma lancha. Em poucos dias serão encontrados pelo navio mercantil. — A testa dele se contraiu. Kelaya imaginava que não era bem esses os planos que ele tinha. — Não somos mais da Fenda, Zion. Não precisamos matar as pessoas.

Ele manteve os olhos sobre os dela, até que enfim concordou com um aceno curto. Kelaya sentiu um certo alívio por tê-lo convencido. Há tempos não tinham uma conversa tão pacífica.

Foram, então, em direção às cabines particulares, porém, antes de ela alcançar a própria cabine, ele a chamou. Kelaya parou de repente e olhou para Zion com uma leve expectativa.

— Obrigado — ele disse, muito sincero. — Obrigado por salvar minha equipe.

— Não fiz nada sozinha.

Um esboço de sorriso surgiu dos lábios dele.

— Elazar! Sim, ele ajudou, sei disso.

— E você. Você também os salvou.

Ele balançou a cabeça em negativa e voltou a fazer aquele olhar meio perdido, do tipo que corta o coração.

— Eu os coloquei em perigo. A culpa foi minha — disse baixinho.

Kelaya não sabia o que dizer. De fato, correram risco por conta da decisão de saquear o navio, no entanto, ela não suportava vê-lo daquele jeito. Aproximou-se e cogitou tocar o rosto dele, mas, nessa altura, Zion já tinha voltado a si e fixado a atenção nela de novo.

— Você está nos salvando desde que deixou o Continente Baixo — ela insistiu em um tom cálido.

Ele assentiu, sem muito entusiasmo; os olhos dele estavam cansados, pediam por descanso.

— Você deveria dormir um pouco — ela disse.
Zion inclinou a cabeça e sorriu, agora de verdade.
Kelaya sentiu o estômago dar uma cambalhota.
Que golpe baixo, capitão.
Já estava na hora de se despedirem antes que a situação começasse a parecer sugestiva demais. Ela deu um aceno com a cabeça e deu meia-volta com a intenção de se enfiar dentro da cabine o mais rápido possível.
— Não estou conseguindo dormir muito nos últimos dias... — Ele estendeu a mão, impedindo que ela tocasse no sensor.
Kelaya paralisou. Olhou-o por sobre os ombros.
— Não?
— Não.
O que era aquilo nos olhos dele, um convite?
Voltou a mirar a porta e mordeu o lábio, indecisa.
— Hoje você vai — ela disse.
— Vou?
— Sim. — Ela girou o corpo com calma e ficou de frente para ele mais uma vez, fingindo que aquela era uma conversa banal. — Quando você se deitar na cama, da *sua cabine*, e relaxar, vai dormir. Tenho certeza.
Zion a observou por um momento e depois recuou. Parecia meio decepcionado.
— É, acho que vou.
Ela tentou sorrir, mas ele apenas deu as costas e saiu andando pelo corredor, deixando-a com uma sensação estranha. Estava satisfeita e chateada por ter resistido.
Quando já estava no conforto da própria cama, a única coisa que Kelaya pôde fazer foi pedir ao Logos que o ajudasse a descansar.

CAPÍTULO 11

TAI ESTAVA NO PARAPEITO do convés, recostado no ombro que não estava machucado. Já passava da segunda parte da madrugada, o mar se acalmara e a lua baixa traçava um caminho brilhante e frio sobre as águas. Subitamente a imagem borrada de uma mulher magra, de cabelos acobreados, voltou à mente. Ela segurava um bebê e estendia as mãos para ele. Aos poucos ela se afastava até sumir no horizonte.

Ele não sabia muito sobre a mãe. A única informação que lhe deram é que, quando estava prestes a completar quatro anos, ela tivera outro bebê e, impossibilitada de sustentar os dois, acabara entregando-o para ser levado do continente.

Por que a mãe ficou com a bebê em vez dele? Talvez por ser uma menina, ou ainda muito nova; ou, quem sabe, porque a mãe o amava tanto que preferira tê-lo afastado dela, mas em boas condições e seguro. Ou talvez ela não o amasse tanto assim...

Por que ela e não eu?

A única pessoa que sabia a resposta havia morrido sozinha, abandonada pela filha escolhida. Não tinha como descarregar as frustrações na mãe, então, estendeu à Kelaya.

Ele queria passar os últimos dias da viagem fingindo que a irmã não existia, até que finalmente cada um deles trilharia o próprio caminho e nunca mais ouviriam falar um do outro. Mas os acontecimentos das últimas horas pareciam colaborar para que ela não se parecesse mais com aquela imagem repugnante que ele criara na mente, depois da primeira conversa. Será que ele havia entendido tudo errado?

Bem, e a quem ele queria enganar? Era impossível não pensar nela.

Um ruído chamou sua atenção. Ele se virou e, para nenhuma surpresa, a silhueta cinzenta da pessoa que morava em seus pensamentos cruzava o convés na ponta dos pés.

Kelaya não o viu, pois Tai estava escondido atrás da sombra de uma máquina do convés.

— Perdeu o sono? — ele disse ao se aproximar.

Ela se sobressaltou, depois olhou de relance.

— Não. — Virou-se e abriu um leve sorriso. — Eu já tinha dormido um pouco e costumo acordar cedo.

Ele fez que sim.

— Como está o ombro? — Kelaya apontou o dedo e ele a acompanhou.

— Ah, isso?! Não foi nada.

— Que bom...

Tai apenas concordou, sem saber muito como continuar a conversa. Fez-se silêncio entre eles, um silêncio incômodo.

— Vai treinar? — ele disse, trazendo atenção para o par de luvas de boxe que ela carregava.

— Ah, sim. Gosto de treinar nesse horário.

— Eu também.

— Sério? — Ela arregalou os olhos. — Nossa, Zion odeia.

— Verdade...

Os dois soltaram um riso tímido. Tinham mais isso em comum: conheciam bem o jeito do capitão.

— Ele conseguiu dormir? — ela perguntou, o rosto exprimindo preocupação.

— Sim, acho que sim. Estou de plantão no lugar dele, só vim tomar um ar.

— Entendi. — Ela desviou os olhos para o mar, para o céu, para os próprios pés e, por fim, para ele de novo. — Será que você tem alguns minutos livre? Gostaria de retomar aquele assunto que começamos.

Aquele assunto. Será que era uma boa hora?

— Eu acho...

— Não vou tomar nem meia hora, eu prometo. — Ela lançou para ele um olhar de ansiedade que tornou praticamente impossível negar o pedido.

— Um momento.

Tai levantou a mão e depois alcançou o comunicador no bolso.

— Lisa, está tudo bem por aí?

— *Tudo tranquilo, tenente* — a piloto respondeu.

— Se captar qualquer coisa suspeita, me avise.

— *Entendido, tenente.*

Tai sinalizou que eles poderiam ir. Andaram pelo convés, um ao lado do outro. Por muitas vezes, ele havia reparado nas semelhanças físicas que compartilhavam. Os cabelos eram quase da mesma cor — o dela, um pouco mais acobreado, lembrava o da mãe. Os olhos de ambos eram claros, mas os dela tinham um tom azulado, enquanto os dele eram mais esverdeados.

— Nossa mãe alguma vez disse quem era nosso pai ou... nossos pais? — ele perguntou.

Kelaya apenas meneou a cabeça. Os dois continuaram andando até que chegaram na ponta da proa. Olharam para baixo, já dava para distinguir o branco da espuma na água.

— Aquele dia você realmente me pegou de surpresa — ela começou dizendo e ajeitando o corpo. — Eu fiquei tão atônita que não soube muito bem o que responder.

— Você respondeu a verdade, imagino.

— Sim, mas não era tão simples. Quero dizer... — ela franziu a testa — ainda é ruim, eu sei disso. Mas não é como se eu não me importasse.

— Zion disse algo a respeito.

Ela endureceu o rosto.

— Vocês falam muito sobre mim?

— Só falamos uma vez. Ele disse que foi assim que vocês se conheceram.

Kelaya assentiu.

— Isso sempre me assombrou — ela disse.

— Que bom — ele atalhou, sentiu uma pontada de remorso logo em seguida. Por mais que estivesse baixando as defesas, aquele assunto despertava um ressentimento involuntário. Olhou para o rosto da irmã: ela estava agora com a cabeça meio baixa e ele se sentiu mal por isso. — O que você dizia? — suavizou o tom.

— Sei que você deve me odiar e eu entendo — ela recomeçou.

— Não é isso, é só que... é decepcionante. — Finalmente ele entendeu o que sentia. — Eu me juntei à Fenda por sua causa.

Os olhos dela se arregalaram na proporção que entendia o que ele acabara de dizer.

— O quê? Por quê?

— Queria te conhecer. Queria recuperar um pedaço do que eu tinha perdido. Mas depois fiquei bravo, como se você tivesse desperdiçado o que foi tirado de mim...

No fundo, Tai sabia que estava sendo injusto. Ela não era a culpada por ele, ainda menino, estar sozinho e amedrontado em um navio rumo ao desconhecido. Não era responsável por sua queda, que deixou uma cicatriz no rosto, sem ninguém para ampará-lo. Ou pelas noites em que ele chorava de saudade, em uma casa fria, embora confortável. E muito menos por ele ainda se sentir abandonado. Mas, no fim, só restara ela.

E esse era o problema e, ao mesmo tempo, a razão dele estar ali. Ela era a única pessoa que ele tinha no mundo.

Kelaya escutou o desabafo de Tai em silêncio. Seu rosto tinha uma expressão de lamento quando, por fim, disse baixinho:

— Será que você poderia levar em conta o fato de que eu só tinha doze anos e estava sob o efeito de uma maldição?!

Tai pestanejou.

— O quê?

Ela suspirou e baixou a cabeça.

— Nada, você não vai entender isso agora.

Ele continuou a observando por um tempo.

— Doze, você só tinha *doze* anos? — ele perguntou depois de um tempo.

Ela fez que sim com a cabeça, as mãos grudadas com força no parapeito.

— O que fez você querer ir? — ele acrescentou.

Kelaya esfregou a manga do macacão nos olhos. As primeiras luzes da manhã revelavam seu rosto salpicado de manchas vermelhas.

— Eu me convenci de que iria salvar o mundo — ela disse baixinho —, mas, no fundo, eu só queria me vingar dela. Assim como você quer se vingar de mim agora... — Ela finalizou com uma risadinha, mas sem muito humor.

— Não quero me vingar de você — ele respondeu.

— Se você pensa em se afastar de mim para sempre, está se vingando.

Tai desviou os olhos. Era exatamente o que pretendia fazer.

— Você tem certeza de que ela deu você? — Kelaya perguntou de repente.

— Sim, por quê?

— É que às vezes nossas memórias podem nos enganar.

Por mais que Tai tivesse pouca idade na época, as lembranças da mãe o deixando e se afastando eram muito claras. Ele foi entregue a um casal de pessoas indiferentes, mas não seriam capazes de mentir sobre algo assim. Seriam?

— Por que a pergunta? — ele disse.

— *Ilhas Navidis*. Quando você mencionou o lugar naquela primeira conversa, eu sabia que já tinha ouvido falar antes. E agora, por algum motivo, eu sei que ela pretendia ir para lá.

As sobrancelhas dele se ergueram.

— Ela te falava a respeito?

— Não, mas teve uma noite... — Kelaya semicerrou os olhos. — Lembro que já era muito tarde, eu estava com muito sono quando ela chegou em casa. Lembro de ter tomado vários copos de chá de folhas secas.

— Por causa da fome?

Ele lembrava de tomar chá também quando não tinha nada para comer.

— Isso. Lembro de sentir fome — ela comentou.

Tai engoliu em seco. Depois que fora levado embora, nunca mais ficara sem ter o que comer. Kelaya continuou:

— Ela chegou ansiosa e disse para eu colocar só o que era necessário e que pudesse carregar em um saco de lona. Nós saímos embaixo do sereno e fomos até ao porto. Parecia ansiosa e excitada ao mesmo tempo. Lembro de ela ter falado esse nome para o atendente. *Ilhas Navidis*.

Mas a gente não embarcou. Acho que o dinheiro não foi suficiente, os preços das coisas mudavam a cada meia hora naquela época. Lembro das lágrimas silenciosas do caminho de volta e... — Ela parou de súbito e olhou para ele, os olhos marejados. — Não sei, mas, às vezes, o que pensamos saber não é o quadro inteiro.

Tai respirou fundo, não percebera que o peito começara a doer de repente.

— Ela deixou um bom dinheiro quando morreu. Acho que ela guardou a vida toda para um dia poder te encontrar.

Ele não sabia o que pensar. Talvez ela estivesse inventando tudo aquilo para amolecê-lo e até manipulá-lo, como bem fazia com o capitão. Sim, todo mundo sabia que ela tinha um grande poder de persuasão sobre Zion e talvez estivesse o usando com ele agora.

Kelaya chegou mais perto, os olhos fixados nele. Parecia saber o que ele estava pensando.

— Eu me arrependi sinceramente pelos meus erros e continuarei me arrependendo todos os dias. Mas, se estou te falando isso, é para que você saiba que, quaisquer que fossem os motivos dela, nossa mãe te amava. Achei que gostaria de saber.

Tai fez que sim com a cabeça, em um agradecimento silencioso.

— E, para seu próprio bem, peço que me perdoe — ela continuou. — E não faça nada que possa se arrepender depois, como eu fiz.

Os dois permaneceram em silêncio por um bom tempo. Mas dessa vez não parecia tão ruim.

— Você tentou encontrar informações dela nos dados do Risa? — Tai perguntou.

Kelaya respondeu que não, nem pensara nisso. Era uma possibilidade, considerando que a mãe fora uma cidadã da antiga República. E talvez poderiam fazer isso juntos.

Ele se reclinou contra o parapeito bem ao lado dela, de modo que os dois ficaram na mesma altura.

— Soube que você e Zion terão uma missão particular quando chegarem em Efes.

— Foi o que eu soube também. — Ela sorriu.

— Tem lugar para mais um nessa equipe? — ele perguntou, meio sem jeito.

Kelaya se virou totalmente para ele, os olhos brilhando feito diamantes. Ela soltou uma risada alta.

— Mas é claro, tenente.

CAPÍTULO 12

MESMO ESTANDO MAIS PRÓXIMA de Tai, Kelaya tinha evitado falar com ele sobre o conteúdo do dispositivo. Tinha a impressão de que, assim como Zion, o tenente seria excessivamente racional e chegaria à conclusão de que ela estava com problemas psicológicos. Não queria afastá-lo também. Já bastava o capitão, que tinha voltado a ficar indiferente desde o dia em que ela havia negado a proposta. Estava cada vez mais ocupado conforme se aproximavam da Ilha de Efes, e ela decidira não o pressionar.

No entanto, toda a preocupação de Kelaya estava em tornar públicas as histórias do dispositivo. Ela esperava que Zion e Tai, mesmo que inconscientemente, a ajudassem. E o Logos se encarregaria de convencê-los.

Enquanto os dias se passavam, Kelaya aproveitou cada minuto para contar tudo o que sabia sobre os escritos à Laura, para que ela repassasse aos demais quando fossem acomodados nas agências de colaboradores da ilha. Evitando chamar a atenção, ela não se reuniu mais com os civis, porém, não deixara de compartilhar o que sabia quando esbarrava com alguém que finalmente parecia compreendê-la.

Muitas vezes, durante as últimas semanas, alguns pensamentos de dúvida tentaram dominá-la. Talvez Adara estivesse enganada e ela estava colocando a si e aos demais em risco por uma ilusão. Tanto trabalho para um resultado tão pequeno! E se ela e Zion fugissem para um lugar remoto e tentassem se entender e viver por lá, assim como Adara fizera? Tinha certeza de que era o que ele mais gostaria.

Conversar com Laura, contudo, trouxe-lhe alívio e expulsou a sensação de estar sozinha em um mundo indiferente. E, com isso, Kelaya teve as forças e o foco renovados.

Mas o dia que elas teriam que se despedir havia chegado.

Pela janela da cabine, já dava para enxergar as formas esbranquiçadas da costa de Efes. Tai havia dito que era bem diferente do lugar em que ela vivera por toda a vida.

Kelaya foi até o salão onde ficavam os civis. Estavam separados por setores, já com os pertences organizados, enquanto alguns tripulantes da Stella passavam coletando dados. Desembarcariam na parte sul da ilha, onde Zion se encontraria com o agente que os levaria para as devidas instalações e, por fim, ao local de trabalho.

Ela não estava familiarizada com o funcionamento da vida no novo território, mas eles teriam liberdade para trabalhar e comprar o que quisessem e, assim, poderiam construir uma vida ali. Parecia ótimo.

Procurou pelo rosto de Laura entre eles. Estava sentada ao lado de Natanael, que parecia nervoso, e ela se esforçava para acalmá-lo.

Laura viu Kelaya se aproximando e acenou.

— Acho que é isso, nos despedimos aqui — ela disse.

— Acho que sim, mas espero te ver de novo.

Laura tentou sorrir, mas não conseguiu.

— Está tudo bem? — Kelaya perguntou.
— Sim. Acho que sim. É só que... nunca se sabe, não é mesmo? Parece bom demais para ser verdade.

Kelaya se sentou ao lado deles para matar o tempo enquanto esperavam. Natanael balançava o corpo para frente e para trás. Ela colocou a mão no ombro dele tentando passar segurança.

— Ei, cara, fique calmo. Logo, logo você vai estar livre — disse.
— Sei não. Sei não... — ele respondeu.

Ela franziu a testa e virou o rosto.

— Alguém disse alguma coisa que os deixaram nervosos? — sussurrou para Laura.
— Disseram algumas coisas, sim.
— O quê?

Laura contorceu o lábio, mas não respondeu.

— Diga, preciso saber — Kelaya insistiu.

A mulher esticou a cabeça para saber se ninguém os ouvia e depois se aproximou.

— Disseram que se você não consegue cumprir as exigências do trabalho é mandado embora e, se não tem como se manter, é expulso da ilha e enviado de volta.

Kelaya riu. Aquilo soava absurdo.

— Com certeza, cada caso é um caso. Nem todo mundo tem condições de produzir da mesma forma. Tenho certeza de que eles devem ter programas para suprir as deficiências de alguns cidadãos.

Laura meneou a cabeça.

— O que eles te dão é oportunidade, você deve aproveitá-la. Mas, se não produz e não se sustenta, não tem lugar aqui.

Parecia muito com a política da antiga República, que não dera certo. Mas a ilha de Efes era rica, ninguém passava fome ou ficava pelas ruas. Não fazia o menor sentido.

— Foi um mal-entendido. Zion nunca traria vocês para cá se fosse assim.

— O capitão já fez muito nos tirando de lá. — Laura riu, os olhos brilharam e Kelaya sentiu aquela pontinha de ciúmes de novo. — Qualquer coisa já é melhor do que o lugar de onde viemos. Pelo menos, aqui teremos uma oportunidade. Ele não deve ser responsabilizado.

Kelaya concordou.

— De qualquer forma, vamos manter contato — assegurou.

— Vamos? — Laura perguntou incerta.

Kelaya não sabia como, mas tentaria.

— Claro, pelo menos enquanto estivermos aqui. Vai ficar tudo bem, ouviu, Natanael? — O homem olhou para ela, o rosto deteriorado pelo uso das drogas transmitia uma expressão quase infantil. — Não se preocupem, o capitão vai cuidar de vocês.

— Vai cuidar, sim. O capitão é bom. — Ele deu uma risadinha. — O capitão é bonitão.

Laura riu, mas enrubesceu quando percebeu Kelaya a observando.

— Você tem sorte. — A mulher levantou as mãos como se se rendesse e depois apontou com a cabeça para a imagem de Zion que surgira na porta do salão. Ele estudava os procedimentos da tripulação com a mesma expressão altiva de sempre. Não colocou os olhos em Kelaya nem por um segundo.

Ela deixou escapar um suspiro pesado.

— Não sei se sorte é a palavra certa.

As duas se entreolharam e riram.

— Vou sentir sua falta — Laura disse e apertou a mão de Kelaya, fazendo-a lembrar de Adara na mesma hora.

— Vamos voltar a nos ver, eu tenho certeza.

A Stella Capitânia deixou para trás o grande oceano e, diante dela, se erguia a Ilha de Efes. Mesmo com a descrição feita por Tai do lugar, Kelaya não estava preparada para o que veria.

Contrastando com o céu acinzentado, os edifícios eram tão brancos que podiam absorver a luz do dia e transformar em energia à noite. Toda a cidade era interligada por túneis suspensos transparentes e, por entre eles, percorriam veículos aerodinâmico de diferentes tamanhos. Não havia vegetação suficiente na ilha, por isso, centenas de círculos metálicos, cuja função era transformar dióxido de carbono em oxigênio, flutuavam no ar.

Da proa da Stella, ela podia avistar as ruas totalmente limpas e perfeitamente desenhadas, refletindo somente as sombras dos círculos metálicos. Eram livres de luzes coloridas, placas, veículos e pessoas.

E esse era o problema: faltavam pessoas.

Tai veio ficar ao seu lado. De mãos cruzadas nas costas, acompanhou o olhar dela.

— Onde estão os moradores da cidade? — ela perguntou.

— Dentro dos prédios. A maioria é investidor e não precisa sair de casa. Quando necessário, a locomoção é feita pela linha de aerometrôs ou aerotáxis — Apontou para os veículos dos túneis. Lembravam os submotores, só que com um design bem mais sofisticado. — Esses veículos têm acesso a todos os prédios.

— Mas eles não saem para fazer compras e essas coisas? — Kelaya perguntou.

— Não, tudo é feito pelo Aeternus. É o sistema de redes, uma espécie de realidade virtual. Com exceção de alguns eventos sociais híbridos, a vida é basicamente dentro dele.

Zion havia comentado de um sistema, mas não dera detalhes. Ele apontou com a cabeça para os civis que já se colocavam em fila.

— O que exatamente eles terão que fazer aqui? — Kelaya perguntou.

— Bem, os que não farão os trabalhos braçais servirão de referência para o Aeternus.

Kelaya franziu a testa.

— Praticamente todos os serviços são feitos através do Aeternus — Tai explicou —, no entanto, por mais que o sistema tenha uma grande quantidade de referências humanas, não tem criação espontânea como nós temos. Por isso, essas referências precisavam ser sempre atualizadas.

— E pagam bem por elas?

— Não exatamente, já que o serviço não é feito pela própria pessoa, e sim pelo sistema.

Kelaya fungou. Depois voltou a fitar o irmão.

— Basicamente, eles vieram para cá para serem explorados.

Tai deixou os ombros caírem.

— Pelo menos não serão regulados por um governo e terão acesso a boa comida.

Ela estava perplexa. Por que não se preocupou em perguntar antes? Se manteve tão preocupada com os próprios problemas que não conseguia enxergar os daqueles a sua volta.

— Zion já está falando com a pessoa responsável pela agência de colaboradores. Eles mandarão os aerometrôs para buscá-los.

Ela voltou a olhar para a cidade.

Não demorou muito para os veículos se enfileirarem no túnel que iniciava no quebra-mar. Os civis foram descendo pela ponte do navio, um a um, carregando os poucos pertencesses que tinham.

Kelaya sentiu um aperto no coração. Assim como ela, estavam entrando em um mundo novo e desconhecido, pareciam como crianças temerosas que não tinham certeza quanto ao seu destino.

— Temos o endereço deles, não é?

— Sim, da agência.

— Poderemos nos comunicar?

Um dos cantos dos lábios de Tai se ergueu.

— Se eles tiverem acesso ao Aeternus. É livre e o meio por onde todos se comunicam nesta ilha.

— Como consigo acessá-lo?

— Só precisa de um conector. Um meio arco que fica bem aqui. — Tai estendeu a mão e traçou uma linha invisível na lateral da testa dela.

Kelaya o examinou mais atenta.

— E todo mundo usa?

— Sim, como eu disse, praticamente não há vida fora do Aeternus.

— Sem fiscalização?

Tai ergueu o queixo. Agora era ele quem parecia confuso.

— Fiscalização? — perguntou.

— Quero dizer, qualquer pessoa pode inserir informações lá?

Ele fez uma pausa e refletiu.

— Existem lugares específicos para isso, mas, sim, é possível que o usuário insira informações. — Maneou a cabeça. — Não estamos mais no domínio da Fenda.

Um sistema de livre comunicação, onde qualquer um podia acrescentar o que quiser, era tudo o que ela precisava.

— Então... todas as pessoas vão acreditar nessas informações? — ela perguntou.

— Não. Claro que não — Ele parecia quase se divertir. — Justamente por ser livre, nada do que está lá é totalmente confiável. Quanto mais repercussão, mais vai ser questionado.

Ela assentiu, impressionada. Nunca havia duvidado da veracidade das informações encontradas no Vírtua, o sistema de redes da Fenda.

Tai a estudava, o olhar curioso.

— Por que você quer saber sobre isso? Seria melhor chamar menos atenção possível.

Ela sorriu e voltou a observar os civis partindo. Não dividiria aquela ideia com ninguém, pelo menos não por enquanto.

— Nada, só uma coisa que me ocorreu.

CAPÍTULO 13

KELAYA SUSPIROU de olhos fechados, uma mão sobre a mesa, a outra ainda segurando a colher no ar. Mastigava o que parecia ser uma mistura de arroz e especiarias.

Alguns tripulantes haviam sido enviados à cidade e trouxeram comida de verdade. Carnes, legumes, carboidrato — tudo em embalagens metálicas com autoaquecimento. Ao abri-las, o aroma inundara o refeitório o suficiente para torturar de prazer uma tripulação inteira vivendo há meses de Suii.

Zion ainda a ignorava, mas havia escolhido pessoalmente e mandado entregar-lhe o prato especial. E ele acertou: era delicioso. Não tinha o mesmo sabor da comida de Adara nem mesmo a do próprio Zion, mas, considerando que estavam há meses sobrevivendo de líquido pastoso, parecia uma dádiva.

Ela se levantou do canto onde estava sentada sozinha e foi atrás de uma bebida que não contivesse álcool. Nunca fora muita adepta de substâncias que pudessem deixar alguém fora de si. Na verdade, havia evitado qualquer coisa que prejudicasse seu condicionamento físico. E, agora, aquilo apenas não a atraía.

De frente a uma infinidade de opções, ela esticou a mão e agarrou uma garrafa de água tônica, e os dedos foram resfriados pela umidade da embalagem. Voltou-se para a tripulação enquanto sorvia o líquido. Eles riam e falavam alto. Com exceção de Zion e Tai, que ainda não haviam chegado, os ocupantes da Stella estavam espalhados em grupos de três e quatro pelo refeitório. Eles teriam que permanecer mais alguns dias a bordo da nave para executar as manutenções necessárias e entregá-la em perfeito estado como pagamento pelos refugiados.

Kelaya se surpreendera quando soube que Zion tivera que pagar pelas vagas de trabalho dos civis. Eram noventa e três homens e mulheres em condições de trabalho, cinquenta crianças e dezessete idosos. Para esses últimos, o valor era mais caro, uma vez que o poder de retribuição econômica era menor.

Como ele estaria lidando com o fato de perder sua gloriosa nave?

Enquanto refletia sobre o assunto, um dos tripulantes subiu em cima da mesa e, levantando um copo, começou a cantar uma canção:

Marujos do Planeta Origem, marujos do Novo. Do mar eles vivem, do mar morrerão.

Vejam o brilho de seus canhões.

Vejam o poder de seus cascos.

A princípio, Kelaya achou graça, mas, conforme ele recitava os versos, outras vozes começaram a acompanhá-lo, transformando em uma bela balada:

Vejam, vejam o esplendor de suas velas. Vejam a justiça de seus saques.

Do mar eles vivem, do mar morrerão.

Enquanto a tripulação entoava a música com todo vigor, Zion e Tai entraram no refeitório. Eles não se juntaram à canção, porém, uma luz de melancolia tremulou nos olhos do capitão ao observar seus homens rirem daquela forma.

Quando terminaram, ele foi até a mesa mais próxima e, pegando um copo, o levantou como forma de saudação.

— Acho que está na hora do discurso de despedida, capitão — uma voz levemente alterada gritou.

— Sim, discurso! — outro tripulante insistiu.

Zion riu.

— Despedida? Ainda temos trabalho a fazer.

— Não importa, chegamos até aqui, capitão. Estamos livres.

— *Discurso! Discurso!* — todas as vozes começaram a gritar em um único som.

Cedendo aos pedidos, Zion entregou o copo para Dan, colocou as duas mãos no bolso e se dirigiu para o meio do grupo. Cabeça baixa em passos lentos. Ele demorou um certo tempo para começar a falar, como quem ponderava bem o que deveria dizer.

— Sei que as condições pelas quais nos conhecemos e trabalhamos juntos não foram as mais honradas — começou. — Mas, às vezes, precisamos fazer o melhor dentro das circunstâncias em que nos encontramos. E nós fizemos, marujos. Nós fizemos — Ele ficou em silêncio até as palmas terminarem e continuou: — Talvez nem todos compreenderam por que fazíamos isso — os olhos dele se fixaram em Kelaya e se sustentaram por um momento —, mas sei que, com o tempo, tudo fará sentido. — Estendeu a mão para Dan, que devolveu o copo de bebida. — Daqui para frente, vai ser cada um por si. Não há garantias, nem segurança. Mas confio que todos vão se sair bem. Tenho certeza disso.

— Nos dar bem é o nosso lema, capitão — o marujo mais velho falou.

Zion forçou um sorriso e ergueu o copo, a tripulação o acompanhou. Kelaya não tinha um copo de bebida para brindar, mas ergueu a garrafa d'água.

— Ao Beno e à tripulação da Stella — ele disse com a voz meio rouca.

Todos fizeram o mesmo.

A noite prosseguiu. Zion conversava com vários tripulantes ao mesmo tempo. Sem tentar ser discreta, Kelaya o encarava. Começava a se sentir sozinha agora que os civis tinham ido embora. Desejou que ele viesse falar com ela.

— Animada para conhecer Efes? — Samara se sentou ao lado dela, bateu o copo contra a mesa meio desengonçada.

— Acho que sim.

— Está vendo aqueles dois ali? — Samara jogou uma rápida olhada de esguelha em direção a Dan e Beth sentados na outra ponta da mesa comprida.

Kelaya fez que sim, as sobrancelhas unidas em uma linha fina.

— Eles estão juntos.

— Oh!

— Não é chocante?

— Não. Já imaginava que algo estava acontecendo entre eles.

Samara arregalou os olhos, boquiaberta.

— Você sabia? Percebeu sem ninguém dizer nada?

— Bem, acho... acho que eu sei como funciona.

Os olhos delineados de Samara se afunilaram.

— Então você consegue perceber quando está acontecendo algo a mais entre duas pessoas?

— Foi a primeira vez que aconteceu. — Sorriu. — Não tive outra oportunidade de encontrar um casal realmente apaixonado.

A garota deixou escapar um ligeiro tremor no lábio inferior, depois os cantos se encurvaram para baixo.

— Tudo bem? — Kelaya perguntou.

— Acho que sim. — Ela voltou a forçar um sorriso animado. — Fiquei sabendo que eles vão para o norte da cidade trabalhar em uma grande empresa de construção. Lisa e Cal vão dar aulas de simulação de voo... — E assim ela começou a citar feito uma metralhadora em disparada para onde cada um da equipe iria depois que deixassem a Stella. Kelaya ouvia e assentia com a cabeça, as sobrancelhas levemente arqueadas. Imaginava que Samara estava tão ansiosa quanto ela. — Elazar e eu prestaremos serviços para uma empresa de nanotecnologia no centro da cidade. Tai deve ir com a gente.

— Tai?

— Sim. — Samara a olhou de soslaio. — Por quê? Você sabe se ele tem outros planos?

— Na verdade, ele ficou de ir comigo e com Zion a uma... uma...

— Então é verdade? — O sorriso de Samara desapareceu. Kelaya sentiu a garrafa estremecer em sua mão.

— Eu acho... sim, ele confirmou que iria comigo e Zion.

Samara bateu os cílios pelo menos três vezes seguidas, parecia entender progressivamente o que aquilo significava. A tripulação estava se separando, para sempre. Por mais que mantivessem contato, não era a mesma coisa do que conviver diariamente. Kelaya compreendia por que ela não queria se desligar de Tai.

— Sinto muito — disse baixinho.

A garota piscou mais uma vez, agora para conter as lágrimas. Apoiou as duas mãos na mesa e foi se levantando bem devagar. Kelaya a acompanhou com o olhar até avistar Tai vindo na direção delas.

— Vai sair, Sam? Agora que acabei de chegar — ele disse. Os olhos estavam vermelhos, parecia um pouco mais animado do que o habitual.

Samara fechou o rosto e trombou contra o copo de bebida que ele segurava, esparramando líquido para todos os lados.

— Eiii! — Tai gritou.

Sem dizer uma palavra, a garota saiu andando a passos pesados pelo corredor.

Tai girou o corpo em direção a Kelaya, ainda alisando onde o uniforme havia molhado.

— O que foi isso?

Kelaya mordeu o lábio.

— Ela não sabia que você iria com a gente. — O rosto dele se ergueu franzido. Kelaya desviou os olhos para as mãos. — Acho melhor vocês conversarem.

— Depois. — Ele puxou a cadeira, mas Kelaya o impediu.

— Melhor você resolver isso agora.

— Vim aqui para conversarmos mais. Já que aquele idiota do teu marido nem para engolir o orgulho e fazer alguma coisa.

É, ele estava completamente alterado. Já não tinha tanta certeza se seria uma boa ideia ele ir a qualquer lugar naquele estado. Ainda assim, era melhor verificar como Samara estava.

— Acho que eu vou atrás dela, então.

Tai a segurou pelo braço antes que pudesse se levantar.

— Tudo bem. — Bufou. — Sou eu quem tenho que resolver isso.

CAPÍTULO 14

TAI ENCONTROU SAMARA sentada sozinha em um canto no chão do convés. Estava recostada em uma das bases das velas negras recolhidas da nave, os braços descansando nos joelhos dobrados.

Antes de ir, ele havia tomado uma das substâncias da dra. Mark para que o juízo voltasse ao normal, ao menos um pouco. Aproximou-se e perguntou se poderia se sentar ao lado dela. Samara deu de ombros e ele entendeu aquilo como um "sim" a contragosto.

Dobrou os joelhos para que os dois ficassem na mesma posição no chão duro e jogou de leve o ombro contra o dela, tentando quebrar o clima.

— Nós tínhamos combinado, lembra? — Samara disse antes que ele tivesse a chance de falar qualquer coisa.

— Lembro que tínhamos conversado a respeito, mas era mais uma possibilidade do que algo definitivo. As coisas mudaram, desde então. — Ele olhou para ela. — Me desculpa?

Ela balançando a cabeça, apertando os lábios.

— Mudaram? Por quê?

— Kel pediu para eu ir com ela.

— *Kel!* — Samara repetiu em tom sarcástico. — Agora você chama por apelido uma mulher que mal conhece e, poucos dias atrás, você nem queria olhar nos olhos?!

Tai também estava surpreso por se referir a irmã de uma forma tão íntima.

— Eu sei, mas as coisas mudaram.

Samara riu, ao mesmo tempo soltou uma lufada de ar pelo nariz. Começou a alisar a calça do uniforme verde que já começava a ficar desbotado de tantos dias em alto-mar.

— Caramba — disse —, ela deve ter um poder de persuasão muito bom. Todo mundo acaba fazendo a vontade dela. Deve ser assim que ela matava os riseus.

Tai fechou o rosto, incomodado com aquela postura.

— Uma coisa não tem nada a ver com a outra.

— Não tem?! — As sobrancelhas dela se ergueram.

— Não! Eu quis ir com ela, na verdade, entrei na Fenda justamente para encontrá-la.

— E as pessoas que você encontrou nesse meio-tempo?

— O que tem elas?

— Não são importantes para você?

O rosto de Samara ganhou uma expressão que Tai nunca vira antes. Os olhos enervados, a testa vincada e um dos cantos dos lábios tremendo.

— São, claro. — Ele sorriu, empenhado em fazer com que ela se acalmasse e baixasse a guarda. — Nós vamos continuar nos falando.

— Não é a mesma coisa, você sabe disso. — Ela voltou a olhar para frente e cruzou os braços bem apertados contra o peito.

— Samara, eu... eu não estou entendendo por que isso te deixou tão chateada.

— Claro, você não entende. — Ela deixou escapar um suspiro e depois completou baixinho: — Nunca entendeu mesmo.

Tai engoliu em seco. Seria possível? Não podia ser.

— Samara, se por acaso eu a fiz pensar que meus sentimentos por você eram...

Ela se levantou em um ímpeto e não o deixou terminar.

— Não, você não me fez pensar em nada, nunca. Nem mesmo aquela vez que... — Ela desviou os olhos e Tai sentiu uma fisgada na boca do estômago.

"Aquela vez" foi uma noite depois de um saque difícil e bem-sucedido. Algo que todo mundo fazia, o tempo todo, e não significava nada. Céus, os únicos malucos que assumiram algum compromisso de relacionamento, por vontade própria, foram Zion e Kelaya — e parecia meio abalado no momento. Havia casamentos no exterior por outros motivos; ele mesmo fora criado por um casal, embora aquilo não pudesse ser chamado de relacionamento.

Samara voltou a fitá-lo nos olhos.

— Eu fui uma idiota — disse com uma voz estremecida.

— Só achei que pelo menos você fosse fiel a sua palavra.

— E eu sou — Tai se levantou também, ficando de frente para ela.

— Vá atrás dos delírios da sua irmã, você e o capitão. Eu não me importo.

— Não estou indo atrás dos delírios dela, tenho meus próprios planos.

Os lábios dela tentaram se curvar em um sorriso, mas não tiveram muito êxito.

— Sei. Eu apostaria se fôssemos nos ver de novo.

— E não vamos?

Ela balançou a cabeça, uma gota reluziu no pequeno rosto da garota.

— Espero que não.

CAPÍTULO 15

AS LUZES JÁ ESTAVAM APAGADAS e a Stella Capitânia completamente em ordem quando Kelaya foi para a cabine particular onde passaria a última noite a bordo. O dia havia sido exaustivo com os detalhes que restavam na organização da nave. Partiriam para a cidade no outro dia, depois de entregá-la aos responsáveis da empresa.

Quando a porta da cabine se abriu, Zion estava sentado na cama dela; balançava na mão dois meios arcos finos de metal. Ele ergueu a cabeça; os hematomas do rosto já haviam quase desaparecido.

— Oi — ela disse.

Fazia semanas que não tinham uma conversa mais longa do que um "bom dia".

— Oi.

— Esse é o aparelho que dá acesso ao Aeternus? — Ela se sentou ao lado dele e Zion a fitou meio confuso. — Tai — ela explicou com um meio sorriso.

— Ah, sim. — Ele ergueu o aparelho, era menor e mais sofisticado do que o usado para acessar o Vírtua. — Fico feliz que vocês estejam se entendendo.

Kelaya assentiu.

Ele parecia querer dizer mais alguma coisa, mas ficou em silêncio voltando a encarar o objeto.

— Você deve estar triste pela despedida, imagino que não está sendo fácil — ela disse.

Zion sacudiu a cabeça.

— Na verdade, estou aliviado. — Soltou um riso desanimado. — Deveria ter vergonha de dizer isso, mas é a verdade. Estou feliz em não ter mais a vida deles sob minha responsabilidade.

— Entendo.

Parte da tripulação já tinha partido para seu destino em Efes. Kelaya não presenciou a despedida com Zion, mas duvidava que ele estivesse falando a verdade. Houve um tempo que ela pensava que o conhecia bem, mas, desde as últimas revelações, tudo em relação a ele lhe causava incerteza. Como um personagem que ainda precisava ser desvendado.

— Mas não foi para isso que eu vim. — Zion ficou de pé de repente. — Preciso te cadastrar no sistema.

— Certo. — Kelaya também se levantou e se pôs na frente dele. — O que tenho que fazer?

— Por enquanto, apenas fique parada.

Ele aproximou o dispositivo na altura da testa dela, encaixando-o logo em seguida; os dedos roçaram em seu cabelo, causando-lhe um pequeno estremecimento. Sem demora, Zion conectou o outro na própria testa.

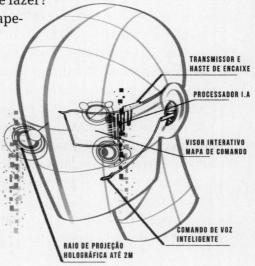

— *Sistema conectando* — uma voz calma e pausada disse. Na frente do rosto, o ar ficou mais denso, como se ondas transparentes tremulassem entre eles e o mundo real. — *Sistema on-line.* — A visão dela se transformou em uma nova realidade.

A princípio, Kelaya sentiu vertigem, mas não precisou de vinte segundos para se recompor. Bateu as pestanas e conseguiu focar no ambiente ao redor, uma sala vazia com paredes quadriculadas em tons cinzas.

Quando olhou para baixo, não enxergou o restante do corpo.

— Consegue me ouvir? — a voz de Zion ecoou ao fundo.

— A-acho que sim.

— O aparelho está escaneando o seu corpo, logo seu usuário será finalizado.

Ela esperou um tanto apreensiva. De súbito, uma imagem tridimensional começou a subir do chão; primeiro formou as pernas, o tronco, os braços e as mãos — essas começaram a se movimentar sem que ela tivesse controle. Por fim, podia sentir o corpo inteiro.

— Logo seu cérebro vai reconhecer os impulsos neurológicos e você vai conseguir ter controle dos movimentos.

— Onde você está? — Ela girou os olhos.

— Estou na sua frente, você já vai me ver.

— Tudo bem. — Continuou esperando em expectativa até sentir um toque envolver seus dedos.

— Consegue sentir isso? Estou segurando sua mão.

Ela olhou para baixo. Aos poucos, a imagem de outra mão segurando a dela foi surgindo conforme o cérebro também reconhecia os movimentos que elas faziam juntas. Olhou para cima e conseguiu distinguir a imagem de Zion perto do rosto.

— É você mesmo ou um avatar? — Ela foi subindo a mão, tateando pelo braço até chegar no ombro de Zion.

Era ele, mas diferente. As cores estavam mais vívidas. A exaustão tinha ido embora, dando lugar a um rosto sem nenhum defeito.

— As duas coisas: você vê meu avatar através do sistema, mas eu também estou presente no mesmo espaço que você — ele respondeu. — O Aeternus permite interação à distância, mas também adapta o cenário real. Como se fosse uma realidade aumentada.

Zion fitou a mão repousava no ombro dele, em seguida, a esquadrinhou pelo canto do olho. Kelaya entreabriu os lábios e foi recolhendo a mão aos poucos. Ele se afastou.

— Os usuários interagem pelo sistema mesmo estando no mesmo ambiente? — ela perguntou meio sem jeito.

— A maioria, sim.

Olhou em volta. Conseguiu reconhecer a cabine, mas era como se estivesse sob a lente de um filtro, com outras cores e detalhes que antes não existiam, como uma série de ícones verde neon que piscavam no ar. Tentou sair do lugar e ir até eles, mas as pernas não se mexiam.

— Que estranho. Como faz para se mover?

— Sua mente vai se habituar e você terá controle dos movimentos das pernas. Onde pretende ir?

— Queria apenas alcançar esses ícones que estão piscando. — Ela riu, como se estivesse falando algo absurdo.

— Isso? — Zion mexeu o braço, um dos ícones ficou transparente e abriu uma lista de palavras. — São ferramentas do sistema, servem para customizá-lo conforme a necessidade de cada usuário.

Na meia hora que se seguiu, ele explicou o que era o Aeternus. Um sistema de realidade virtual sofisticado onde os moradores de Efes interagiam, trabalhavam, investiam, estudavam, faziam compras, entretinham-se, conheciam pessoas, se relacionavam, viajavam e até debatiam. Existiam, inclusive, arenas especiais para os usuários discutirem os mais diversos assuntos. Desde ciência, fantasia, teorias conspiratórias e até lendas. E ele deu bastante ênfase nessa última parte.

Kelaya lembrou da conversa que tiveram no Vale, quando ele mencionou que no exterior algumas pessoas já falavam sobre histórias como as do Logos.

— Qualquer pessoa pode criar conteúdo? — ela perguntou.

— Sim, o próprio sistema dá as ferramentas.

— E se eu quiser importar algo de fora?

Ele deixou a cabeça pender para o lado.

— O que exatamente?

— Nada, só quero conhecer todas as minhas opções. — Apertou os lábios.

Zion analisou o rosto dela.

— Consegui falar com o meu contato — disse, mudando de assunto. — Daqui a dois dias vai haver uma festa, vamos negociar o decodificador do dispositivo lá.

— Uma festa? — Ela olhou para baixo, analisou o macacão cinza opaco que o sistema havia escaneado também. — Que tipo de festa?

Uma sombra de sorriso surgiu nos lábios de Zion.

— Aqui é comum as pessoas darem festas apenas para se exibirem, o que exige roupas novas, e foi por isso que eu te dei acesso ao sistema. Você vai precisar fazer compras.

Ela arqueou as sobrancelhas. Será que era mesmo necessário perder tempo e recursos com isso? Pensando bem, não estavam mais no Continente Baixo e ela precisava aprender a usar as ferramentas daquela nova realidade.

Assentiu, resignada. Faria o que fosse necessário.

— Dê um comando — Zion pediu.

Seguindo as instruções de como usar a mente para operar o sistema, ela deu o comando e o cenário mudou. Perplexa, ela se viu dentro da cidade de Efes.

CAPÍTULO 16

— **TEM CERTEZA DE QUE NÃO** saímos da Stella? — Kelaya olhava ao redor boquiaberta.

Os prédios em formas curvilíneas eram iluminados por cores vibrantes e circulados por espaços arborizados; alguns tinham seus próprios jardins verticais. Ao longo das ruas largas e totalmente limpas, avatares dos mais variados circulavam entre eles. Alguns veículos pequenos e rápidos riscavam o céu em um tom de azul jamais visto antes.

— Fisicamente, não. Mas dentro do sistema estamos no centro de Efes — Zion respondeu.

Sem dar um passo no mundo físico, no Aeternus eles podiam ir a qualquer lugar público.

Próximo a eles, um jovem e um cachorro passeavam lado a lado. Uma cena considerada normal. Mas, instante depois, jurou que uma mulher vestida de tigresa trazia pela rua um tigre vivo em uma coleira. De forma instintiva, Kelaya buscou pela espada. Zion riu.

— Você disse que não havia vegetação e animais na ilha. — Kelaya olhou para ele.

— E não tem, só aqui dentro. Não é real.

Ela soltou uma lufada de ar. Era muita informação para a mente extrair em tão pouco tempo.

— Nos leve até o final da rua — Zion disse.

Kelaya obedeceu e eles deram de cara com um parque verdejante que ocupava um quarteirão. Árvores exuberantes estavam espalhadas de maneira uniforme e canteiros de flores ladeavam um imenso lago que espelhava as cores do céu.

Uma mulher vestida com um terno de mangas bufantes cor cereja passou por eles e lhes lançou um olhar de desdém. Kelaya voltou a olhar para Zion, as sobrancelhas unidas.

— Você pode escolher a opção "sem companhia" — ele disse.

Ela selecionou a alternativa do painel de ferramentas pendente. Todos os avatares sumiram e a cidade parecia agora só deles. Kelaya preferiu voltar ao modo anterior, afinal, o que seria mais interessante senão as pessoas?

— Está vendo aquela loja? — Zion apontou sobre o ombro dela.

— Aquela que a entrada parece um aquário?

— Na verdade não existe vidro, é uma parede aquática com peixes.

Ela cerrou o rosto.

— Quanta excentricidade.

— Você não viu nada — Zion disse. — Nos leve até lá.

Kelaya mirou o lugar e deu mais um comando com a mente, de repente, se viu dentro de um espaço amplo, com um corredor sem fim. Todas as paredes eram vitrines de vidros expondo produtos de diferentes funções.

— Essas lojas existem na cidade mesmo?

Ele meneou a cabeça.

— Só aqui. Veja — Zion apontou para um painel lateral —, você pode escolher o tipo de loja que quer entrar.

Kelaya escolheu a opção "Loja de Variedades".

— *Bem-vindos à loja de variedades* — a mesma voz calma da entrada do sistema começou a falar. — *Aqui você encontra todo tipo de utilidade. Que tal talheres com iluminação embutida ou uma máquina que faz gelo com a forma do seu rosto?* — Descreveu uma infinidade de produtos improváveis, que pareciam não ter nenhuma utilidade.

— Esse é o departamento de eletrodomésticos. — Zion mostrou outras figuras que piscava na lateral. — Mas tem o de comida, bebida, eletrônicos, armas, cosméticos e centenas de outros produtos. Está vendo?

Kelaya fez que sim, estava sem palavras. Crescendo em um continente em crise e depois em guerra, nunca teve à disposição tantos produtos. Os que chegavam no vilarejo do vale — e ela sentiu uma pontada no peito ao se lembrar — era apenas uma amostra do que contemplava.

De mão no queixo, Zion procurava por um ícone em especial no painel.

— É aqui que quero te levar — ele disse e de repente o cenário mudou. As cores se tornaram sóbrias com luzes amarelas apontadas para uma quantidade enorme de roupas espalhadas em cabines flutuantes, enquanto imagens de pessoas vestindo-as passavam por eles. Os modelos não eram reais, mas pareciam tanto que Kelaya ficou um pouco constrangida ao perceber algumas das roupas que eles usavam.

Zion fitou os pés dela.

— Dê o comando para você andar — disse.

Essa parte era mais difícil, pois não conseguia pensar em locomoção de forma sutil. Zion havia explicado que o aparelho lia o desejo da mente e o efetuava dentro do sistema: aonde ir, a forma e a velocidade. Era difícil pensar toda hora em caminhar, pois no mundo real o cérebro fazia automaticamente. A primeira tentativa foi estranha, os passos não eram como uma caminhada normal, estavam mais para passadas largas.

Olhou para Zion meio sem graça e ele fez um aceno curto.

— Com o tempo você se acostuma, continue andando e escolha algo que você queira.

Ela arregalou os olhos.

— Mas agora? Não está tarde? — Olhou em volta e baixou o tom. — Deveríamos estar aqui?

Zion cruzou os braços no mesmo tempo que trocou o pé de apoio.

— Não estamos roubando, vamos pagar por elas.

— Eu sei, só que...

— Não existe horário no Aeternus — a voz dele assumiu um tom irritadiço. — Mas é você quem sabe; se quiser pode ficar andando pela cidade e ir se encontrar com o negociante com esse macacão de mecânica de navio.

Kelaya fez uma careta enquanto acompanhava o olhar dele pela roupa. Pensou na mulher elegante de terno cor cereja que a escrutinou de maneira depreciativa.

— Acho que vou escolher algumas coisas então — murmurou. — Como faço para experimentá-las?

— Basta selecionar a que você gostar e a peça vai se sobressair em você.

Ela fez uma careta e Zion revirou os olhos.

— Você não vai precisar tirar a roupa nem nada.

— Como vou pegar as roupas para usar no mundo real?

— Vão chegar até o endereço que eu informar.

— Não é perigoso terem nossa localização?

— O sistema é criptografado, não tem como terem acesso às informações disponibilizadas.

Kelaya tinha dúvidas quanto a isso, não confiava mais na tecnologia nem em quem estava por trás dela.

Ela deu um comando e eles começaram a andar no meio da abundância de peças de diferentes estilos, cores, cortes e tamanhos. Algumas brilhavam tanto que era como se a chamassem para vesti-las. O sistema era tão avançado que possibilitava ao cérebro reconhecer amostras de texturas, aromas e até sabores.

Kelaya já não se sentia mais cansado, o coração estava acelerado de excitação. Agora entendia por que Lisa estava fissurada em um catálogo de moda quando ela entrara na cabine de comando na surdina meses atrás.

Passaram pela sessão de roupas íntimas e ela ficou um tanto abismada com os modelos peculiares, não pareciam nem um pouco confortáveis. De canto de olho, percebeu Zion inquieto.

— Acho melhor você continuar sozinha — ele disse. — Tenho a impressão de que você vai passar horas aqui.

— Tem certeza? E se acontecer alguma emergência?

— Está vendo esse sinal aqui? — Zion apontou para um ícone vermelho em forma de "X". — Para desconectar, basta clicar aqui e você vai estar de volta na cabine na Stella.

Kelaya concordou, embora estivesse meio receosa. Mas, afinal, o que era um sistema de realidade virtual perto de um campo de guerra?

Quando Zion desconectou, ela entrou em um labirinto infinito de roupas extravagantes, babados coloridos, saias longas, golas altas, ombreiras que a deixavam como uma forma geométrica ambulante. Ria toda vez que via a imagem refletida no ambiente.

Sentiu o aroma dos perfumes exóticos, calçou e desfilou com cinco tipos de saltos diferentes, experimentou novos penteados com as perucas da moda, testou suas melhores caretas com os filtros de maquiagens milagrosas e se encheu de acessórios, centenas deles.

— *Que tal um par de lentes de contato com diamantes?* — A voz calma do sistema sugeriu.

— Oh, e existe? — Os olhos dela brilharam como o oceano quando a opção foi ativada. Depois de se analisar por alguns minutos, deixou escapar um suspiro. — Acho que isso já é demais.

Começou a se desfazer de tudo que vestia; tinha se deixado distrair com o deslumbramento. Ela precisava de um vestido, que fosse bonito o bastante para usar em um evento sofisticado e, ao mesmo tempo, confortável. E, o mais importante, que tivesse um lugar para ela guardar a espada.

Voltou para a sessão de roupas decidida a encontrar o que procurava.

Muitas opções foram apresentadas pelas imagens que se insinuavam. Nada, até então, havia chamado muito a atenção dela. Até que avistou a imagem de uma mulher alta, cabelo preso em um coque baixo, vindo em sua direção com uma graça desenvolta de cair o queixo. Vestia um modelo com mangas que terminavam na curva dos ombros eretos, e a gola era fechada no meio do pescoço. A cintura era marcada. E a saia, na altura dos joelhos, gradativamente aumentava de comprimento até a parte de trás, dando a sensação de um caimento em movimento cascata. O vestido era todo bordado com pedras brilhantes, formando algo parecido com uma constelação. Era discreto para os padrões daquele lugar, mas empunhava presença.

Kelaya selecionou a opção na cor azul-marinho. Quando o modelo se ajustou ao avatar dela, se sentiu bonita, realmente bonita, quase como outra pessoa.

Queria que Zion estivesse ali e a visse também; queria rever aquele mesmo brilho do dia do casamento nos olhos dele e talvez recuperar a inocência do relacionamento deles. Assim como também desejava todas as coisas bonitas que havia experimentado.

Interrompeu os pensamentos ao se dar conta que, nas últimas horas, ela desejou mais coisas do que em toda sua vida. Agora entendia por que Beth dizia que no exterior tudo era muito melhor.

Percebeu que um novo mundo se abria para ela.

PARTE 2

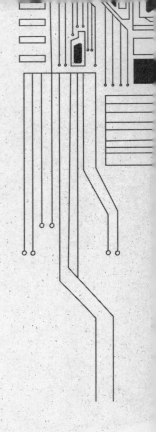

CAPÍTULO 17

KELAYA, ZION E TAI estavam indo em direção ao centro da ilha, agora em carne e osso.

O aerotáxi de quatro lugares corria a mais de cem quilômetros por hora pelos labirintos transparentes e suspensos da cidade. Era como uma caixa de vidro, exceto pelo teto e cantos arredondados de cor preta metalizada. Não havia motorista, só os três passageiros e as bagagens.

Kelaya estava sentada a meio metro de distância de Zion, em um dos bancos que ocupava toda a lateral do veículo. Tai estava do outro lado, de frente para eles. Usava calça jeans, uma jaqueta de moletom em cima de uma camiseta esportiva e um boné para trás. Havia se desvencilhado totalmente do visual de tenente de um exército continental.

Ela se levantou surpresa quando o veículo mergulhou em um caminho submerso pela água.

— Isso é real? — perguntou olhando pelo vidro.

— Não, é um truque do sistema — Zion respondeu, sem tirar a atenção dos gráficos que mostravam as notícias do dia.

Eles estavam em modo misto no Aeternus, então podiam ver o cenário real, mas alterado pelo filtro do sistema.

A cidade já não estava como no dia anterior — as cores que os prédios refletiam haviam mudado, assim como as espécies de plantas que os ornamentavam. Era como se a vida mudasse de cor todos os dias.

Kelaya tentou contatar Laura para saber se os refugiados estavam se adaptando bem à ilha, mas não conseguia encontrar o usuário dela. Sem outra opção para ocupar o tempo, manteve-se entretida com a seção de vídeos.

— Vocês já viram esses vídeos engraçados? — ela disse. — Existem coisas tão hilárias aqui, não consigo parar de ver.

Zion a fitou de canto de olho e apenas esticou um pouco os lábios. Não parecia muito impressionado. Ela se virou para Tai, ele se mantinha concentrado na própria interface do sistema.

— Em que seção você está? — ela perguntou.
— Esportes.
— Oh, eu lembro de ver algo do tipo quando era criança.

Ainda que escasso, existiam algumas modalidades esportivas no Continente Baixo — todas elas, obviamente, vieram de uma lista de instruções deixadas pelos pioneiros. Com a guerra, ficaram cada vez mais obsoletas e usadas apenas para treinamento físico.

— Aqui é um mercado muito lucrativo — Tai respondeu com os olhos pregados nas competições. — E os usuários podem jogar também.

Kelaya se levantou e foi até ele.
— Me mostra.

Tai explicou as regras de uma modalidade que envolvia mais raciocínio e não era necessário ficar de pé. Rapidamente ela aprendeu como fazer e os dois passaram quase o caminho inteiro jogando. Tai não era tão competitivo e a deixou ganhar no começo; depois, eles passaram a maior parte do tempo rindo e atrapalhando um ao outro. Ela notou que, vez ou outra, Zion os observava.

Os dois homens que a acompanhavam eram, em parte, parecidos, e ainda assim totalmente diferentes. Tai também tinha uma expressão austera, amplificada pela cicatriz na bochecha, mas, quando não estava em serviço militar, relaxava com mais facilidade; em público ganhava uma versão quase jocosa. Quanto a Zion, só lembrava de vê-lo relaxado quando estavam na floresta do Vale.

— Chegamos — Zion anunciou e começou a empurrar as caixas pretas, as quais deslizavam por tração mecânica. O conteúdo delas consistia basicamente em aparelhos tecnológicos, armamento e alguns dos pertences que ele guardava na Stella. Entre eles, aqueles bastões de papel que Kelaya não fazia ideia de para que serviam.

— *Bem-vindos ao depósito de Efes. Esse espaço é equipado com sistema de captação e regulador inteligente de energia solar. A temperatura interna do ambiente está amena, a umidade relativa do ar é de quarenta por cento, nível regular de oxigênio* — a voz do sistema anunciou assim que eles colocaram os pés para fora do veículo e depois completou: — *Passamos de dois quartos da manhã, não se atrase para seu próximo compromisso.*

Ignorando todos os avisos que o sistema tinha para dar, eles prosseguiram com as caixas por um corredor extenso, chão laminado, ladeados por portas largas. Zion foi contando os numerais descritos nas laterais de cada uma delas até chegar na que ele procurava.

— É aqui.

Ele levantou a palma da mão e, em meio segundo, a porta abriu. Colocaram as caixas lá dentro e separaram alguns pertences para uso pessoal, cada um em uma mochila. Kelaya não tinha muita coisa, além da espada, a flor seca, a joia da Adara e o dispositivo drive que Zion havia resgatado no saque.

— Leve alguma dessas. — Zion apontou para um punhado de bombas que não chegavam a medir a parte de cima de um dedo, mas causavam um verdadeiro estrago. Ela fez o que ele pediu, tinha mais espaço sobrando. Ele também separou algumas pistolas longas e curtas, muita munição e um colete balístico para cada um deles, mas teve que se separar da lança que sempre usava.

Na volta, sem o excesso de equipagem, os três voltaram em um aerometrô, que entrava e saía de cada prédio deixando encomendas ou, nas poucas vezes que acontecera, levando trabalhadores braçais ao seu destino.

Kelaya olhou pelo vidro: dois veículos duplo-assento e aerodinâmicos flutuavam do lado de fora. O condutor quase deitado sobre o banco era envolvido por uma interface holográfica que projetava informações.

— O que são? — ela perguntou.

— A guarda da cidade. — Zion se ajeitou no banco. — Não que sirvam para alguma coisa.

Outras perguntas surgiram quando eles passaram por um prédio que se destacava na região. Ocupando quase um quarteirão, o topo era triangular e a fachada tinha a forma de uma mão humana segurando a letra "N" iluminada.

— O que é isso? — ela perguntou para Tai.

— É o grupo Nomam, os responsáveis pelo Aeternus.

— Nomam? — Ela olhou para Zion. — Esse não era o nome escrito na medalha do...

Zion fez que não rápido com a cabeça e ela se calou. Sentiu as bochechas esquentarem por quase expor algo do passado dele que provavelmente só ela sabia.

— Essa é a sede de produção de tecnologia. A segurança do lugar é quase impenetrável. — Tai continuou:

— O criador da empresa é um refugiado do Continente Baixo que fez fortuna através do sistema de realidade virtual, mas ele nunca apareceu em público. Dizem que ele praticamente vive dentro do sistema e se esconde atrás de um avatar.

Kelaya ficou analisando o prédio, até o perder de vista. Memorizou a informação um pouco intrigada, mas, logo em seguida, voltou a mergulhar no Aeternus, deixando o mundo real para trás.

Assistiu alguns desfiles de moda e descobriu que ali as pessoas se preocupavam muito com a aparência. Acompanhou partidas de um esporte o qual o objetivo era acertar bolas em um círculo eletrificado e, depois, voltou para os vídeos de humor, apertando os lábios para não soltar nenhuma gargalhada.

Após um tempo, caiu no vídeo de uma criança fofa e engraçadinha e saiu imediatamente. Após o acontecido no Vale, tentava não pensar muito nelas. O rosto do garotinho com sardas ainda lhe causava sofrimento.

Então, lhe ocorreu um estranho pensamento. Ela não estava com o controle de fertilidade em dia, um procedimento obrigatório na Fenda, feito a cada seis meses e que impedia os oficiais de terem filhos.

Olhou para Zion de relance. Ele estava absorto nas próprias coisas.

Não que estamos precisando no momento.

Outros vídeos do tipo apareceram para ela. Começavam a ficar meio estranhos, com adultos obrigando crianças a fazerem brincadeiras que elas não queriam.

Um novo ícone surgiu em sua interface. Kelaya olhou para os demais.

— Aqui tem o símbolo de uma borboleta com asas em forma de coração e uma mensagem dizendo para eu entrar.

Zion e Tai se sobressaltaram juntos, mas Zion foi mais rápido ao dar um comando.

— Não entre aí.

Kelaya se assustou ao vê-lo de súbito dentro do próprio sistema, entre ela e o botão que piscava. Ambos se desconectaram e agora Zion estava realmente de pé na frente dela, esfregando a parte de trás do pescoço.

— Eu vinculei o meu usuário ao seu em caso de emergências — ele tentou se explicar.

Ela ficou de pé.

— O que era aquilo?

Ele respirou fundo.

— Sexo — explicou com uma única palavra.

Kelaya arregalou os olhos.

— Pelo sistema?

Ele assentiu.

— De todas as formas possíveis e com quem não gostaria de estar envolvido.

Kelaya pestanejou e desviou os olhos para o lado de fora. Sabia muito bem como as coisas funcionavam, vindo de um lugar onde as relações eram todas casuais, mas aquilo parecia muito bizarro, ainda mais se haviam pessoas envolvidas contra a vontade.

— Estamos quase chegando no hotel. — Zion suavizou a expressão e estendeu a mão. Ela aceitou e os dois voltaram a sentar.

Tai olhava de um para o outro com certo embaraço. Zion disse que estava tudo bem e Kelaya não ousou falar nada. Ela passou o restante da viagem envolvida nos próprios pensamentos e desconectada do sistema.

Lá fora, Efes não tinha tantas cores.

CAPÍTULO 18

ZION PROTEGEU OS OLHOS da claridade intensa emitida pelos círculos de transformação de oxigênio, pendentes no céu. Sem o filtro do Aeternus, mesmo no final da tarde, era quase impossível olhar para eles.

Assim que saiu do aerometrô, entrou depressa pelas portas de correr do hotel com Tai e Kelaya logo atrás e se conectou novamente ao sistema, uma vez que o atendimento era feito através dele. Com os poucos pertences que traziam, foram até recepção oval e iluminada, cheirando a lavanda.

— *Bem-vindos ao nosso hotel. Sua experiência começa desde o momento em que entra em nosso espaço.*

A voz do sistema começou a listar todos os serviços disponíveis.

Zion se aproximou e fez o reconhecimento facial. O holograma com a imagem de um homem simpático apareceu atrás de um balcão para recepcioná-los.

— Aqui diz que o senhor tem duas reservas.

— Sim, mas agora somos três e vamos precisar de mais um quarto.

A imagem holográfica juntou as duas mãos na frente do corpo e os lábios sorriram, afetados.

— Infelizmente, não temos mais quartos disponíveis, senhores. — Apontou para uma abertura no balcão de onde surgiam dois pins de liberação de portas, presos em um suporte. — Dois de vocês terão que dividir.

Os três se entreolharam. Zion levou um único momento para ponderar a informação, mas, antes mesmo que ele ou Kelaya pudessem reagir, Tai adiantou-se.

— Com certeza, não serei eu — disse, pegou um dos pins e foi andando pelo corredor.

Quando já estava próximo ao elevador que dava acesso aos quartos, o tenente girou os pés e lançou uma piscadela quase imperceptível. Zion ainda estava parado próximo ao balcão. Ao seu lado, Kelaya os encarava com os olhos semicerrados.

— Eu... eu não planejei isso — ele se defendeu.

Sentiu a mandíbula enrijecer. Não sabia se era de raiva pela acusação do olhar dela ou uma pontinha de excitação que subiu pelo estômago com a possibilidade de ficarem a sós no mesmo quarto.

Kelaya bufou e foi marchando em direção ao elevador. Zion agradeceu ao holograma da recepção e foi atrás dela.

Por uma conveniência descarada, Tai precisou se apressar e não esperou por eles. Estavam sozinhos no elevador.

— Eu durmo no chão — ele murmurou.

— Com certeza — ela respondeu de braços cruzados.

Zion deixou Kelaya entrar primeiro no quarto também cheirando a lavanda. Ela foi em direção à cama de casal disposta no lado esquerdo. Estava forrada por um lençol cinza e coberta de travesseiros azuis. Os dois depositaram as mochilas em uma base acolchoada um nível abaixo da cama e olharam em volta. Em geral, o espaço era grande.

De frente para a cama, havia uma mesa de centro redonda e um sofá curvilíneo que acompanhava as curvas da parede, impossibilitando alguém de dormir nele.

Tudo era branco com luz de neon azul-claro contornando a extremidade inferior, dando ao quarto uma iluminação aconchegante.

Em uma abertura lateral, subindo três degraus, eles tinham acesso a uma janela que ia do chão ao teto. Kelaya a tocou, os vidros clarearam e a luz da primeira noite entrou no quarto. Ela passou a mão novamente e eles voltaram a escurecer.

Foram abrindo as outras portas. Uma dava acesso ao banheiro com chuveiro de jatos vertical, banheira oval e pia com água quente. As outras duas revelaram-se um armário que já acomodava todos os produtos que Kelaya comprara na noite anterior.

— Como vieram parar aqui? — ela perguntou.

Zion mostrou uma abertura existente no prédio, com uma espécie de tubo de sucção, por onde as compras chegavam.

— Imagino que algum funcionário da limpeza os organizou.

Trabalhadores braçais ainda existiam em Efes, no entanto, quase não eram vistos durante o dia.

Kelaya assentiu com a cabeça e girou o corpo, dando uma última olhada em tudo.

— Como vamos pagar por tudo isso? — ela perguntou.

— Eu tenho algumas reservas de crédito. — Ele alcançou a mochila e começou a tirar algumas camisetas. — Lembra quando te falei sobre investir parte do crédito que recebíamos da Fenda?

Ela trocou o peso dos pés.

— E vão durar por quanto tempo?

— Tempo o suficiente.

Zion voltou a atenção para o que estava fazendo, Kelaya respirou fundo, remexeu em algumas coisas do armário com impaciência, causando um barulho irritante.

Ele levantou os olhos, as sobrancelhas juntas.

— Você está brava por causa do quarto? Já falei que vou dormir no chão e ficar tão longe quanto desejar.

— Não tem nada a ver com isso — ela murmurou, bateu no sensor da porta com força e entrou no banheiro.

Zion decidiu não a pressionar, por certo estava se adaptando a uma nova realidade, o que sempre é difícil.

Desfez o restante das malas: três camisetas cinzas, uma camisa branca além da que ele vestia embaixo do colete, duas calças pretas, roupas íntimas e duas pistolas. Além dos equipamentos do depósito, era tudo que eles tinham.

Quando Kelaya finalmente saiu do banheiro, trazendo uma névoa de vapor consigo, estava vestida num conjunto longo de calça e blusa de cetim. Zion estava pesquisando alguma coisa para eles comerem no sistema.

— O que você quer comer? — ele perguntou enquanto manuseava o cardápio.

— Qualquer coisa.

— Temos lasanha, rosbife e ensopado de peixe.

— Tanto faz.

— Hum... "tanto faz" não tem. — Ele a fitou de canto do olho. Ela estava inclinada sobre a mochila, mas deu para ver a boca se curvando um pouco. Ele continuou, queria animá-la: — E acho que "tanto faz" não é tão bom quanto rosbife.

Pensou em mostrar a imagem da comida, mas ela não estava conectada ao sistema.

— Tudo bem, será rosbife então.

Kelaya deixou os ombros caírem enquanto se sentava na cama. Começou a desembaraçar os cabelos molhados com as pontas dos dedos, como sempre fazia. Ele manteve os olhos presos no movimento. Os fios estavam mais compridos do que o usual, o que Zion gostava, assim como as novas curvas e tudo que via nela. Respirou fundo e tentou não pensar nisso.

A comida chegou em menos de cinco minutos. No tempo de abrir as embalagens e pegar os talheres na lateral, tudo estava pronto para ser consumido. Eles se acomodaram no sofá macio; Kelaya puxou as duas pernas para cima para apoiar a vasilha no colo, já ele preferia equilibrar em uma das mãos, com o corpo inclinado para frente. Da mesma forma que faziam na academia, quando conseguiam alguma comida contrabandeada e precisavam comer fora dos olhares dos monitores.

Kelaya não levantou os olhos. Praticamente empurrava a comida para dentro, mastigando sem muito entusiasmo. Depois de uns dez minutos de apenas suspiros e os talheres espetando a comida, com a cabeça baixa, ela perguntou:

— Você não me respondeu como podemos transferir dados de fora para o sistema.

Zion esperou o tempo de mastigar e engolir.

— Dependendo da quantidade de dados, precisa de um equipamento especial. Não é tão simples de conseguir.

Ela assentiu ainda fitando a comida, mas o peito começou a subir e a descer apressado.

— Por quê? — ele perguntou.

— Só preciso saber como fazer.

Sabia exatamente o que ela pretendia, mas não queria falar sobre a possibilidade de colocar a vida em risco naquele momento. Queria um pouco de paz.

Mas, de repente, Kelaya começou a ferir a comida tão rápido quanto a velocidade da própria respiração. Ele a observou, inquieto. Será que isso era tão importante para ela?

Ela levantou a cabeça, as bochechas estavam vermelhas e os lábios apertados.

— Você já entrou dentro daquela seção de sexo do sistema? — disparou contra ele.

Zion deixou o talher parado com o restante da comida ainda no ar, os lábios entreabertos, as pestanas batendo com força. Não sabia se ria ou se ficava indignado.

— Não — respondeu. Deu a última garfada e repousou a embalagem vazia na mesa de centro.

— Como soube, então?

Ele deu de ombros.

— Todo mundo fala sobre isso, essas coisas você simplesmente sabe.

Kelaya se inclinou e largou a comida também. Ele aproveitou para segurá-la pelo braço e a puxar para perto.

— Kel, posso ter escondido algumas coisas, mas eu nunca... — Procurou pelos olhos dela, mas ela o afastou.

Céus, como a faria entender que tudo que ele fez foi justamente porque queria estar com ela, somente ela?

Ela levantou a mão.

— Explique-me de novo como funciona e por que tanta gente usa.

Zion esfregou os olhos. Fugiu de um assunto complicado e foi para outro pior ainda.

— Eu não sei exatamente como funciona. Mas a questão é que, ao acessar uma vez, é muito difícil de sair. Quem entra não consegue mais ficar longe.

— E quando você disse que havia gente que não queria estar envolvida, referia-se a...

— Crianças, adolescentes ou apenas pessoas que não têm como ganhar a vida de outro jeito.

Ela parou com as perguntas. Os olhos encaravam o vazio entre eles. Zion temeu que um sentimento revolucionário pudesse ressurgir e incitá-la a fazer justiça com as próprias mãos.

Ora, ela sabia muito bem como essas coisas funcionavam no Continente Baixo. E as consequências, querendo ou não, não eram diferentes.

— Aqui tem de tudo que você possa imaginar — Zion continuou, de modo quase relutante. —Tráfico humano, apostas e até banquetes envolvendo órgãos de pessoas. Ricos costumam ser bem excêntricos.

Ela piscou e os olhos cintilaram contra o tom azulado do quarto.

— E ninguém controla isso? — disse e baixou a cabeça.

— Existe a guarda, como você viu, mas eles não têm muita autoridade. Quem manda aqui é o dinheiro.

Kelaya riu, mas sem nenhum humor.

— Aqui não é o paraíso que parece, Kel. Eu avisei — ele disse.

— Eu sei. — Ela esfregou o nariz vermelho. — Nenhum lugar é.

Nenhum dos dois disse mais nada.

De onde estava sentado, Zion voltou os olhos para a janela do quarto. O negrume já havia se assentado, salpicado por manchas cinzas que revelavam uma ou outra estrela apenas. Aquela sensação de estupor, de ânsia por algo que ele não entendia sempre o tomava nesses momentos. Em contrapartida, o medo do desconhecido também vinha junto, formando uma poça de incerteza bem no meio do peito.

— Talvez... algum lugar seja... — ele começou a dizer. Kelaya voltou a erguer os olhos, estava prestes a falar alguma coisa também, mas Zion a interrompeu e completou: — ... o Planeta Origem.

Ela recuou, o rosto franzido.

Zion sentiu a garganta seca, então alcançou um refil de "água sabor frutas vermelhas". Sorveu um pouco; não tinha o melhor gosto, mas era refrescante. E voltou a olhar para ela.

— Por que você acha isso? — Kelaya perguntou, as linhas da testa ainda ondulavam.

— É o mais provável.

— Por quê?

— Foi de onde nós viemos — o lábio inferior dele tremeu em um suspiro abafado —, de onde eu vim, precisamente. E as respostas sempre estão no início. Por isso precisamos descobrir que tipo de informações o dispositivo pode nos revelar sobre ele.

Ficou em silêncio, o tempo o bastante para o rosto dela se suavizar. Odiava falar sobre aquele assunto e o fato de não ter nenhuma outra informação de seu passado a não ser que deveria ter sido descartado.

— Eu acho que as informações do Logos podem te dar algumas respostas, sim. — Kelaya abriu um meio sorriso, hesitante. — Só não sei se do jeito que você espera.

— É o que veremos.

CAPÍTULO 19

KELAYA ROLAVA NA CAMA de um lado para o outro, esforçando-se para dormir. Já havia passado da metade da madrugada quando despertou e perdeu o sono. Zion dormia um sono profundo no chão, ao lado da cama. Ela sabia disso pelos sons que saíam da boca dele, quase um balbuciar com as pontas dos lábios, que indicavam o quanto ele estava cansado.

Na noite anterior, enquanto Zion tomava banho, ela mesma arrumou o lugar onde ele dormiria. Com tudo pronto, deslizou para debaixo das cobertas e, depressa, tratou de pegar no sono. Não queria correr o risco de ter a visão dele saindo do banho com os cabelos negros molhados jogados para trás. Não se torturaria a esse ponto.

Com isso, todo o sono que ela havia acumulado foi gasto nessas primeiras horas da noite e agora ela esperava impaciente pelo amanhecer. A mente revirando o que eles tinham conversado na noite anterior, principalmente as esperanças de Zion no Planeta Origem.

Kelaya sempre soube que o grande interesse dele estava ligado à sua própria origem. Ele fora um dos milhares de embriões que vieram do antigo planeta e que deveriam ter sido gerados e enviados para as famílias conforme o crescimento populacional. Mas a reprodução natural logo saiu do controle e muitos dos embriões permaneceram congelados ao longo dos anos, sendo implantados nos úteros artificiais em lotes. Quando chegou a vez de eles nascerem, a República enfrentava uma grande crise econômica, então, uma equipe de cientistas propôs o infame procedimento: matar os lotes em gestação. Essa iniciativa causou uma grande discussão ética e resultou em milhares de bebês mortos. Mas alguns deles foram poupados pelo cientista responsável e escondidos em um abrigo clandestino. Anos depois, quando o cientista morreu, ficaram desamparados e começaram a sobreviver das ruas.

Ela virou-se na cama e analisou o marido que dormia tranquilo. Os genes perfeitos, pré-selecionados. Parte dela compreendia melhor tudo o que ele fizera para mantê-los juntos, embora a omissão ainda a incomodasse. Ela teve problemas com o passado, mesmo tendo uma mãe, quem dirá ele, que sequer sabia de onde vinha, ou se era realmente uma... *pessoa*?

Sentiu o corpo estremecer. O que os fazia pessoas de verdade? A forma de concepção, as variáveis biológicas submetidas ou a simples capacidade de pensar?

Pretendendo mudar o rumo dos pensamentos, ela olhou para a janela e se perguntou como seria o nascer do sol na ilha, de que forma os raios atingiriam todos os prédios brancos e resplandeceriam cheios de luz e brilho.

Esperou mais um tempo, até mais ou menos a hora que costuma amanhecer no Continente Baixo. Enfim, afastou a coberta e se contorceu ao máximo para sair da cama sem pisar no colchonete. Foi andando nas pontas dos pés descalços até a janela e, tocando nela, fez com que revelasse a imagem da rua. Tudo se mantinha escuro, como a primeira hora da noite.

— Ainda está cedo — Zion disse do chão, assustando-a.
— Eu acordei você? Desculpa — ela sussurrou sobre o ombro.

Pensou que ele voltaria a dormir, mas o colchonete fez barulho e passos vieram em direção a ela, parando a poucos centímetros de suas costas.

— Só estava curiosa para saber como era o amanhecer aqui, com essas luzes. — Ela não se virou para ele.

— Demora um pouco mais.

Kelaya estremeceu ao constatar que ele agora estava próximo, muito próximo, da orelha dela. Zion entendeu mal, alcançou um cobertor e a envolveu. Para a própria segurança, ela apertou o tecido contra o corpo e agradeceu. Não o olhou no rosto. De certa forma, era mais seguro manter a barreira fofinha e felpuda entre os dois.

Não era uma punição ou teste de castidade, mas definitivamente eles precisavam resolver as coisas no âmbito emocional antes de voltarem para o físico. A conversa da noite anterior fora o primeiro passo.

Sem saber o que fazer e com a respiração de Zion ressoando a poucos centímetros da cabeça, muito perto e, especialmente, muito quente, Kelaya já estava prestes a se esquivar e voltar para a cama quando ele entrelaçou a cintura dela e a puxou de volta.

— Olhe! — Ele apontou para os círculos metálicos de transformação de oxigênio. Ela aproximou o rosto das vidraças e contemplou as faixas de luzes verdes que se formavam entre elas.

— O que é isso?

— É um efeito luminoso causado por gases químicos quando entram em contato com a luz do sol, instantes antes do amanhecer. Em pouco tempo, você vai ter o que espera.

O primeiro feixe despontou em um dos prédios mais altos, levantando o véu da escuridão. De imediato, foi levado para o seguinte e depois para o outro, um a um, até formarem uma camada brilhante que cobria a cidade. O efeito esverdeado foi transparecendo até ser tomado pela luz.

Os dois tiveram que levantar uma das mãos para proteger os olhos quando tudo se iluminou de repente.

Adara uma vez dissera que o nascer do dia e a constante repetição daquela minúscula fração no tempo, onde tudo ganha cor, renovava a esperança e mostrava o sentido da própria existência, impressa em todas as coisas. Kelaya finalmente conseguia descrever a sensação que sentia sempre que parava para apreciar aquele momento.

Fechou os olhos e deixou os raios a envolverem, do mesmo modo que a esperança tomava seu coração.

Será que no Planeta Origem eles também tinham uma estrela para lembrá-los diariamente de renovação?

— É sempre assim? — perguntou, sabendo que Zion a encarava.

— Sim, até um certo horário. Depois a luz vai diminuindo, mas o calor lá fora pode ser insuportável.

Ela assentiu e esperou um tempo para abrir os olhos. Quando o fez, tinha até esquecido de que ele estava ali, parado feito uma estátua atrás dela. De súbito, girou e deu de cara com um par de olhos semicerrados.

— O que foi? — Ela recuou até as costas encontrarem o vidro quente. Ele deu um passo na direção dela.

— Só estava me perguntando. Por que foi dormir tão cedo ontem à noite?

— Porque estava cansada.

Ele se inclinou um pouco e ela arfou.

— Tem certeza?

Kelaya riu e fingiu que o corpo não estava amolecendo com o tom rouco da voz dele. Por Logos, como era fraca!

— Claro. O que mais seria?

Desviou os olhos para evitar ser enfeitiçada. Aqueles malditos olhos negros dele sempre a pegavam. Mirou a boca, o que também não ajudou muito. Desceu para o pescoço, outra péssima ideia. Então, virou o rosto bem de leve e sentiu a respiração dele na bochecha.

— Eu não sei, mas gostaria que você me dissesse. Parecia querer evitar alguma coisa — ele disse.

Não, ela não ia cair nesse jogo de palavras, sabia onde ia dar.

— Não há nada para ser dito e nem para ser evitado e... — Mirou nos olhos dele, uma das sobrancelhas estava erguida.

— O quê?

Ela lhe lançou um sorriso provocante.

— Quer treinar comigo?

— Treinar? — Ele retesou o corpo e ela aproveitou para escapulir da armadilha, movendo-se para o lado dele.

— Sim. — Começou a alongar os braços. — Estou me sentindo tão fora de forma e gosto de treinar cedo. Quer me acompanhar?

Zion fez uma careta, Kelaya se segurou para não rir.

— Ah, é! — Ela soltou um suspiro dramático. — Você odeia treinar nesse horário. Pode voltar a dormir, não vou fazer barulho.

Ele cruzou os braços e ficou parado. Talvez estivesse perplexo com a habilidade dela de se esquivar. Ela, pelo menos, estava muito satisfeita consigo mesma.

— Tudo bem. — Ele se pôs de costas e caminhou em direção ao banheiro. — Só me deixa lavar o rosto primeiro.

Kelaya estudou estarrecida a porta fechar atrás dele. Zion estava se aborrecendo apenas para agradá-la.

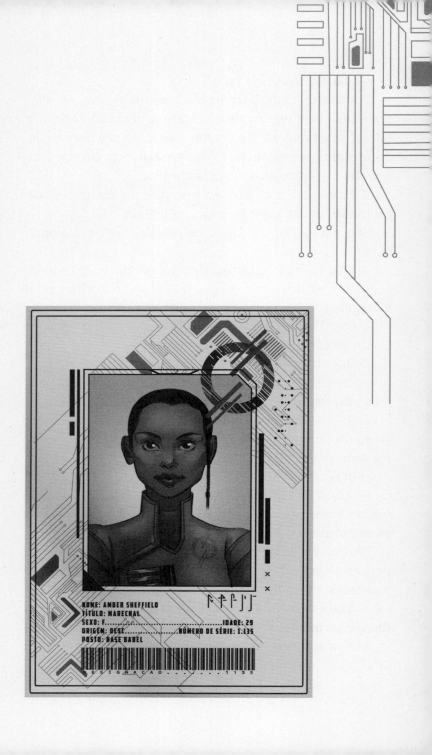

CAPÍTULO 20

A MARECHAL AMBER SHEFFIELD tamborilava os quatro dedos nervosos contra o vidro da janela do automotor que deslizava próximo às ruas de Kiab, cidade foco dos conflitos. O caminho estava deserto com a frota do Risa recuada alguns quarteirões, depois de semanas de batalhas sem tréguas. Ela e mais três oficiais ocupavam a cabine do veículo e executavam a ordem de transferir um prisioneiro para a capital.

Benjamin Dantas era um espião do Risa que havia sido capturado pela equipe de Ishmael, seu subalterno. Foi apresentado como um oficial de alta patente, no entanto, nos meses que se passaram, se mostrara nada mais do que um mercenário que só lucrava com a guerra e não fornecera nenhuma informação relevante. Ele estava em uma cabine acoplada na parte de trás do veículo.

Mas o que realmente preocupava Amber naquele momento eram os relatórios econômicos recebidos do departamento administrativo do governo, no mínimo assombrosos.

Conforme as ordens recebidas da cúpula, ela estava usando o máximo de recursos possíveis na guerra, com isso, naturalmente a mão de obra e a matéria-prima para a produção de Suii diminuiria na capital. Não contava que em pouco tempo a situação nutricional dos territórios entraria em estado de alerta.

O problema era suficiente para levantarem dúvidas quanto à liderança dela no conflito, o que já acontecia nos bastidores. Amber apertou o punho contra a janela. Ninguém puxaria seu tapete. Havia sacrificado muito para chegar aonde chegou.

Estava em um impasse. As investidas da linha de frente de batalha não poderiam parar, não agora que haviam avançado tanto, mas também era muito perigoso colocar a população em risco. A fome fora erradicada pela Fenda, esse era um dos slogans no regime. Amber não seria a responsável por contradizê-lo. E ela não era como Moloch, que sacrificava tudo e todos pelos próprios objetivos.

Se ao menos conseguisse convencer o Conselho Anônimo a investir na agricultura interna, como era pretendido no início da revolta, fazer acordos econômicos com territórios do exterior e permitir investimento externo... Para isso, a Fenda precisaria abrir a economia. Com exceção de armas e tecnologias trazidas pelas tropas das missões exteriores, eles não negociavam com o mercado livre.

Enquanto o veículo avançava e eles já estavam próximos da divisa, ela massageou a testa para aumentar o fluxo sanguíneo e quem sabe o dos pensamentos. Necessitava de um argumento plausível para convencê-los.

Como aqueles desgraçados do Risa conseguem tantos recursos? Não importa o quanto avancemos, eles sempre têm mais. O que vendem para o exterior? Não pode ser apenas alimentos.

O veículo parou bruscamente.

— O que foi? — Amber perguntou.

O motorista apontou para o final da rua.
— Essa barricada não estava no mapa do satélite.
— Aguardar! — Amber ligou o console de acesso ao Vírtua e conferiu com os dados recebidos. — Não estava mesmo.
— O que é aquilo? — O oficial de trás apontou o dedo em riste ao inclinar o corpo para frente.

Ela afunilou os olhos, mas só conseguiu distinguir uma pequena movimentação no fim da rua. Pegou os binóculos de alto alcance e mirou longe. Próximo à barricada, havia um homem à paisana que caminhava em direção a eles. No entanto, os passos eram tortos e a expressão do rosto distorcida.

— Aponte os canhões lasers — ela ordenou.
— Canhões lasers apontados — o motorista anunciou.
— Prossiga com veículo.

O veículo foi se aproximando e Amber sentiu um frio na espinha.

— Atenção! — anunciou no alto-falante. — Aqui é a marechal Amber Sheffield do esquadrão especial da Fenda. Estamos com nossos canhões apontados na sua direção. Pare onde está e coloque as mãos para cima ou vamos atirar.

O homem não parou e continuou caminhando com a expressão ainda mais estranha. De repente, outros como ele surgiram na borda da barricada. Eles pularam e, assim como o primeiro, vieram em direção ao veículo.

Amber repetiu a ordem, mas foi ignorada.

— Abrir fogo — disse entredentes.

Sem demora, os canhões foram disparados, fazendo subir uma nuvem de poeira. Quando dissipou, mostrou a silhueta dos civis ainda de pé. Continuavam vindo, agora mais rápido.

— Mas o que... — O oficial do banco de trás teve a fala interrompida quando, em um único impulso, três deles pularam para cima do automotor ainda no ar.

Agarrados à lataria, começaram a bater no vidro. O veículo dançou de um lado para o outro. O motorista tentava manter os propulsores ativos, as mãos agarradas aos controles. Amber tomou e controle das armas e disparou mais uma vez os canhões, mas já havia perdido o ângulo para acertá-los.

— Base na escuta? Estamos sendo atacados — gritou o oficial de trás. — Base na escuta?

O automotor caiu feito uma pedra. O impacto fez Amber bater a cabeça com força. A visão dela estava embaçada, mas pelo menos as batidas na lataria haviam cessado.

Ela esticou o braço para pegar a arma na cintura enquanto a outra mão apoiava a testa. Um instante de silêncio se seguiu, e só dava para ouvir o respirar pesado e ritmado dos outros oficiais.

Ouviu-se um clique. Os três viraram o rosto. De repente, a porta foi arrancada com força. Tiros foram disparados. Houve uma luta sangrenta de força, gritos e barulhos perturbadores de dentes rangendo.

Minutos depois, Amber sabia que era a única da cabine ainda viva, no entanto, mal podia sentir o corpo mexer. Ela se manteve deitada e imóvel na esperança de que eles fossem embora. Se esforçava para colocar em prática a técnica de controle de medo que regulava a respiração.

Um estrondo veio do lado de fora e então uma massa pesada passou sobre ela.

Mais alguns minutos de silêncio agonizantes. Ela abriu os olhos e se deu conta de que não havia ninguém na cabine, exceto pelos oficiais mortos. Tentou soltar o cinto de segurança, mas estava travado. Com um esforço desesperado, sacudiu com mais força, enquanto o som de gemidos de dor escapava de sua garganta. Ao procurar pela arma, percebeu que não estava no coldre.

De repente, uma sombra humana se projetou no painel de controle do veículo. Amber estremeceu. A sombra foi aumentando e ela fechou os olhos com força.

— Você está bem? — disse uma voz conhecida.

Ergueu os olhos devagar. Era Benjamin Dantas, a pele de um marrom brilhante e os olhos astutos. Não tinha a cara contorcida, nem os dentes rangendo igual aquelas coisas horríveis. Estava bonito, como sempre. Com frequência, Amber repreendia a si mesma por enxergá-lo assim, porém, naquele momento estava aliviada em ver o rosto dele.

Mas, então, Amber lembrou-se de que eles eram inimigos e Benjamin poderia facilmente matá-la com apenas um tiro.

Em vez disso, ele se agachou e deu uma olhada em volta. Depois, virou o rosto mais uma vez para ela, exibindo os dentes brancos.

— Acho que agora somos só você e eu, marechal.

CAPÍTULO 21

O EVENTO DA CASA do negociador estava marcado para o início da tarde. Kelaya havia passado o restante da manhã aprendendo como utilizar os produtos de automaquiagem. Não era tão difícil, considerando que o próprio frasco escolhia a paleta de cores de acordo com o tom de pele e fazia as combinações necessárias. Ela só precisava apontar com precisão para as partes a serem coloridas e, por isso, necessitava de tempo e calma. Calculando quantas vezes teria que refazê-la, ela havia pedido para Zion se barbear bem cedo e, quando ele terminou, tomou posse do banheiro para si.

Exatamente cinquenta e cinco minutos depois, de frente a um espelho iluminado e uma bancada repleta de embalagens abertas, Kelaya estava pronta.

Conferiu as horas, precisava se apressar para colocar o vestido. Tai encontraria com eles no quarto para organizarem o armamento da operação. Eles iriam até o local, se entrosariam com os convidados durante o evento e esbarrariam com o negociante sem levantar nenhuma suspeita.

Uma batida na porta.

— Kel? Falta muito? — era a voz de Zion.

— Já estou indo.

Zion tinha se arrumado no quarto. Antes de Kelaya entrar no próprio santuário de transformação, viu o terno que ele usaria na festa pendurado no armário. Era muito elegante. Não que o homem precisasse de muito para ficar bonito, por favor.

Ela passou mais uma vez a mão nas laterais do cabelo e depois meneou a cabeça, conferindo se o coque baixo estava parecido com a imagem que tinha visto no sistema.

Então, finalmente colocou o vestido. Mesmo por cima do colete balístico, ajustou-se perfeitamente ao corpo, como se tivesse sido feito sob medida. A competência dos serviços do Aeternus era impressionante, ela não podia negar.

Pincelou mais uma vez a máscara preta nos cilícios, esguichou um pouco do perfume e subiu no meio salto. Faltava um último detalhe e tudo ficaria perfeito.

Encaixou a joia que Adara lhe dera em um suporte anelar, transformando-a em um anel sofisticado. Escorregou o adorno pelo dedo médio e ele brilhou ofuscante.

Agora, sim, estava pronta e levaria um pouco da amiga com ela.

Sentiu o nervosismo fazendo cócegas na base do estômago. Ignorando a sensação, girou o corpo em direção à saída, respirou fundo, empertigou os ombros e liberou o sensor. Ao passar pelo vão da porta, foi atingida por um aroma amadeirado que quase a derrubou. Quem estava cheirando tão bem?

Tai, elegante em um terno preto aveludado, estava de pé com as mãos nos bolsos. Suas sobrancelhas se arquearam quando ele a viu.

— Uau!

Zion estava de costas, o corpo meio inclinado olhando para os equipamentos na cama. Ele a olhou por sobre os ombros e congelou. Não disse nada, apenas pestanejou uma, duas, três vezes. Kelaya não resistiu ao impulso de buscar pelo brilho nos olhos dele, mas, depressa, ele voltou a atenção para as armas.

Ela cerrou o cenho.

— Não está bom para a festa? — Kelaya foi para perto deles.

— Está — a voz de Zion saiu em um fiapo rouco.

Dava pra ver os músculos das costas dele se retesarem sob a camisa branca, enquanto carregava uma pistola com a munição. Já estava quase todo vestido, faltando apenas o terno azul-marinho, em um tom parecido com o vestido dela.

— Acho que vai querer mais dessas, capitão. — Tai apontou para a munição de precisão.

— Por quê? — Kelaya pegou uma delas e sentiu o peso. O irmão voltou os olhos para ela.

— Imagino que ele vai precisar caso decida atirar em qualquer um que olhar para você.

Zion o mirou com um olhar sanguinário enquanto encaixava as duas armas com força no coldre tático, as fivelas pendentes nos ombros. Tai apenas sorriu despreocupado e aprontou o próprio armamento.

Kelaya olhou de um para outro, o nariz erguido.

— Não se preocupe, Zion não tem ciúmes de mim. — Ela apanhou a espada descansando sobre a mesa e apertou o punho com força. A verdade é que estava decepcionada com a reação dele.

Tai deixou escapar uma risadinha abafada.

— Meu queixo discorda. — Coçou a parte de baixo do rosto. Kelaya levantou uma sobrancelha, confusa. — O capitão não contou como ele me atacou na Stella?

— Sei que vocês dois têm muita conversa para colocar em dia — Zion os interrompeu —, mas estamos atrasados.

E, se me lembro bem, foi você quem me atacou. — Ele selou as mangas da camisa com abotoaduras douradas e foi em direção ao armário. Rodeou o terno por cima dos ombros largos e o encaixou perfeitamente ao corpo, as armas das laterais desapareceram de vista. O homem estava "de matar", literalmente.

Kelaya estava curiosa para saber o motivo, mas Zion estava certo, precisavam se apressar. Guardou a espada retraída em um espaço coberto pela parte de trás da saia do vestido, enquanto eles escondiam o restante dos equipamentos. Conectaram o dispositivo do Aeternus e deixaram o quarto.

No corredor, os três aguardavam, o pé de Zion batendo contra o piso e um ritmo acelerado. Quando o elevador chegou, Kelaya foi a primeira a entrar. Tai vinha logo atrás, mas Zion o interceptou:

— Esqueci das escutas na mochila, você pode buscá-las para mim? — Ele estendeu o pin de liberação da porta.

Tai o fitou, uma sobrancelha erguida. Cinco segundos depois, assentiu.

— Esperem por mim na recepção. — O irmão deu um passo atrás.

— O elevador pode esperar. — Kelaya esticou o pescoço, enquanto Zion entrava.

Tai olhou de um para o outro, os lábios contorcidos.

— Não, isso não é permitido por aqui — disse e desapareceu feito fumaça. A porta se fechou antes que ela pudesse protestar.

Que estranho!

Ela pretendia comentar alguma coisa quando ergueu os olhos, mas não teve tempo de dizer ou pensar em nada. Em um único movimento, Zion a segurou pelo rosto e os lábios dele foram direto aos dela. Kelaya sentiu as costas gelarem quando pressionadas contra a parede, no mesmo tempo que mãos quentes e firmes a seguravam pela face.

Por Logos, Zion estava a beijando, voraz e exigente, e os lábios dela se submetiam, agraciados.

— *Faltam três andares para chegarmos à recepção* — a voz calma do sistema falou.

Ele espremeu os lábios contra os dela até estalarem.

— *Faltam dois andares para chegarmos à recepção.*

Parou ofegante, testa contra a testa.

— E tem coragem de me perguntar se o vestido está bom — ele disse, a respiração irregular. — Espero que hoje você volte a confiar em mim e essa tortura acabe.

— *Falta um andar para chegarmos à recepção.*

Zion empertigou o corpo e passou a mão no cabelo para alinhá-lo. Kelaya estava estática, os lábios entreabertos e os olhos arregalados.

— *Chegamos à recepção.*

Ela saiu meio cambaleando. A mente girando em um turbilhão de emoções.

Tai teve a elegância de demorar o tempo suficiente para ela se recompor, embora Kelaya duvidasse que as bochechas voltassem à cor normal tão cedo.

No aerotáxi, os três estavam sentados como se nada tivesse acontecido, com olhos fixos nas imagens borradas da rua.

Kelaya tentou esconder as mãos trêmulas, apertando contra as camadas do vestido. Não tinha vontade de passar tempo ocioso no Aeternus, então fez um esforço para se concentrar na operação. Mas, conforme o tempo passava, mais nervosa ficava.

— Você confia mesmo nesse contato? — ela perguntou.

— Não. Mas é a forma mais rápida de conseguirmos o que você precisa. — Zion respondeu ao lado dela, de braços cruzados na frente do peito, uma perna sobre a outra. Nem parecia que tinha feito o que acabara de fazer.

— E o preço?

— Nós já acertamos isso — a voz dele agora era quase um rosnado. Mas as duas sobrancelhas unidas diziam: "O que há de errado com você, agora?".

Boa pergunta, capitão. Talvez devesse ter pensado nisso antes de me beijar, daquela forma, depois de meses.

Voltou a olhar para fora. Afinal, o que podia dar errado? Pensando bem, muita coisa.

E se eles cruzassem com mais soldados riseus, como os do navio mercantil, ou até mesmo espiões da Fenda? Tinha a sensação de que, a qualquer momento, um grupo de homens armados poderia surgir para tentar tomar o dispositivo. Era uma expectativa válida. Contudo, a grande questão permanecia: como ela agiria?

Ainda se sentia insegura em relação às suas ações em combate. Até que ponto deveria priorizar a missão em detrimento de sua própria vida? Se começasse a matar deliberadamente em nome de uma causa, não estaria voltando a ser como na época da Fenda, mesmo acreditando que agora lutava por motivos justos?

Apertou o punho e respirou fundo para dissipar o medo. Confiaria em ser guiada pelo Logos.

— Então vamos nos encontrar com seu contato durante a festa, ele vai nos levar até uma sala privada. Tai vai ficar na parte de fora dando cobertura. Você transfere o valor, ele nos entrega o decodificador leitor e vamos embora — ela repassou. — É isso?

Zion coçou o rosto.

— Teoricamente, sim.

— Não há nenhum indicativo de que alguém esteja nos seguindo. Estou de olho nisso — Tai assegurou.

Quando a velocidade do veículo diminuiu, Kelaya observou novas fachadas, prédios e avenidas da ilha. Não que fossem muito distintos dos do dia anterior; fora do sistema, tudo era reto, sóbrio, e branco, muito branco. Pouco tempo depois, pararam por completo. Zion fez sinal positivo com a cabeça e os três olharam em volta antes de desembarcarem em uma sala extensa. O aerotáxi foi embora e eles prosseguiram, todos agora conectados ao Aeternus.

Chegando quase no limite da sala, um painel verde neon surgiu à frente. Zion digitou uma sequência de números e, em seguida, parte da parede recuou, transformando-se em uma outra entrada. Os três avançaram em linha reta por uma passarela metálica ladeada por dois lagos estreitos e folhagens sintéticas. Ela podia ver a imagem dos três refletidas nas paredes, conforme caminhavam. Tudo iluminado pela luz natural que vinha do teto, uma construção curvilínea de vidro.

— Só existe essa entrada? — Kelaya sussurrou.

— Ao que parece, sim. — Zion respondeu, os olhos girando em órbita.

— Não temos nenhuma outra rota de fuga, então.

— Sempre podemos fazer uma — Tai disse do outro lado.

Ela o fitou de soslaio.

— Você trouxe explosivos?

Ele levantou um dos cantos dos lábios.

— Talvez.

A passarela começou a fazer uma curva à direita, até que se alargou e morreu em um imenso gramado coberto de pequenas árvores. O teto e a parede haviam se mesclado em uma redoma de vidro curvilíneo. Bem no meio dela, uma cascata cristalina caía, escoando por saídas laterais que formavam pequenos canais fluviais. No fundo havia uma mansão — as paredes de vidro possibilitavam uma visão ampla de todos os andares já abarrotados de convidados.

Kelaya prendeu o fôlego. Era o lugar mais lindo que já tinha visto.

CAPÍTULO 22

KELAYA EMPENHOU-SE em não se deixar levar pela tonalidade das arandelas em formas geométricas, pelas imagens artísticas projetadas nas paredes, pela delicadeza das louças onde as bebidas eram servidas, pelas linhas retas e elegantes da mobília ou pelo cheiro inebriante de frutos do mar. Mas era difícil, muito difícil.

— Esse é um dos caros, aquele cretino não economizou em nada. — Tai estalou a língua depois de beber o líquido transparente e espumante que era oferecido por um robô-bar em taças coloridas. — É por isso que a maioria dos convidados faz questão de estar presencialmente e não apenas pelo sistema.

— Então eram essas as missões da Stella Capitânia? — perguntou Kelaya.

O irmão ergueu o copo e esboçou um sorriso torto.

— O que não fazíamos para servir bem a nossa corporação?

Ela olhou para os dois acompanhantes de queixo caído. Zion não disse nada, continuou observando em volta por sobre a cabeça dela. Era inacreditável que ele já estivesse acostumado a tudo aquilo.

Eles continuaram andando pelo espaço aberto, a iluminação era vibrante e podia ser controlada pelo próprio usuário do sistema. Ela deu uma olhada no catálogo de atividades oferecidas no evento: havia diferentes espaços de dança conforme o estilo musical desejado; experiências imersivas de realidade artificial, desde o fundo do mar até os confins da galáxia; degustações gastronômicas excêntricas; galeria de arte interativa, exposição de relíquias do Planeta Origem e mais um apanhado de coisas que ela mal podia supor do que se tratavam. Parecia que o lugar era infinito.

Nesse meio-tempo, uma mulher esbelta e de cabelos loiros os fitou. Ela veio em direção a eles com um decote que ia quase até o umbigo. Quando chegou perto, fingiu esbarrar no ombro de Zion e se desequilibrou. Sem demonstrar surpresa e de forma ágil, ele a segurou pelos braços antes que ela caísse.

— Oh, me desculpe — a mulher disse e começou a passar a mão sobre o braço dele e lançar sorrisinhos. O perfume adocicado dela impregnou o ar.

Zion acenou com a cabeça com um meio sorriso e disse que não havia por que se desculpar. Eles deram as costas à mulher e seguiram em frente. Kelaya nunca tinha sentido tanta vontade de voltar a usar a espada como naquele momento. Podia jurar que havia sido de propósito.

— Você a conhece? — Kelaya perguntou entredentes.

— Não, só fui educado.

Olhou para Tai e a expressão dele estava fechada. Ainda encarava a mulher loira sobre os ombros.

Perto da entrada do salão principal, os três pararam. Era possível ouvir o burburinho de vozes alegres lá dentro.

— Será melhor se nos separarmos. Dê uma volta pelo salão — Zion disse a Tai.

O irmão inclinou a cabeça, como se aquela fosse mais uma ordem oficial, girou os pés e começou a andar. Ela o acompanhou com o olhar. O ambiente se tornou natural para ele. Era como se pertencesse àquela realidade e não ao sujo, sangrento e pobre do Continente Baixo.

Zion rodeou a cintura de Kelaya com uma das mãos e deixou um aperto leve.

— Nós dois vamos por ali. — Apontou para a porta de um espaço de dança.

Os dois avançaram para dentro do salão. Ela ergueu os olhos para que Zion prestasse atenção nela. Ele o fez, por um breve momento.

— Será mais fácil se parecermos um... ãh... casal — ele disse. — Podemos dançar e *ouvir* alguma coisa.

Ela arregalou os olhos e as pestanas bateram depressa.

— Você sabe que eu... não... nunca...

— Confia em mim? — Zion a fitou e sustentou o olhar no dela. Kelaya sentiu como se a pergunta fosse sobre algo além da dança. Viu-se balançando a cabeça, bem devagar, em um sinal positivo.

O rosto dele se iluminou. Ele a conduziu pelos ombros entre os convidados, passaram por pessoas vestidas com muito tecido e outros com quase nenhum. Havia também os que estavam de ternos de gala luminosos, plastificados e recortados. E ela se perguntou se esses eram os ricos excêntricos que Zion havia comentado.

Por fim, ele os posicionou bem no canto da pista de dança, o piso mudando de cor conforme se locomoviam. Uma música tocava no fundo, era lenta e parecia não exigir nenhuma performance complicada. Mesmo assim, Kelaya estava insegura. Zion percebeu.

— Passe os braços sobre o meu pescoço... agora, aproxime-se cerca de cinco centímetros, afaste os pés um pouco — começou a passar as instruções do que ela deveria fazer, como um legítimo comandante do exército. — Eu vou segurar na sua cintura e te conduzir. Me acompanhe.

No início, Kelaya sentiu as pernas fraquejarem, mas, como entendia muito bem a linguagem de comando, manteve a concentração nas instruções e aos poucos foi pegando o jeito. A luz havia diminuído, quase não dava para ver muito bem a fisionomia dos que estavam à volta deles, apenas um do outro. Nem se erravam os passos. Ela sentiu o corpo relaxar e logo foi envolvida pelo ritmo da melodia.

— Onde aprendeu a fazer isso? — Levantou o rosto, mas só encontrou um maxilar bem delineado.

— Você sabe quais eram minhas responsabilidades aqui — ele respondeu, mantendo a atenção por sobre a cabeça dela. Ela fez que sim. Ele era responsável por infiltrar espiões e suprir simpatizantes da causa da Fenda no exterior. — Eu precisava fazer de tudo para cumpri-las. — Ele baixou os olhos e os fixou nela.

Os lábios de Kelaya se separaram e uma leve lufada de ar saiu por eles. Tentou disfarçar o espanto.

— Então, você precisou dançar... assim... — Pressionou os dedos no pescoço dele. — Algumas vezes?

Zion pestanejou e uma pontinha de luz surgiu em sua pupila negra.

— Você está com ciúmes? — ele disse e um dos cantos dos lábios se ergueu.

Kelaya não respondeu. Baixou os olhos e se concentrou nos botões brancos da camisa, muito bem alinhada, bem à frente do nariz. Óbvio que estava morrendo de ciúmes.

— Foram poucas as vezes — Zion começou a se explicar, mas ela continuou com olhar fixo à frente. — O dono desse lugar, o negociador, é um dos meus contatos. Precisei participar de alguns eventos como este para me infiltrar.

— Entendi. — Ela soltou um suspiro entrecortado.

Sabia que estava sendo ridícula, mas não conseguia controlar. Parte dessa insegurança era causada pelas omissões de Zion durante todos aqueles anos. Como ela poderia superar isso? Como poderia apenas confiar nele?

Com a mão firme, ele a trouxe para mais perto.

— Não prometemos fidelidade um ao outro? — disse.

Kelaya concordou e, aos poucos, foi se livrando do restante de ar que ainda queimava nos pulmões.

— Por mais que você tenha me falado sobre a parte ruim desse lugar, tudo isso... — Ela olhou mais uma vez em volta e decidiu ser sincera. — É tão extraordinário que me sinto inferior. E o fato de você ter escondido coisas de mim não ajuda muito.

Zion parou de súbito. Um feixe de luz incidiu sobre o rosto angustiado dele.

— Nada disso vale muita coisa para mim, você sabe disso. — Ele esperou o verso da música recomeçar para voltarem a se mexer no ritmo certo.

— Eu sei, nada disso é...

— O nosso lar — ele completou.

A testa dela franziu. Não sabia a que lar Zion se referia, se ao esconderijo no Vale ou ao Planeta Origem, a obsessão dele.

— E o que você considera como lar? — Voltou a mirá-lo.

— Um lugar em que eu não sinta o que estou sentindo agora.

Fazia parte da carreira deles se comunicarem por enigmas, ainda mais em lugares como aquele, mas ela não estava conseguindo compreendê-lo.

— O que quer dizer?

Zion deixou escapar um suspiro áspero.

— Nada, só estou chateado com essa dança.

— Por quê?

Ele se inclinou, os lábios ficaram bem próximos à orelha dela.

— Esperei tanto para poder dançar assim com você. — O hálito dele fez cócegas na parte de baixo do pescoço dela. — E, quando finalmente acontece, não consigo aproveitar porque tenho que ficar em alerta caso alguma coisa suspeita aconteça.

Kelaya riu e Zion voltou a endireitar o corpo.

— Eu também estou em alerta, caso queira saber.

A todo momento, ela catalogava os rostos dos outros ocupantes da pista conforme os pequenos fleches de luz permitiam. Por mais que a luz baixa dificultasse a tarefa, conseguiu formar uma pequena galeria de fisionomias na memória fotográfica.

Outra leve pressão nas costas, o corpo se achegou mais ao de Zion. Ele estava com o olhar compenetrado no fundo do salão. Kelaya daria tudo para saber no que estava pensando.

Mais alguns passos e ele disse:

— Falando sério, eu consideraria como lar um lugar onde eu não tenha que me preocupar com o fato de que a música logo vai acabar.

Ela apertou os lábios. Começava a entender o que ele queria dizer. Esqueceu por um momento da operação e recostou a cabeça no peito dele, enquanto a música entoava os últimos versos.

— Talvez saber que ela vai acabar é o que a faça tão especial.

Kelaya voltou a olhar para cima. Zion balançou a cabeça em negativa.

— Pode ser uma espécie de defesa que minha mente criou durante os anos com a sensação de que, a qualquer momento, teremos de nos separar, ingressar em uma missão diferente e, quem sabe, nunca mais nos vermos. — Ele parou com os movimentos e olhou dentro dos olhos dela. — Para mim, parece terrível a ideia de apreciar a felicidade se ela pode ser tirada de mim a qualquer momento.

Kelaya sentiu uma sensação ruim na boca do estômago. Queria poder dizer alguma coisa, principalmente que aquele pensamento não fazia sentido, mas, no fundo, ela sabia que fazia. Queria poder consolá-lo e ser o que faltava para ele. Mas ela não podia, não tinha as formas da peça faltante daquele quebra-cabeça.

A música acabou e as luzes se acenderam aos poucos. Zion a encarava intensamente. Ela sabia que aquela era a verdadeira face dele ou, pelo menos, parte dela. Tinha o pressentimento que muito mais estava por vir.

— Então a dança não teve nada a ver com a operação? — Sorriu, encorajando-o.

— Teve, sim, a minha operação.

Ele entrelaçou a mão na dela e os dois começaram a caminhar, lado a lado. Zion disse que precisa tomar um ar e eles foram para o jardim. Enquanto caminhavam, tranquilos, Kelaya ficou se perguntando se eles tinham por fim se acertado. Depois do beijo e daquele momento íntimo, já estavam prontos para voltar a serem como eram antes?

Ela começou a ficar impaciente. Quanto tempo faltava para se encontrarem com o negociador e darem um fim a tudo aquilo?

Mas algo dentro dela ainda a inquietava.

— Zion. — Ela parou, segurando o braço dele. Não havia ninguém em um raio de oitenta metros. Tinha mais uma coisa que precisava saber.

Ele girou o corpo, as sobrancelhas unidas.

— O que foi?

— Seja sincero — ela pediu com a voz rouca. — Você disse que não me contou sobre as condições do nosso casamento por causa da minha submissão cega à Fenda. — Um breve silêncio se passou, antes que ela perguntasse. — E, agora, você... você confia em meu julgamento?

Zion titubeou, as sobrancelhas franziram um pouco mais. Kelaya penetrou os dois poços escuros que eram os olhos dele e que muito bem poderiam carregar os mistérios do universo. Então ela soube, a resposta era não.

Ela desvencilhou a mão e começou a voltar apressada para a mansão, os músculos estavam tensos e o sangue corria depressa. Zion se colocou ao lado dela, os passos dele eram muito mais longos. Rápido, conseguiu barrar seu caminho.

— Kel, essa não é uma boa hora para termos essa conversa. Precisamos focar na operação.

— Pois bem — ela girou os calcanhares e o contornou —, vamos acabar logo com isso.

CAPÍTULO 23

A FORMA COMO A MULHER loira havia fingido esbarrar em Zion, tocando-o perto da costela onde mantinha uma das armas, não passou despercebido a Tai. Nem ao próprio capitão, embora ele soubesse disfarçar muito bem.

Tai procurava por ela entre os convidados, a altura permitia que tivesse uma visão periférica dos ambientes. Primeiro, passou por alguns espaços de dança, mas não encontrou nenhum sinal dela; decidiu então ir para o bar.

No caminho, passou por um pequeno aglomerado de pessoas usando a insígnia em forma de "N" do grupo Nomam, a empresa responsável pelo Aeternus. Deu meia-volta e entrou em um espaço a meia-luz com móveis desenhados por linhas luminosas. Pensou em seguir pelo centro, mas estava lotado de velhos bebendo em poltronas de massagens. Contornou pela lateral, onde poucas pessoas, sentadas em banquetas altas, faziam apostas em jogos de azar nas próprias interfaces do sistema.

De longe, conseguiu distinguir as madeixas loiras, quase brancas, jogadas de lado da mulher, bem como a roupa extravagante e o salto agulha. Ela estava sentada em uma das banquetas, bebericando um copo com fumaça branca transbordante.

Depressa, ele começou a caminhar em direção a ela, mas alguém o interrompeu se colocando em sua frente. Tai apertou os olhos na tentativa de reconhecer a mulher de cabelos curtos, maquiagem acentuada e um vestido apertado que o fitava com um sorrisinho provocante.

— Você por aqui? — ela disse e se aproximou mais ainda.

Droga, tinha a impressão de que a conhecia de algum lugar. Provavelmente já tinham se divertido juntos. De repente, com uma única mão, a mulher puxou o pescoço dele para baixo e deixou um beijo com gosto de álcool nos lábios. Sim, agora ele começava a lembrar. Como era mesmo o nome dela? Jade, Joice, Julia?

— Pois é — ele respondeu e olhou sobre a cabeça dela; a mulher loira estava se levantando da banqueta. — Desculpe, eu tenho que falar com alguém.

Tai se adiantou, mas a garota o segurou pelo braço.

— Não pode me dar nem cinco minutos?

Ele virou-se para ela apenas para dizer que estava com pressa, mas foi o tempo suficiente para perder a mulher loira de vista. Desvencilhou-se e correu na direção de onde ela estava sentada há menos de um minuto. Alguns convidados se levantaram bem na hora e bloquearam o caminho dele, atrasando-o ainda mais. Quando finalmente chegou à mesa alta, só encontrou o copo vazio e nenhum sinal dela. O mais estranho é que não havia outra saída ali por perto. Ela teria que ter voltado pelo caminho que ele acabara de fazer.

Respirou fundo e decidiu sentar-se na poltrona baixa mais afastada do centro. Talvez a mulher voltasse. Não demorou muito e a figura curvilínea que há pouco havia lhe roubado um beijo se sentou na poltrona da frente.

O que essa garota queria?

— Bem, você não parece estar conversando com alguém. Pode me dar alguns minutos, então? — ela disse.

Tai esticou os dois cantos dos lábios, mas não mostrou os dentes. Que fosse, não tinha tempo para flertes naquele momento.

— O que tem feito ultimamente? — ela insistiu.

Bem, vejamos... Depois de eu ter desertado da corporação armada da qual fazia parte juntamente com o meu capitão que descobri ser casado com a minha irmã, que acabei de conhecer, estou os ajudando a conseguir um leitor para acessar um banco de dados que ela considera a fonte de um poder desconhecido.

— Ah, você sabe, só negócios — respondeu em voz alta e deu de ombros.

— Interessante. — Ela cruzou uma das pernas e respirou fundo. O cabelo curto dava um toque elegante à silhueta. — Lembro de uma vez você ter me dito que fazia alguns trabalhos no Continente Baixo.

Tai engoliu com dificuldade, não lembrava de terem se encontrado mais de um par de vezes, nem que tinham conversado sobre qualquer coisa que não fossem amenidades.

— Falei?

— Sim, você não lembra?

Ele tentou puxar qualquer memória relacionada, mas nada vinha à mente.

— Na verdade, não.

Ela se inclinou, ficando o mais próximo dele possível.

— Mas você faz, não é?

Ele cruzou os braços e tentou manter o tom de voz o mais desinteressado possível.

— Talvez, um ou outro.

A garota voltou a deixar a coluna ereta e repousou as duas mãos no encosto da poltrona. As unhas pretas acariciavam o tecido. Parecia como nas pinturas de rainhas vindas do Planeta Origem que ele tinha visto.

— Então você ouviu os boatos? — ela perguntou.

— Que boatos? — Ele ergueu o queixo.

— O que acha de irmos para lá? — Ela apontou com os olhos para uma das mesas altas. — Podemos cochichar mais de perto.

Trocando o ponto de apoio, ele analisou o lugar: estava cada vez mais cheio e não havia nenhum sinal da mulher loira. Pensando bem, poderia ter uma visão melhor do salão se sentasse na banqueta alta.

Estendeu a mão de forma galante e ajudou a garota a se acomodar. Pediu duas bebidas e, quando elas chegaram, disparou por sobre a borda do copo fumegante:

— Então, quais são os boatos?

— Não acredito que você não saiba, pelo menos finja que está surpreso — ela disse. Tai cerrou a testa, confuso. Não fazia ideia do que ela estava falando. Ela cortou o ar com uma das mãos. — Bobinho, você deve saber que a Nomam está bancando alguns experimentos nos laboratórios da República no Continente Baixo.

— Você quer dizer do Risa, já que a República não existe mais.

— Que seja. — Os ombros dela se ergueram.

Tai lembrou da descrição dada pelo capitão de corpos com rostos desfigurados no navio que eles haviam tentado sacar e sentiu um calafrio. Será que era disso que ela estava falando? Precisava fazer a garota falar mais.

— Ah, sim. Isso — respondeu.

Ela arregalou os olhos e depois sorriu.

— Então, você sabe? Conte-me tudo.

— Nada muito revolucionário assim. Armas, soldados e essas coisas.

— Não, isso não tem nada a ver com a guerra. É sobre o Aeternus.

Aeternus? Fazia algum sentido, considerando que o nome da Nomam estava na carga. Mas o que o sistema tinha a ver com os corpos?

— Ah, sim. O Aeternus, bem lembrado. A economia é um assunto muito importante, até mesmo na guerra.

— Sim, mas... — a voz dela ganhava certa impaciência — e as transferências de mente?

— As... o quê?

— Você não sabe? — Ela descansou o rosto em uma das mãos e o mediu com um olhar desconfiado. — Afinal, o que você sabe?

Tai cerrou a mandíbula. Céus, aquilo não era brincadeira. Aproximou o rosto dela. Por um momento, ela arregalou os olhos e entreabriu os lábios, pálida. Se estava esperando que ele ia beijá-la, poderia ter morrido de decepção. Em vez disso, Tai afunilou o olhar.

— Sei que tem gente morrendo, como aberrações — disse, com o tom mais ameaçador que conseguia.

Ela enrugou a testa e um vinco entre as sobrancelhas se formou.

— Mas ouvi dizer que eles estavam progredindo.

Tai a envolveu pelo punho. Em um giro rápido, tirou-a da banqueta e a levou para um canto onde ninguém pudesse vê-los.

— O que mais você sabe sobre isso?

— Você vai tentar impedir?

— Talvez.

— Mas você não quer viver para sempre?

— O quê? — Ele a trouxe um pouco para a luz para ver se os olhos estavam vermelhos. — Você usou entorpecentes?

— Um pouco, só o normal.

— Por que perguntou se eu quero viver para sempre?

Os olhos dela se iluminaram. O brilho era tanto que podia ser visto mesmo com a pouca luz.

—Ouvi dizer que a Nomam pretende criar uma forma de transportar nossa consciência para dentro do Aeternus. — Ela deu um gole longo na bebida e sorriu. — Vai custar uma nota e será só para pessoas pré-selecionadas. Mas, se isso acontecer, não vamos mais precisar do nosso corpo. Vamos viver dentro do sistema... para sempre.

Tai teve que rir.

— E você acreditou nisso?

— É sério. — Ela fez um biquinho com os lábios, como se estivesse magoada por ser desacreditada.

Tai balançou a cabeça. Aquilo era loucura.

A garota se aproximou e o tocou no cotovelo, conseguindo a atenção dele novamente.

— Pense como será maravilhoso. Vamos viver através dos nossos avatares, poderemos escolher nossas imagens: humanoides, animais, seres místicos e até objetos, qualquer coisa. Faremos o que quisermos, por quanto tempo quisermos, sem doença, sem dor, sem morte. Seremos deuses! — disse gargalhando.

Tai estremeceu. Precisava encontrar Zion e Kelaya o quanto antes.

CAPÍTULO 24

AMBER ESTAVA EM UM PRÉDIO abandonado de localização desconhecida, sendo remendada por um espião do Risa, o que já deixava a situação bastante ruim. Além disso, havia o fato de eles estarem fugindo de algum tipo de criatura predadora. Quando confrontado, Benjamin disse não saber o que era. Ela sabia, porém, que aquilo fedia a experimentos malsucedidos do Risa.

— Aiii! — Amber se sobressaltou no banco onde estava sentada. O laser cauterizador havia pegado fundo na carne e ela podia sentir um cheiro de pele queimada.

— Só mais um pouco — Benjamin disse. — Dá para ficar quieta?

Ela apertou os dentes com força. Estava à base de analgésicos, mas não era suficiente para acalmar a dor dos cortes profundos.

— Então, como vai ser? — ela disse, decidida a não prestar atenção na dor.

Ele levantou os olhos, confuso.

— Você pretende me usar para negociar com a Fenda ou vai me levar para os seus amigos do Risa? — ela completou.

Ele deu uma risadinha e voltou a atenção para a tarefa.

— O que a faz pensar que é minha refém, marechal? — disse. — Não passou pela sua cabeça que talvez fosse mais seguro uma militar competente ao meu lado neste momento?

— Se for assim, você deveria devolver minha arma.

Ele tinha pego do chão quando a retirou do veículo, junto com a caixa de primeiros socorros.

— Isso não será possível — ele respondeu. — Mas serei honesto com você: vamos para a base do Risa.

Amber bufou.

— Eu preciso ao menos saber o que são aquelas coisas para tentar sobreviver a elas — a marechal insistiu.

— Já falei que não sei.

Sentiu os dedos dele deslizando pela pele, causando-lhe uma sensação incômoda. Ele segurou o último corte em forma de pinça e o cauterizou até o filete de sangue sumir. Depois, endireitou o corpo com um pulo.

Amber começou a abotoar a blusa do uniforme com pressa.

— Havia o símbolo do Risa marcado neles — ela disse, mas era mentira. Na confusão não conseguira ver nada.

Benjamin estreitou os olhos.

— Eu duvido muito.

Ela fechou o último botão.

— De qualquer forma, é óbvio que aquilo é coisa do Risa, já que estamos perto de uma das bases de vocês. Sei o quanto são adeptos a esse tipo de coisa.

Ele deu de ombros e guardou a máquina laser na caixa.

— Pelo menos não colocamos todos os nossos recursos em armas e uma gororoba que só mata a fome enquanto a população definha.

— Então você admite que são experiências do Risa? — Ela apontou o dedo em riste.

Ele levantou as mãos.

— Tudo bem, você está certa.

Amber arregalou os olhos. Não esperava que ele admitisse tão facilmente.

— Que tipo de experimentos são esses?

Benjamin foi até a janela e deu uma olhada ao redor. A mão segurando a pistola na cintura.

— São cobaias de um projeto desenvolvido para uma empresa privada do exterior.

Ela o fitou, perplexa. Era esse tipo de prática que lhes proporcionava tantos recursos, e o desgraçado nem se dava ao trabalho de negar.

— Você consegue andar? — ele disse e voltou-se para ela. — Precisamos sair daqui, já vai anoitecer.

Ela fez um esforço para ficar de pé. Benjamin se aproximou para ajudá-la a se estabilizar, mas Amber levantou a mão, indicando que conseguia sozinha.

— A base fica a dois quilômetros de distância, se formos rápido...

— Por que você simplesmente não me deixa aqui? Será muito mais fácil de se salvar — ela o interrompeu.

— E jogar fora todo o trabalho que eu tive com você, marechal? — Ele sorriu, os dentes tão brancos que quase podia se ver neles.

Amber cerrou os dentes. Estava muito fraca para tentar rendê-lo, mas, se os dois sobrevivessem, ela iria matá-lo.

Benjamin alcançou alguns suprimentos em um bolsa pequena e jogou no ombro. Depois, passou o braço dela sobre a própria cabeça e o apoiou no pescoço. Foi andando devagar, obrigando-a a acompanhá-lo.

— Você sabe se aquelas coisas podem farejar ou algo do tipo? — ela perguntou, enquanto se aproximavam da porta. O coração começava a bater acelerado.

— Não sei.
— Eles ainda são humanos?
— Já disse que não sei!

Os dois avançaram. Amber ergueu o queixo, resignada, como se não estivesse imersa em uma bizarrice sem fim. Nunca imaginou que sua morte poderia se dar daquela forma.

Na rua, o ar quente ondulava. Não havia sinal de uma alma viva; toda a população da região havia fugido por causa dos conflitos. Os pés dela se arrastavam, deixando marcas no chão empoeirado. A cada passo, uma dor aguda pulsava nas feridas.

— Nessa velocidade, vamos demorar dias — Amber disse. — Estou falando sério, riseu, somos um alvo fácil desse jeito. Devolva minha arma e me deixe aqui. Pense nisso como um acordo de paz temporário para nossa sobrevivência.

— Me chame de Ben.

— O quê? — Ela o fitou, mas ele manteve os olhos a frente.

— Eu prefiro ser chamado de Ben.

Aquele estúpido! Será que tinha ouvido uma só palavra? Preferia morrer a deixar o prêmio.

Longe dali alguma coisa uivou. Amber sentiu um arrepio na nuca. Poderia ter sido o vento ou um animal, mas duvidava muito.

Eles continuaram, a respiração de Benjamin começava a ficar pesada devido ao esforço de carregá-la.

— Eu tenho tanto valor assim? — ela disse, depois de um tempo.

Ele não respondeu de imediato, deixou pender a cabeça um pouco para o lado como se ponderasse.

— Definitivamente, marechal.

CAPÍTULO 25

KELAYA FOI ABRINDO todas as portas que atravessavam o caminho. Já estava farta daquilo tudo. Queria encontrar depressa o tal do negociador, pegar o decodificador do drive e dar o fora. Zion vinha um pouco atrás, sem chamar muita atenção.

A última porta deu acesso a um salão parecido com a entrada da propriedade. Teto curvilíneo de vidro, luz natural e um espaço verde ladeando as paredes. Os dois deslocaram-se entre as pessoas sem nenhum interesse em especial. Ao longo do ambiente, havia uma infinidade de expositores protegidos por campo magnético que sustentavam todo o tipo de excentricidade e uma dúzia de pessoas circulava entre eles.

Em um dos expositores havia um pedaço de metal, a descrição no painel do sistema dizia ser parte da nave que viera do Planeta Origem e, ao lado, algumas cápsulas embrionárias. Zion passou reto por elas.

Andando mais um pouco, Kelaya encontrou alguns animais empalhados, espécies consideradas raras ou que não se adaptaram ao Planeta Novo. Prosseguiu e observou artefatos históricos, de guerra, científicos, esportivos e até algumas obras culturais. Ela parou na frente de um manuscrito. A descrição dizia ser uma antiga canção que fora muito famosa no Planeta Origem. Traduzindo para o idioma comum, o primeiro verso dizia: "Acho que o meu coração não é o primeiro a ser partido".

Então esse era um problema antigo mesmo.

O último expositor trazia um objeto retangular: a frente era de um material resistente com vestígios de palavras apagadas pelo tempo. As fotos do sistema mostravam o miolo do objeto e a descrição explicava serem folhas de papel.

Impressionante.

Afastou-se e deu um giro analisando todo o lugar. Não tinha ideia se aquilo era autêntico ou apenas quinquilharia para tirar dinheiro de ricos extravagantes.

Zion continuou andando por perto, com as mãos nos bolsos. Ele observava além dos expositores.

Kelaya deu um passo para o lado para conseguir ver quem caminhava em direção a ele. Prendeu a respiração e apertou os pulsos ao reconhecer a mulher loira, a mesma que havia esbarrado propositalmente nele. Ela parou e começou a conversar.

Não conseguia ouvir o que eles diziam. Zion parecia bastante à vontade.

Já está acostumado com esse tipo de atenção, não é? Que descarado! Óbvio que ela percebeu que ele estava comigo.

Deu as costas para a cena e começou a analisar os estandes dos corredores seguintes, sem realmente prestar muita atenção no que estava vendo. Foi brigando mentalmente com a mulher até que algo realmente curioso roubou sua atenção.

Em um pequeno recipiente de vidro, havia pequenos grãos de areia e no painel logo acima dizia tratar-se de areia do Planeta Origem.

— Que piada! Como eles saberiam disso? — murmurou.

— Na verdade, tem como saber — uma voz atrás dela respondeu.

Kelaya se sobressaltou. Virou-se para trás, uma figura peculiar de cabelos descoloridos sorriu enquanto ajeitava os óculos escuros de lentes pouco maiores do que duas jabuticabas negras. O terno dourado resplandecendo os expositores.

Ele alcançou a mão dela e a levou aos lábios.

— Pode me chamar de Yaaqo, ou "o Negociador". A seu dispor, minha querida.

Kelaya sentiu incômodo com o toque gelado dos lábios dele, mas devolveu o cumprimento com um sorriso para ser simpática. Enquanto ela decidia qual nome usar para se identificar, Zion os interrompeu:

— Vejo que já conheceu minha acompanhante. — O semblante dele era impassível.

— Oh, ela está com você? — O homem apontou de um para o outro com o tom de voz afetado. — Que coincidência. — Bateu no ombro de Zion. — Uma coisa bonitinha que você tem com você.

Zion pigarreou.

— Vamos aos negócios? — disse.

O homem sorriu e fez uma reverência. Depois tirou o corpo para que eles pudessem passar e os levou até uma sala privada, próxima de onde estavam.

Se o salão era revestido de excentricidades, no espaço privado as coisas eram ainda mais estranhas. Um aroma de canela perfumava o ar enquanto vitrines de vidros os separava de um amontoado de bugigangas: pedaços de madeira, maquinários antigos, cilindros de papel — os mesmos que enfeitavam a cabine de Zion na Stella — e equipamento de guerrilha, uma infinidade deles.

— Por favor, fiquem à vontade — o anfitrião falou apontando para duas poltronas de frente à mesa para onde ele se dirigia.

Eles se sentaram. Zion cruzou as pernas, altivo.

— Está com minha encomenda? — perguntou.

— Sim, é claro, como combinamos. Mas — o homem cruzou as duas mãos na altura do rosto — houve uma alteração no preço.

Zion levantou uma sobrancelha e inclinou o rosto de leve.

— Que tipo de alteração? — perguntou.

— Um aumento. Agora vale dez vezes mais.

Kelaya tentou ler a expressão no rosto de Zion para entender o que aquilo significava. Uma veia começou a pulsar no pescoço dele.

— Você está louco? Isso é mais do que o valor de uma moradia no Continente Baixo.

O homem se recostou na cadeira e abriu os braços, impotente.

— Lei da oferta e procura, meu caro. Você sabe que é assim que as coisas funcionam por aqui.

— Alguém mais está procurando por aparelhos decodificadores?

— Parece que sim. Estranhamente, as pesquisas pelo objeto no Aeternus cresceram nos últimos dias.

— Quem?

— Ah! — O homem estalou a língua, zombeteiro. — Sabe que não posso dizer, capitão. Assim como mantenho a discrição com você, preciso ser discreto em relação aos meus outros clientes.

O maxilar de Zion se retesou a ponto de Kelaya ouvir o atrito dos dentes dele se comprimindo.

— Nós tínhamos um combinado — ele disse.

— Sim, mas o negócio ainda não está fechado. Até aí, os termos podem mudar.

Zion estava ficando vermelho. Yaaqo levou uma mão até a parte de baixo da mesa — por certo ele tinha alguma arma escondida e se preparava caso o capitão resolvesse o atacar ali mesmo.

Ela deslizou a mão para a parte de trás do vestido, procurou pelo cabo da espada para estar preparada também se fosse necessário, mas acabou enganchando o anel no tule da saia. *O anel?* Puxou a mão para frente e fitou por um momento a joia dada por Adara. Provavelmente ela tinha um valor muito alto. Mas não, ela não queria se desfazer dela.

Segundos de relutância de passaram. Zion estava com os punhos fechados e os olhos mais pareciam labaredas de fogo. A qualquer momento, iria agir e talvez pusesse em risco a missão. Ela precisava tomar uma decisão.

Lutando contra o próprio corpo, tirou o anel do dedo e o estendeu para o homem.

— Isso basta? — perguntou.

Zion virou o rosto. Os olhos se arregalaram conforme ele entendia o que ela estava fazendo. Yaaqo levantou os óculos escuros e aproximou os olhos da pedra.

— O que temos aqui? — Um brilho em forma de sorriso foi se estendendo pelo rosto dele. — Permita-me? — Era um pedido para que ela o deixasse analisar o objeto apropriadamente.

Zion manteve o olhar duro nela e na joia.

— Tem certeza? — ele perguntou.

Kelaya assentiu e entregou o objeto ao negociante. Por mais difícil que fosse se desfazer de algo de valor sentimental, era preciso. Afinal, Adara o dera justamente para ajudá-la em emergências.

Yaaqo se desfez dos óculos escuros, tirou um pequeno aparelho de lupa da gaveta e, aproximando-o do olho, começou a examinar a pedra.

— Hmm... Antigo. Muito antigo. — Ele voltou os olhos estreitados para Kelaya.

— Onde você conseguiu isso, mocinha?

Ela levantou o queixo. Mostrava-se tão fria quanto Zion.

— Isso importa?

— Não, realmente não. — Lançou um meio sorriso. — Mas estou curioso.

O homem descansou a joia na mesa e começou a tamborilar as pontas dos dedos de uma das mãos enquanto a outra mantinha segurando o queixo.

— Então, negócio fechado? — Kelaya perguntou. O coração batia acelerado.

Ele olhou dela pra Zion, depois de Zion para ela, e completou o sorriso.

— Fechado! — Estendeu a mão e ambos selaram o acordo com um aperto.

Depois, ele começou a balançar o dedo em riste em direção a eles.

— Gostei de negociar com vocês.

Zion estava com os braços cruzados, o olhar afiado.

Yaaqo guardou a joia no bolso do terno. Em seguida, um painel holográfico surgiu de cima da mesa na interface dele. Ainda olhando para ela, a pupila do homem foi escaneada pelo sinal luminoso e um compartimento às costas dele foi aberto.

Ao se virar, ele tirou de lá um aparelho muito parecido com o que pertencia a Adara: a forma de um hexágono plano com a base marrom, as pontas douradas e a entrada de conexão do drive.

— Teste — Zion disse.

— O quê? — Yaaqo lançou-lhe um olhar confuso.

— Temos de ter certeza de que funciona. Você deve ter algum dispositivo drive qualquer no meio desse bando de tralha. Teste! — A última palavra denotava comando.

O homem se remexeu na cadeira, fez um muxoxo até se convencer que era melhor cumprir a exigência do capitão corpulento, nem um pouco satisfeito. Tirou da mesma gaveta um dispositivo drive e o conectou no aparelho. Um teclado de números se projetou na lateral. Ele digitou uma sequência e, então, um holograma de dados apareceu.

Curioso! Não era nada parecido com os dados do Logos — era um holograma qualquer, menor e muito menos impressionante, que continha simples informações, como todos os outros. No holograma do Logos, as palavras eram vivas.

— Satisfeito? — o homem perguntou, voltando a colocar os óculos escuros.

Zion fez que sim e pediu para ele embalar para a viagem.

Na saída do escritório, pelo canto do olho, Kelaya percebeu Tai perambulando pelos expositores, especialmente interessado nos equipamentos esportivos. Pessoas diferentes de quando eles entraram no escritório agora também preenchiam o salão. Mas a loira perfumada ainda estava lá.

Kelaya e Zion andavam depressa rumo à saída enquanto o negociante tagarelava sobre qualquer coisa ao lado deles. Segurando a bolsa com o aparelho bem junto ao corpo, de súbito, ela parou ao passar mais uma vez pelo expositor com os grãos de areia. Faltava uma explicação.

— Como vocês sabem que esses grãos são do Planeta Origem? — Ela inclinou o corpo, quase encostando no campo magnético que protegia o recipiente.

— Porque eles estavam dentro dos primeiros pardais que vieram com os pioneiros — Yaaqo respondeu.

— Pardais? — Zion perguntou parando próximo a ela.
— Sim. — O homem fez sinal para que eles o seguissem e os levou a um expositor com animais empalhados.
— Vejam, foram os primeiros que chegaram aqui. — Eles se aproximaram e analisaram os pássaros rígidos de olhos sobressaltados por trás da barreira. Yaaqo continuou: — Conseguimos três deles. Os machos têm essa plumagem mais acinzentada na fronte, principalmente na primavera.

Kelaya olhou para Zion. Ainda que estivesse brava com ele, sorriu sugestivamente. O cabelo dele estava mais comprido que o habitual, mesmo penteando para trás, a franja caía pela lateral da testa e, com os fios brancos, também tinha um aspecto acinzentado.

Ele estreitou os olhos em direção a ela.

— Tem muitos deles no Continente Baixo — Kelaya disse, voltando a observar as aves.

— Sim, esses pássaros se adaptam muito bem a novos lugares e se reproduzem facilmente. Aqui, infelizmente, pouca vida sobrevive.

Yaaqo fez um som de pesar, mas, satisfeito em encontrar alguém que se interessasse pelo tema, o semblante logo mudou e ele voltou a tagarelar:

— É uma espécie que vive em bando e possui um líder. O nome científico significa "pássaro que habita em casa", ou seja, ele está sempre à procura de um lar. — O homem finalizou com um suspiro.

Zion também se aproximou — estava quase na mesma altura de Kelaya. Ele encarou as aves com mais intensidade do que há um minuto. Porém, um único movimento na visão oblíqua fez com que os dois voltassem a endireitar o corpo de forma instintiva.

Estrondo e gritos vieram em seguida, encerrando o momento de distração. Eles sacaram as armas no mesmo instante que tiros começaram a bater contra os campos magnéticos, respingando estilhaços e faíscas para todos os lados.

Os dois se abaixaram para se protegerem atrás da base sólida dos estandes. Yaaqo não teve tanta agilidade e foi atingido por um projétil no peito; o sangue cobriu o dourado do terno enquanto o corpo caía no colo de Kelaya.

Ela olhou para Zion. Com as duas pistolas nas mãos, ele acenou indicando que faria o contorno pela direita. Voltou os olhos mais uma vez para o moribundo que ofegava em um pedido de socorro. Os olhares se cruzaram e ela viu o desespero impresso na alma. Tentou apertar o ferimento para estancar o sangue, mas sabia que havia pouco que pudesse ser feito.

Eles estavam sendo atacados, e a única coisa que Kelaya conseguia pensar era em como fugir e proteger o aparelho decodificador.

CAPÍTULO 26

— MAS QUE... — Zion soltou uma infinidade de impropérios enquanto rodeava um dos corredores.

Desconectou-se do Aeternus, retomando a visão real do ambiente: parte das pessoas desapareceram, no entanto, a maioria estava presente no local, correndo e gritando de medo.

Olhou mais uma vez para Kelaya, para se certificar que ela estava bem. Ela já tinha se desvencilhado do corpo do negociador e, em uma mão, levava a bolsa com o leitor enquanto a outra empunhava a espada.

Esticou um pouco o corpo para identificar os atiradores pelo reflexo das vidraças, suas suspeitas se concretizaram. Um deles era aquela loira maluca que se jogou sobre ele quando chegaram à festa.

Deveria ter ficado em alerta, mas se deixou distrair por aquela história ridícula de pássaros buscando por um lar. *Que droga, Zion!*

Os sons dos tiros se misturavam ao choro dos civis, agachados com as mãos na cabeça para tentar se proteger. Os disparos mudaram de direção. Tai estava em algum canto atirando e chamando a atenção para si.

Zion se levantou e disparou acertando um oponente pelas costas. Foi avançando agachado pela lateral esquerda, por trás dos expositores. Esperou até que um dos atiradores chegasse mais perto e, quando estava a uma distância considerável, pulou sobre ele e atirou à queima-roupa. No mesmo golpe, pegou impulso e girou sobre o corpo, acertando o atirador seguinte.

Prosseguiu no mesmo corredor, mas hesitou antes de chegar no fim. Uma saraivada de tiros veio do lado direito. Ele se abaixou a tempo de levantar a pistola e acertar o inimigo em um ângulo diagonal.

No fundo do salão, podia ver Kelaya, meio agachada, circulando os expositores caídos. Ela levantou a lâmina em modo eletrificado e atingiu o campo magnético que protegia os estandes. Um feixe de luz reverberou pelo salão, assim como o fedor de material queimado.

Ela correu de costas e os disparos a acompanharam enquanto ela bloqueava os tiros. Dois homens à paisana avançaram, abrindo a guarda. Zion esticou os braços, uma arma em cada mão, e deslizou até um ângulo que pudesse acertá-los. Um dos homens conseguiu escapar da mira dele e avançou um pouco mais sobre ela.

Zion voltou para trás da barreira antes que os tiros da retaguarda o atingissem. *Droga, o atirador estava prestes a pegá-la, por que ela não faz alguma coisa?*

Uma das mãos dele começou a tremer.

Agora não, agora não.

Respirou fundo.

Técnica do controle do medo, Zion. Vamos, concentre-se.

Um estrondo mais forte veio da parte da frente do salão e uma onda de fumaça ardente.

Tai realmente trouxera explosivos.

Retomando o controle do próprio corpo, Zion aproveitou a distração e acertou o atirador que estava em cima de Kelaya. A silhueta dela correu em direção ao rasgo na parede que agora dava acesso ao jardim.

Ele apoiou as costas contra uma base sólida, deixou o ar escapar dos pulmões e trocou a munição — um alívio momentâneo. Contra quem estavam lutando e quantos deles ainda restavam?

Deu um pulo e começou a disparar em uma sequência frenética enquanto abria caminho até o corpo do Yaaqo. Revistou os bolsos do terno e pegou o que queria. Nesse meio-tempo, a proteção magnética dos expositores cedeu totalmente e as penas das aves voaram para todos os lados.

Os tiros pararam.

Dez segundos se passaram até que Zion se livrou das penas e foi em direção ao mesmo caminho por onde Kelaya e Tai seguiram. Pretendia alcançá-los, mas, para seu desgosto, a maldita loira se colocou entre ele e a saída.

— Onde pensa que vai, capitão? — Ela deu um sorriso enigmático e apontou a arma.

Sem pestanejar, Zion atirou contra a garganta dela e o impacto a jogou para longe.

Aquela mulher já lhe tinha causado problemas demais.

No jardim, civis feridos ou em estado de pânico corriam de um lado para o outro. Mais um estrondo e outra nuvem de fumaça, Zion correu entre a multidão atordoada. No meio do caminho, puxou um civil pela gola da camisa.

— Para onde eles foram? — perguntou com a voz áspera.

O rapaz apontou a direção com os olhos arregalados.

Kelaya atravessava a abertura causada pela nova explosão, e Tai se movia de costas, atirando e protegendo-a.

Zion atirou para cima para que os civis recuassem e voltassem para o prédio. Pouco depois, ele entrou pela mesma abertura que os outros dois; era um corredor escuro que dava acesso à parte externa da propriedade. Tai e Kelaya estavam parados próximo ao limite da entrada do prédio, as costas contra o concreto.

— O que foi? — Zion disse quando os alcançou.

— Há pelo menos seis homens vigiando as saídas do prédio. Precisamos passar por eles para pegar o aerometrô — Tai respondeu no tempo que espiava rente à borda da parede.

— Quem são eles? — Kelaya perguntou.

— Não sei. Mas... — Zion tocou a lateral da cintura dela, estava manchada de sangue. — Você foi atingida?

— Isso? — Ela desviou o olhar. — Não é nada.

Ele a fez virar.

— Tem certeza? — Sentiu um leve tremor na garganta.

Os olhos dela se suavizaram. Com uma das mãos, abriu o rasgo do vestido, relevando uma linha vermelha na pele, na parte não coberta pelo colete.

— Viu? Não foi nada.

Ele fez que sim e baixou o olhar.

— Agora que sabemos que todos estão a salvo, podemos nos concentrar em como passar por aqueles caras? — Tai apontava o polegar por sobre o ombro.

Zion se adiantou. Os olhos disparam em direção às possíveis ameaças. Haviam se livrado dos atiradores do salão, mas outros os esperavam na saída.

— Você não tem mais daqueles explosivos aí? — perguntou.

— Não, só trouxe alguns por preocupação — Tai respondeu.

Zion pensou e depois virou-se para Kelaya.

— Eu e Tai damos cobertura enquanto você corre em direção ao próximo aerometrô que parar.

— Nem pensar — ela o interrompeu.

— Por quê?

— Porque... porque, não — Ela trocou de lugar com Tai, de forma que pudesse analisar melhor a situação.

Zion enrugou a testa.

— É o mais óbvio — disse.

— Óbvio não significa melhor — ela retalhou. — E é uma distância muito grande até o aerometrô. Vocês vão ficar muito expostos.

— Está duvidando de nossas habilidades? — Tai perguntou.

— Não é isso, mas existem opções mais seguras — ela respondeu.

— O que você sugere, então? — Zion cruzou os braços. Já ouvia o som de um aerometrô.

— Vocês até podem me dar cobertura, mas eu vou na frente desviando os tiros.

— O quê?! — os dois disseram em uníssono.

Não tiveram muito tempo para protestar. Kelaya voltou a ativar a espada retrátil, a lâmina abriu eletrificada. Ela correu. Zion e Tai, chocados, foram atrás dela, ambos com os canos das pistolas estendidas.

Três homens os notaram e se prepararam para atirar. Dois deles foram abatidos por Zion e Tai e o terceiro chegou a disparar antes de ser derrubado, mas, com um corte no ar, a lâmina de Kelaya criou um campo de força e bloqueou o projetável.

A porta do aerometrô abriu e um grupo de pessoas chegando ao local bloqueou a passagem.

Ouviram-se mais disparos, gritos e correria. Alguns civis voltaram para dentro do veículo, empurrando os três com eles. O aerometrô era extenso. Com a confusão, Zion perdeu Kelaya de vista, mas ainda enxergava a cabeça loiro-escura de Tai por sobre a multidão.

Mexendo o pescoço de um lado para o outro, ele a procurava. Sentiu outra vez um desconforto no tórax, as pernas trêmulas. Droga, não era hora para isso.

— Zion! — Era a voz de Kelaya.

Encontrou o rosto dela se elevando entre o alvoroço de pessoas.

— Eles entraram. — Ela apontou sobre os ombros dele. — Precisamos sair daqui antes que eles matem mais civis.

Dois homens estavam a poucos metros de distância, mas os civis impediam que eles os vissem.

Tai apontou para as saídas de ar no teto. Com um soco, o tenente fez com que uma das aberturas voasse pelos ares. Os dois fizeram o mesmo e, em pouco tempo, estavam os três em cima do aerometrô. Eram separados pelo céu apenas pelo vidro dos túneis.

Eles se seguraram em pequenas barras de ferro. Zion olhou para Kelaya, a força do vento lhe deformava o rosto. Atrás dela, um outro aerometrô vinha na direção oposta.

— Vamos ter que pular — gritou.

Tai e Kelaya acenaram de forma positiva.

Zion olhou por entre umas das aberturas. Os homens que os perseguiam tinham visto eles subirem e agora lutavam para passar entre a multidão. Voltou o olhar para frente — o aerometrô oposto ainda não havia chegado perto o suficiente. Esticou o pescoço para baixo; um dos homens estava perto e sacava uma arma de alta cadência.

— Corram! — Ele impulsionou o corpo para cima, levando Kelaya consigo.

Tiros seguiram os passos. A extensão do aerometrô estava prestes a acabar. O outro veículo vinha de encontro a eles na velocidade de um cometa.

Só mais um pouco!

Tiros e estilhaços. Um estrondo sônico do ar.

Agora!

Não havia mais chão. Os três pularam ao mesmo tempo contra a força do vento. Estilhaços dos vidros e metal batendo sobre eles.

Já em segurança e sentados em poltronas vermelhas do aerometrô vazio, os três respiraram fundo. Porém, o peito de Zion estava tão comprimido que parecia um parafuso sendo apertado contra uma broca. Com olhares distantes, nenhum dos três tinha ânimo para falar, mas Tai se obrigou a romper o silêncio.

— Capitão, preciso informá-lo sobre um grande problema.

CAPÍTULO 27

NÃO IMPORTAVA quão sofisticada, brilhante ou moderna Efes parecia ser, não passava de uma fachada sedutora e glamorosa para o domínio e a violência de uns sobre os outros.

Kelaya respirou fundo, uma, duas, três vezes. Mesmo assim, não conseguia liberar a tensão do corpo. Sentia os músculos rígidos e a cabeça latejar de forma insistente, feito uma bomba-relógio.

Os três estavam em um aerotáxi de quatro lugares indo para a parte periférica da cidade, onde os trabalhadores braçais residiam e era possível alugar um quarto sem usar o sistema. Eles haviam passado às pressas no hotel em que estavam hospedados para buscar o dispositivo drive e poucas roupas. Por mais que as informações dos usuários fossem criptografados, não poderiam mais arriscar. Antes de se desconectar totalmente do Aeternus, deram uma olhada nas últimas notícias:

"Tiroteio em mansão deixou dez mortos e mais de trinta feridos", estava estampado logo na entrada da seção.

"Famoso negociante é morto em troca de tiros!"

"Que relíquia era tão importante para causar uma chacina à luz do dia?", um usuário questionava na zona de debate. "Quem são os fugitivos do tiroteio? O que eles levaram?"

— É, acho que chamamos a atenção mais rápido do que prevíamos — Tai comentou.

"Veja o vídeo do tiroteio." O estômago de Kelaya embrulhou com os comentários. Algumas pessoas pareciam se divertir com as cenas. Ela arrancou o meio arco de acesso da testa e o entregou para Zion. Não tinha mais nenhum interesse naquilo.

Os três fizeram uma varredura no perímetro do novo hotel. Nenhum sinal de perigo ou que alguém os tivesse seguido, não que isso fosse alguma garantia. Uma mulher baixa de cabelos encaracolados os atendeu; era até estranho ser atendido por um humano de carne e osso.

Só havia um quarto simples disponível, paredes cinza, um banheiro, uma mesa de dois lugares e uma cama que os três teriam que revezar. O lugar não havia sido modernizado para atender as facilidades do sistema: em vez de um compartimento para as encomendas, havia uma abertura para depositar roupas sujas que dava direto na lavanderia.

Os três se sentaram em um canto diferente do chão do quarto para descansar.

— Eu não deveria ter liberado os reféns — Zion murmurou, sem nem olhar para ela.

Kelaya não respondeu. Estava convicta que tinham feito a coisa certa ao poupar aquelas vidas. Mesmo agora, sabendo do plano em andamento da Nomam. Afinal, a tripulação que havia ficado no navio do Risa poderia reportar a situação de qualquer maneira. Mesmo assim, ela preferiu não discutir. Eles estavam cansados e precisavam esfriar a cabeça para decidir o que fazer a partir daquele momento.

— Quem mais sabia sobre o contato? — Zion perguntou para Tai.

— A maior parte da tripulação da Stella — Tai respondeu, quase como um lamento.

Zion cruzou os braços e se manteve impassível, mas Kelaya podia apostar que centenas de possibilidades passavam pela mente dele.

— Tem falado com Samara? — ele perguntou. — Não consigo encontrar o usuário dela em lugar algum. Nem ela nem Elazar estão empregados na empresa em que deveriam trabalhar.

Tai desviou os olhos para o chão.

— Ela ficou com raiva porque eu vim com vocês.

Zion respirou fundo e recostou a cabeça na parede.

— Bem, isso significa que não podemos perder tempo.

Ele olhou para o decodificador ainda na bolsa que Kelaya segurava com as duas mãos firmes.

Ela sentiu o estômago revirar. Uma mistura de tensão por terem sidos expostos e pela possibilidade de não haver nenhuma informação no dispositivo e ser apenas um blefe do Risa, uma isca para o ataque e a guerra. Ainda havia a chance de Zion e Tai não se impressionarem pelos escritos do Logos tanto quanto ela.

Queria muito que eles acreditassem.

Com as mãos trêmulas, ela pegou o dispositivo e o leitor que trazia na mesma bolsa e os conectou um ao outro. Depois, fez o que Adara havia a ensinado para descriptografar as informações.

Sem demora, a tonalidade dourada gloriosa se estendeu pelo interior do quarto, nas paredes, no teto e no chão.

As partículas brilhantes — que cantavam uma única melodia e se movimentavam em uma dança, formando figuras e frases — tinham o poder de purificar a alma, trazendo alívio imediato. Kelaya esqueceu de tudo que sentia.

Olhou para o rosto de Zion. Ele parecia no mínimo curioso. Ainda estava sentado, uma mão descansando no joelho dobrado enquanto os olhos estudavam tudo o que viam.

Tai, porém, tinha as sobrancelhas erguidas e o rosto tomado pelo estupor.

— E então? — Kelaya prendeu o ar.

— Surpreendente. — Zion se levantou e começou a andar pelo pequeno cômodo. Analisava com interesse cada palavra que as partículas formavam. — Tem como controlar as informações que ele projeta?

— Sim. — Ela foi até o meio do quarto e com a ponta dos dedos começou a manejar os textos. — Veja, é possível escolher os livros e as histórias que quiser ler e abrir mais de uma tela simultaneamente. — Sorriu, empolgada.

Zion apertou os lábios e colocou as mãos no bolso.

— Descansem um pouco. Quando eu voltar, teremos muito trabalho a fazer. Precisaremos analisar todas as

informações do dispositivo e descobrir por que estão atrás dele.

— O que quer dizer? — Ela olhou de um para o outro. — Aonde você vai?

Ele tirou algumas penas do bolso. Era dos pardais expostos na galeria do negociador.

— Vou pedir a um conhecido para analisar essas amostras e ver o que ele descobre sobre o Planeta Origem. Não demoro.

As sobrancelhas dela se juntaram em um vinco. Não era o que queria.

Ele pareceu perceber sua hesitação.

— Depois de lermos tudo, você pode fazer o que quiser com as informações — Zion disse. Vestiu a capa preta e saiu.

Kelaya olhou para Tai e ele apenas deu de ombros.

— O que pretende fazer? — perguntou.

— Eu... — a voz enfraqueceu — não sei mais.

CAPÍTULO 28

AMBER ESTAVA EXAUSTA. Forçava-se a manter o ritmo do passo, a respiração entrecortada, focando em cada movimento. Desde que deixaram o prédio, não ouviu outros sons aterrorizantes. Mesmo assim, Benjamin mantinha os olhos atentos ao redor e às vezes sobre ela. Mas não havia o que ela pudesse fazer para ser mais rápida.

— Ouvi dizer que uma frota inteira desertou da Fenda — ele disse, de repente. — E que dois dos oficiais eram muito próximos de você.

Amber levantou os olhos, surpresa.

— Você sabe demais para quem estava preso.

— Sou um ótimo espião.

Ela apertou os dentes com força — não sabia se era para diminuir a dor ou a raiva.

— Quem te passou esta informação, riseu?

— Um espião jamais revela suas fontes.

Amber voltou os olhos frios para frente. Odiava traidores.

— Mas eu sei de uma coisa que você não deve saber, marechal — ele disse.

Amber o ignorou. O apelido de Benjamin era "o silenciador", mas não passava de um tagarela.

— Não quer saber? Vou dizer mesmo assim — Ele segurou firme a lateral do corpo dela. — Soube que seus amigos estão portando informações muito valiosas que foram roubadas de nós.

— Você está falando do tal Logos? Acho que está enganado.

Moloch havia destruído o dispositivo antes de Zion matá-lo, um problema a menos para ela resolver.

— Não há nenhum engano — ele disse. — O capitão Zion é um pirata de primeira e jamais deixaria passar a oportunidade de obter algo tão valioso. E eles tiveram um breve encontro com uma frota do Risa durante a viagem.

— E como você sabe disso?

— Já disse: sou um ótimo espião.

Ela parou por um instante e baixou a cabeça para tomar fôlego. Voltou a encarar Benjamin com os olhos severos.

— Um espião que sabe tudo sobre a Fenda, mas nada da própria facção, que interessante.

Benjamin soltou um riso entrecortado.

— Justo, marechal. Mas vou te contar uma novidade sobre o Risa. — Ele apontou com o nariz para frente. — Chegamos à base.

Amber virou o rosto e, quando avistou a placa escrita Regimento Interveniente da Sociedade Autêntica, teve vontade de cuspir.

Benjamin parou e tirou o braço dela do apoio.

— Desculpe, marechal — Apontou a arma que estava na cintura. — Preciso ser convincente.

Amber contraiu a mandíbula.

— Típico de um riseu.

— Graças a mim, estamos vivos. — Ele a fez virar e apertou a arma nas costas dela.

Logo uma viatura verde e vermelha deslizou em direção a eles, o ar tremulando ao redor. Quando parou, dois homens de armadura saíram e apontaram as armas.

Amber manteve o olhar frio.

— Largue a arma e coloque as mãos para cima — um deles anunciou com a voz robótica.

Benjamin levantou as mãos, ainda segurando a arma.

— Sou o oficial Benjamin Dantas. Estou com uma refém de alta patente.

— Largue a arma — o oficial repetiu.

Amber sentiu a brisa pesada, a tensão pairando no ar. Benjamin se abaixou bem devagar e jogou a arma aos pés dos oficiais. O movimento fez um som abafado.

— Agora, dê um passo de distância dela — o segundo soldado disse, enquanto digitava em um aparelho de mão.

Benjamin enrugou a testa, os olhos se moviam inquietos. Ele deu um passo para o lado.

— Você realmente deveria ter pesquisado mais sobre o Risa — Amber o provocou.

Os soldados se aproximaram. Um deles puxou as mãos de Amber com força para baixo e as algemas magnéticas se fecharam nos pulsos dela, pressionando-os. Ela gemeu de dor. Depois foi até Benjamin e o algemou também.

— Rapazes, o que está acontecendo? Eu...

— Benjamin Dantas, você está preso pelo crime de traição.

Benjamin olhou para ela e depois para os soldados, o rosto contorcido em surpresa e apreensão.

— Isso é um engano — disse.

Amber recebeu um cutucão nas costas e começou a andar.

— Exijo uma audiência com os superiores — Benjamin gritou, lutando para se soltar.

Os dois foram empurrados para dentro da viatura, cada um em um compartimento apertado.

Em pouco tempo, chegaram à base do Risa, pequena em comparação à unidade militar em que Amber atuava.

Enquanto estava sendo levada para a cela, viu o laboratório onde eram realizadas as pesquisas. À noite, ouviu sons aterrorizantes vindo de lá.

CAPÍTULO 29

KELAYA ESFREGOU OS OLHOS, soltando o quinto bocejo seguido. Há quanto tempo estavam nisso? Zion os havia encarregado de ler cada um dos escritos, comparando-os com todas as informações disponíveis sobre o Planeta Origem. O que antes eram minutos se tornara horas; e as horas, dias.

Ela aceitou porque queria reler algumas das histórias e conhecer outras novas. Nos últimos meses, por mais que tentasse falar com o Logos, enquanto mergulhava nos próprios pensamentos, sentia-se em um monólogo. Nos textos, porém, era como se o Logos falasse com ela.

Enquanto isso, tinha esperança de que Zion e Tai fossem convencidos ao estudarem as informações do dispositivo. Mas, conforme o tempo foi passando, Kelaya começou a ficar inquieta por não ver neles nenhuma mudança de opinião e pensamento.

— Podíamos dar um tempo — Kelaya esticou as pernas em cima da cama — e continuar amanhã.

— Eu concordo. — Tai estava sentado na mesa de frente para Zion; ele piscava de tanto encarar as imagens brilhantes.

O capitão, porém, se mantinha compenetrado em todas as informações, fazendo algumas caretas, vez ou outra. Durante aqueles dias, mal havia dormido e parecia se alimentar apenas de cafeína.

— Podem ir dormir, eu continuo aqui — Zion disse.

Tai não esperou uma segunda ordem. Em menos de um minuto já estava esticado no chão, na cama improvisada que ele e Zion revezavam.

Kelaya ficou observando o capitão por um tempo. Os olhos dele estavam com contornos escuros tão profundos quantos os dela e a perna sacudia mais do que o normal.

— Você quer dormir na cama hoje? — ela perguntou em tom hesitante. Pela primeira vez, ele parou e levantou os olhos dos textos.

— Por quê?

— Achei que você estivesse cansado depois de... sei lá, atirar num punhado de gente, fugir em um veículo de ultravelocidade e passar horas a fio lendo sem mal pregar os olhos.

— Algum problema quanto a atirar num punhado de gente? — Ele virou mais o rosto, com uma das sobrancelhas arqueada.

Na verdade, tinha, mas não se tratava disso.

— Não, não foi isso que quis dizer. — Ela começou a arrumar o lençol. — Só pensei que poderia querer dormir mais confortável.

Ele voltou a atenção para o que estava fazendo, sem demonstrar nenhuma emoção.

— Vou continuar mais um pouco — disse.

Kelaya se deitou um pouco ressentida. Não esperava alguma interação romântica, já que Zion e ela ainda não tinham retomado e muito menos resolvido o assunto da última discussão. Mas ela estava preocupada porque, droga, ela se preocupava muito com ele. Foi com esse pensamento que Kelaya adormeceu.

O sono não foi tranquilo. O fato de estarem na cola deles mantinha a mente alerta, não permitindo que ela descansasse. Quando ainda estava escuro, ela acordou em um solavanco assustado. Apertou os olhos para se adaptar à penumbra do ambiente e visualizou um vulto recostado com os braços cruzados contra a janela, fitando as estrelas.

— Você ainda não dormiu? — ela perguntou, sussurrando.

— Estou esperando Tai acordar.

O irmão estava de bruços, abraçado ao travesseiro e com a boca aberta. Não parecia disposto a acordar tão cedo.

— Dorme na cama, eu fico de guarda.

— Não precisa. — Ele se voltou para ela, mantinha a voz baixa também. — Encontrei uma coisa interessante nos escritos.

— O quê?

— Pelas descrições das histórias, eles avistavam algumas constelações no Planeta Origem. — Zion foi até o holograma, agora projetado em um espaço menor, e apontou para algumas palavras. — Citam a Ursa, o Órion e as Plêiades.

Kelaya passou as mãos pelo rosto, como se isso pudesse ajudar a despertar seu raciocínio. Zion sempre teve interesse por astronomia, um fascínio que começou na época da academia, devido à sua ligação com a navegação. Já ela, nem tanto.

— E o que você acha que isso significa? — ela perguntou.

Zion apoiou os pulsos sobre a mesa, a boca se transformou em uma linha fina.

— Podemos fazer algumas simulações com as ferramentas do sistema. Somado aos resultados do teste que eu pedi para aquele amigo, talvez conseguíssemos encontrar a localização e... — Ele hesitou.

Kelaya cruzou os braços e suspirou. Não era mais seguro se conectarem ao Aeternus, Zion sabia disso.

— Por que você quer tanto voltar para lá, Zion? — ela perguntou.

— Não sei. — Ele foi até a janela e ergueu os olhos para o céu mais uma vez. Ela aguardou em silêncio. — Sabe o Oliver?

Kelaya fez que sim. Ela sabia o quanto aquele assunto era difícil para Zion.

— Ele também era uma criança descartada. — Fez uma pausa. — E dizia que, se havíamos sido embriões criteriosamente selecionados no Planeta Origem, é porque teríamos alguma importância lá. — O rosto de Zion voltou a adquirir aquela expressão desolada.

Kelaya sentiu o peito se apertar, enquanto as lágrimas ardiam em seus olhos.— É muito fácil idealizar lugares que não vimos ou conhecemos — ela disse. — Mas você não acha que, se a humanidade fugiu do Planeta Origem e veio parar aqui, é porque lá era muito pior?

— Não tem como saber.

Um instante de silêncio se passou.

— Lembra daquela primeira história que o holograma do Logos mostrou? — ela perguntou.

Ele deixou a cabeça cair de lado.

— Do Ser que criou um ente em um lugar de pura bondade?

Ela concordou com um sorriso.

— Eu a-acho... que, na verdade, o lugar que você procura é esse, e não o Planeta Origem — Kelaya disse.

Zion deixou escapar uma risada abafada. Deu uma olhada por sobre o ombro para conferir se Tai havia acordado. Depois, voltou-se para ela.

— Então você está dizendo que o lugar que eu procuro é fictício? — Cruzou os braços.

— Não, ele é real. — Ela queria muito o convencer disso. — Quando o Logos voltar, vai purificar tudo e voltaremos a um lugar como aquele. Lá, *a música não acaba.*

As sobrancelhas dele arquearam.

— Você acredita mesmo nisso?

Ela baixou a cabeça e começou a fazer desenhos invisíveis com as pontas dos dedos no lençol. Como poderia explicar?

— No começo eu não acreditava. Mas depois... sim. Eu me apeguei a essa esperança, porque, no fundo, todos nós temos esse desejo de encontrar um lugar de paz. Talvez não seja físico. — Ela parou e completou baixinho: — O Logos voltará para salvar suas andorinhas.

Houve outra suspensão silenciosa entre eles. Será que tudo aquilo parecia tão absurdo assim? Era tão claro para ela que se não encontraram algo é porque estavam procurando no lugar errado.

— Supondo que seja verdade — Zion disse depois de um tempo —, é o mesmo que a Nomam pretende fazer.

Ela mesma tinha feito essa relação, mas não de forma positiva.

— Tentar é uma coisa, conseguir é muito diferente — Kelaya retrucou entredentes, um pouco mais alto do que deveria. Hesitou com o olhar antes de revelar o que estava pensando. — Eu acho que é exatamente por esse motivo que a Nomam estava atrás do dispositivo.

Zion apertou os lábios e segurou uma risada. O rosto dele foi ganhando uma expressão de preocupação conforme percebia que ela estava falando sério.

Kelaya pigarreou.

— Sabe o capitão que eu tive de matar na missão do Vale, do qual a expressão distorcida se assemelhava aos corpos que encontramos no navio? — ela perguntou.

Zion fez que sim com a cabeça.

— Não fui eu.

— O quê?

— Não fui eu que o derrotei. Foi algo... — ela colocou as mãos na boca na tentativa de conter o volume da voz — algo sobrenatural.

Zion pegou uma cadeira e se sentou de frente para ela.

— Como assim? — perguntou.

Poucos segundos foram necessários para ela criar coragem e admitir o que havia acontecido. Começou contando do momento em que pisou no navio inimigo.

— E, então, eu estava prestes a perder os sentidos porque o capitão me enforcava com uma força sobre-humana. De repente, ele virou a cabeça para o lado, como se tivesse visto algo, deu um grito e caiu de joelhos. Eu aproveitei e o matei, mas... mas não fui eu que o derrotei. Era como se algo que eu não pudesse ver o tivesse afugentado.

Zion manteve os olhos fixos nela, as sobrancelhas com um vinco no meio. Ela continuou:

— Já naquele momento eu suspeitei de que algo além do que conhecíamos estava acontecendo. Adara me explicou que se tratava de um poder contrário ao Logos, no extremo oposto. Algo maligno. Que prefere não ser conhecido, e se esconde atrás de outros nomes.

Tai fez um barulho esquisito com a boca e os dois se sobressaltaram. O coração dela disparou. Um instante depois, os dois riram de nervoso.

— Acho melhor você voltar a dormir — Zion disse por fim. Kelaya estava mesmo sentindo os olhos cansados.

— E você? — ela perguntou.

Ele esticou o pescoço e deu uma última olhada na rua pela janela. Sem dizer uma palavra, se levantou e veio na direção dela. Em seguida, afundou o corpo pesado no comprimento da cama.

Ela pestanejou algumas vezes.

— Quer que eu fique de vigia? — perguntou.

— Não precisa. — Os olhos dele já estavam fechados.

Kelaya se deitou também.

Estavam a menos de dez centímetros um do outro. Fazia muito tempo que ela não dormia cercada pelo calor do marido.

Quando Kelaya acordou na manhã seguinte, Zion já estava de volta à mesa, lendo os escritos, ao passo que Tai fazia a primeira refeição. O irmão a fitou com um meio sorriso.

— Dormiu bem? — ele perguntou.

Ela estalou a língua e se espreguiçou.

— Sim, e você também, pelo visto.

— Na verdade, fiquei de guarda no final da madrugada.

— Sei. — Ela se levantou e foi até o banheiro para disfarçar as bochechas vermelhas. Quando conseguiu, se juntou aos dois na mesa.

Antes de retomar a leitura, dividiu a refeição com Tai. A comida não era tão boa como a do hotel anterior.

Os três passaram o restante do dia verificando as informações do dispositivo. Quando liam cânticos que Kelaya já conhecia, ela se segurava para não disparar a falar sobre as interpretações de Adara. Porém, ao chegarem em um em específico — um que gostava muito — ela não aguentou.

— Essa história, na verdade, é sobre aquilo que mantemos em nosso coração. Nos apegamos facilmente a coisas que não deveríamos. Tai virou o rosto para ela e sorriu. Como havia ganhado certa atenção, Kelaya continuou a explicar. Zion não movia um músculo do rosto, tão compenetrado estava em sua tarefa.

— A parte simbólica das histórias eu consigo entender, só não acredito que aconteceram de verdade. Parece um pouco fantástico — Tai comentou.

— Algumas pessoas querem criar uma eternidade virtual, o que soa tão fantástico quanto. Ainda assim, aqui estamos. — O rosto dele exibiu uma confusão de emoções e Kelaya continuou: — De qualquer forma, se os significados dessas histórias falam com você, faz sentido acreditar que a concepção maior dela é real, não?

Tai não respondeu. Ela tomou fôlego e olhou para Zion em expectativa. Ele demorou um pouco para entender que ela queria ouvir a opinião dele. Quando percebeu, os olhos dele se fixaram nela. Zion tentou sorrir.

— Acredito que você acredita nisso e, se é bom para você, eu fico feliz — ele disse.

Por algum motivo, aquelas palavras a irritaram mais do que o normal. Pareciam condescendentes, e era um sinal de que ele não havia levado a sério o que falaram na noite anterior.

Kelaya estava cansada de tudo: da forma errada como o Logos estava sendo interpretado, de estar confinada em um quarto minúsculo e, principalmente, da postura de Zion. Levantou com um movimento tão brusco que a cadeira caiu para trás.

— Vou tomar um ar — avisou.

— Vai sair sozinha? — Zion arregalou os olhos. — Estamos em toda rede, podem te identificar. É... é perigoso.

— Posso me defender sozinha. — Ela pegou uma jaqueta e começou a socá-la com os punhos trêmulos, que não encontravam o buraco das mangas.

— Você pediu para ser honesto com você. — Zion jogou as mãos para o alto. — E estou sendo. Não faz sentido se isso te deixa brava.

— Tudo bem — ela balançou uma mão no ar —, só não quero ficar mais aqui.

— Eu vou com ela — Tai disse, encarando Zion com um olhar que só os dois entendiam.

O capitão respirou fundo e, contrariado, deu um aceno rápido.

— Só tomem cuidado.

CAPÍTULO 30

JÁ ERA FIM DE TARDE. Kelaya e Tai haviam caminhado cerca de dois quarteirões. Fora do Aeternus, fazia silêncio, salvo pela voz suave dos painéis que atualizavam o horário e a temperatura. A iluminação artificial da noite evidenciava ainda mais o branco do cenário, que se contrapunha apenas aos detalhes em metálico.

Vez ou outra, Tai olhava para trás para se certificar de que ninguém os seguia.

— Esqueci de mencionar, mas sinto muito por você e Samara — ela disse. — Sei que vocês eram amigos... Tinham planos juntos?

Tai deixou escapar uma lufada de ar.

— Ela sugeriu que trabalhássemos juntos em uma empresa, mas não era meu objetivo. — Ele apontou para um banco em um espaço aberto, próximo à fachada de um grande prédio.

— Qual era?

Eles se acomodaram no banco meio curvilíneo e espicharam as pernas.

— Até então, eu não tinha um. Quando me juntei à tripulação da Stella, só queria fazer algo útil e me empenhei o máximo nisso.

— Ah é?

Parecia um modo de conduta simples e que havia conduzido grande parte da tribulação de Zion.

As rugas se acentuaram na testa dele.

— Como mencionei, eu entrei na Fenda para te encontrar. Agora, acho que, depois que tudo acabar, poderíamos tentar encontrar informações da nossa mãe... juntos.

Kelaya ficou surpresa. Ao mesmo tempo, experimentou uma sensação cálida. Os lábios dela se estenderam em um sorriso sincero. Ele, porém, parecia absorto em suas reflexões.

— Nas horas vagas, o que você fazia? — ela perguntou.

Eles haviam perdido a infância juntos. Teria sido bom ter alguém para compartilhar amenidades.

— Esportes. Nas Ilhas Navidis era bastante comum.

— As pessoas que te adotaram praticavam esportes com você?

— Não. Na verdade, quando eles me adotaram, esperavam que eu os suprisse em algum aspecto. Nunca descobri o que era. Depois de perceberam que eu não seria capaz disso, não tiveram mais interesse em mim.

Kelaya acenou com a cabeça. Será que a mãe deles tinha alguma consciência disso? Eram tantas perguntas sem respostas.

Tai apertou os lábios, o semblante ficou sério.

— Mas preciso ser sincero. Lembra daquele espaço para adultos no Aeternus?

Kelaya sentiu o rosto corar. Olhou para ele preocupada.

— Você usava? Mas Zion disse que havia...

— Gente que não queria estar ali? — Ele virou o rosto para ela, parecia envergonhado. — Eu sei. Todo mundo sabe e, mesmo assim, todo mundo usa.

Uma punhalada de dor atingiu o coração de Kelaya.

— Zion também? — perguntou.

— Não. Não que eu saiba. Ele sempre foi muito discreto quando estava aqui.

Ela soltou uma lufada de ar.

— A maioria de nós não pensava muito nas consequências disso. — Tai se inclinou e juntou as duas mãos na frente do corpo. — Trabalhávamos tanto e por uma boa causa que nos achávamos merecedores de um pouco de distração. — Ele engoliu em seco. — Eu só me senti mal quando vi que você estava prestes a entrar naquelas salas.

Um longo silêncio desconfortável se estendeu sobre eles. Não podia negar que estava decepcionada, mas quem era ela para julgá-lo, considerando seu próprio histórico?

Ela se esforçou para mudar de assunto.

— Você gostou dos escritos do Logos? — disse com um meio sorriso.

O rosto áspero de Tai marcado pela cicatriz se acentuou. Ele levou o corpo para trás e apoiou as duas mãos no banco.

— Achei muito bonito. Em alguns aspectos, até reconfortante.

Kelaya conteve as expectativas. Tai continuou:

— Mas, o que eu não entendo é: se nós somos o ente e o Logos – que está além do tempo – já sabia o que iríamos fazer quando nos criou, por que não interveio? Parece um tanto cruel criar algo passível de erros e abandonar à própria sorte.

Kelaya ponderou por alguns minutos. O olhar de Tai permaneceu imóvel.

— Mas ele interveio — ela respondeu. — Se tivesse nos criado desprovidos de vontades, seríamos meros objetos. Ou, se simplesmente removesse o resultado do primeiro erro, teria que fazer de novo, de novo e de novo. Seria um mundo em que nada dependeria das escolhas, já que elas não teriam resultado nenhum. Neste caso, a vida sequer existiria. Mas, quando ele assumiu a natureza do ente e tomou o caminho inverso, cumpriu as próprias regras e possibilitou que nós não sofrêssemos a consequência do erro eternamente. Mas... você precisa entender isso, em primeiro lugar. Quando realmente entende, não vive mais da mesma forma.

Os dois fizeram um silêncio reflexivo. Kelaya respirou suavemente e voltou a olhar para o irmão com ternura.

— Ele não nos abandonou, mas às vezes o amor exige sacrifícios.

Tai piscou e escondeu um pouco o rosto. Kelaya notou um brilho tímido surgindo nas pupilas dele.

— É complicado. — Ele pigarreou e depois respirou pesadamente. — Fomos meio que programados para acreditar apenas naquilo que conseguimos ver e tocar, no que é testado e comprovado. Fica difícil, de uma hora para outra, se convencer de uma outra realidade.

— Eu sei.

— Mas concordo que essas narrativas têm um efeito diferente sobre nós.

Kelaya apenas sorriu.

— Tudo pode ser uma narrativa, sabia? — ela disse depois de um tempo. — Para o bem ou para o mal, as narrativas nos impactam de forma profunda e influenciam nossas ações. Era assim na Fenda, no Risa e até aqui, com esse plano na Nomam. Acreditamos nas narrativas que achamos melhor para nós.

Ele concordou com a cabeça, mas continuou calado.

— Zion parece não acreditar em nada, apenas na narrativa que ele mesmo inventou — ela finalizou.

Tai levantou a cabeça.

— Ele nunca acreditou na Fenda, não é?

— Ele sempre a odiou, tanto quanto odiava a República.

— Por quê?

— Além de o obrigarem a se juntar à facção, eles mataram um amigo dele no mesmo dia.

Tai arqueou as sobrancelhas, surpreso.

Kelaya se sentiu mal por ter revelado um segredo tão íntimo de Zion, mas ela precisava desabafar e Tai era o mais próximo de um confidente.

— Eu queria ajudá-lo — ela disse. — Queria dar a ele alguma esperança. Por que é tão difícil para algumas pessoas acreditarem?

Tai voltou os olhos para um ponto do piso e Kelaya o acompanhou. Um pequeno ramo verde crescia bem no meio do concreto.

— Talvez não dependa das pessoas — ele respondeu.

Os olhos dela estreitaram-se. Ela se levantou, arrancou uma das minúsculas folhas do ramo e entregou para o irmão.

— Você acha que o Logos se revela só para quem quer? — perguntou.

Ele analisou a folha com interesse e guardou no bolso.

— Talvez ele espere o tempo certo, baseado em tudo que sabe.

Esperar o tempo certo — essa era uma das coisas que Kelaya precisava aprender.

— De qualquer forma — Tai se levantou, indicando que já estava na hora de voltarem —, se você confia mesmo no Logos e está certa de que os escritos são reais, não deveria ficar tão preocupada.

Kelaya fixou os olhos estreitos nele. Tai começava a entender o Logos, embora nem percebesse.

— Quando você ficou tão esperto? — Ficou de pé e os dois voltaram a caminhar.

Tai encolheu os ombros.

— Acho que esses escritos estão afetando meu cérebro.

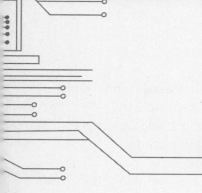

CAPÍTULO 31

ZION ESTAVA SENTADO na cama com a cabeça inclinada para frente. Ouviu a porta bater e levantou um pouco o rosto.

— O quarto no fim do corredor desocupou, Tai vai passar a noite lá — Kelaya disse enquanto tirava a jaqueta. Parou de súbito ao fitar o aparelho conector do Aeternus na mão dele. — Você usou o sistema?

Ele girou o meio-arco metálico frio entre os dedos.

— Tive que usar para analisar os resultados dos testes que eu havia pedido. — Zion respirou fundo e passou a mão no cabelo espesso. Aquele maldito desconforto no tórax estava de volta, como se ele tivesse sido atingido bem no meio do peito.

Precisava de ar.

— Tudo bem? — Kelaya se aproximou a passos lentos.

Zion apertou os lábios. Odiava admitir quando as coisas não saíam como esperado.

— Os resultados não trouxeram nada de novo. Nenhuma substância ou vestígio diferente do que já conhecemos.

Longos segundos se passaram sem nenhum comentário.

— E se o negociador mentiu sobre os pardais não serem daqui? — Kelaya perguntou, de pé na frente dele.

Zion meneou a cabeça.

— Eles têm mesmo mais de trezentos anos. Os resíduos do produto de conservação indicam isso. — Fechou o punho contra a testa. — Tudo isso é perda de tempo.

Kelaya tocou no ombro dele com ternura.

— Sinto muito — ela sussurrou.

Zion não respondeu. Ele buscava por uma solução, um direcionamento, mas permanecia preso em um limbo, sem sair do lugar.

— O Planeta Novo nos foi concedido, é com ele que devemos nos preocupar — Kelaya continuou. E as palavras o atravessaram como facas. Ele levantou a cabeça de forma abrupta.

— Um planeta que nunca se preocupou com ninguém — respondeu.

Kelaya não tinha culpa, mas Zion estava cansado de lutar, lutar e não chegar em lugar algum.

Passou a mão na testa para limpar o suor. O quarto estava abafado. Kelaya se sentou na cama e deixou as mãos descansarem no colo.

— E se o Planeta Origem não existe mais? — ela perguntou.

Zion a fitou com os olhos arregalados. Ele sequer considerava aquela hipótese.

Ela encolheu os ombros.

— E se foi destruído pelos próprios habitantes e todas as informações que vieram de lá não passam de teorias que, na verdade, jamais se comprovaram?

— Nós saberíamos... o departamento de ciência da Fenda saberia. Nós estávamos em guerra, maldição! — Zion se levantou e apoiou os punhos fechados na parede. Sentiu as pernas trêmulas, de novo. Já bastava a dor no peito que crescia a cada segundo. Concluiu, tentando acalmar os pensamentos:

— Se isso fosse verdade, a Fenda teria usado essa informação na guerra para atacar a República e vender as próprias ideias — ele concluiu.

Um momento se passou. Kelaya estava de pé atrás dele.

— Sinto muito, Zion, mas você sabe que é possível.

— Não é. Não pode ser.

— Por quê?

— Por quê? — Ele girou o corpo e a segurou pelos ombros. Sentia os olhos faiscando. — Porque precisa haver outro lugar. Outro maldito lugar!

Kelaya balançou a cabeça.

Os olhos de Zion ficaram turvos. O capitão se afastou. As pernas tremiam tanto que a qualquer momento ele poderia perder o controle do próprio corpo. Foi até a janela e respirou fundo. Lembrou da pequena casa que ele e Kelaya compartilhavam no Vale. A mesma frustração que ele sentia sempre que precisavam se despedir agora o consumia, mas de forma muito mais intensa.

— Deve haver um lugar, precisa haver, onde tudo faça algum sentido — disse mais para si mesmo, com a respiração entrecortada. — Deve existir um único lugar onde eu... — engasgou-se e depois continuou — eu não me sinta um lixo, um verdadeiro fracasso! — Zion jogou as palavras através de um soluço sofrido e, no mesmo instante, sentiu o baque no pé do ouvido, seguido de um zunido constante.

O coração acelerou e ele cambaleou para trás. Conseguiu virar o corpo a tempo de Kelaya segurá-lo. Ela parecia chamá-lo pelo nome, mas a audição de Zion estava abafada. Olhou ao redor e teve a sensação de que tudo se movia em câmera lenta. Com delicadeza e cuidado, Kelaya o conduziu até a cama, ajudando-o a se sentar. Ele apertou os olhos, tentando focar no rosto dela em contraste com o restante do quarto, que permanecia embaçado. — Respire f... — Era o que conseguia entender enquanto a gola de sua camisa era aberta.

Respirar? Ele não sabia mais como fazer isso. A dor no peito, agora, estava insuportável. Sentia uma queimação profunda que surgia de dentro e tomava conta de todo o corpo, paralisando-o.

Parecia que estava morrendo, o que lhe dava medo.

A mão foi envolvida pela de Kelaya. Ela começou a contar lentamente até chegar no número dez. Conforme seguia o ritmo da contagem, a respiração de Zion foi se acalmando. A voz dela ainda soava distante, misturada ao zumbido ao fundo, mas ele conseguiu entender quando ela pediu para se deitar na cama. Ela tirou os sapatos, levantou suas pernas e as colocou sobre dois travesseiros.

Ele ficou olhando para o teto por um tempo, o cansaço acumulado dos últimos dias o derrubando de uma vez. As pernas tremiam, com pequenos espasmos, enquanto sua cabeça latejava de dor. Kelaya se sentou na cama também e, com urgência, Zion se agarrou a ela. A princípio, ela levou um susto, mas, com o mesmo cuidado de antes, foi se ajeitando a seu lado. Ele a envolveu com os braços na altura do abdômen, apoiou a cabeça contra o pescoço dela, e o familiar perfume de rosas e mar inundou seus sentidos.

Zion desejou ter forças para tomá-la nos braços e esquecer tudo, assim como ela fizera com ele tantas vezes nos seus momentos mais sombrios — e ele nunca reclamara. Mas, agora, não tinha energia para mais nada além de permanecer ali, recebendo o aconchego dela, com as pontas dos dedos deslizando suavemente de sua cabeça até o fim de sua nuca. De repente, a voz trêmula e hesitante de Kelaya começou a proferir uma sequência de versos que não lhe eram estranhos. Em pouco tempo, ele reconheceu a melodia como sendo de um dos cânticos que havia lido.

"Na angústia, clamo ao Logos. Ele ouve a minha voz."

"Ele está com os que têm coração quebrantado e espírito abatido."

Nos braços dela, ele ficou ouvindo, imerso na melodia. Era bonito e reconfortante. As dores começaram a diminuir, e seu corpo relaxou, até que se sentiu completamente aliviado. Usando os últimos recursos de força, Zion ergueu a cabeça e encontrou os olhos de Kelaya marejados. Uma lágrima escorreu na bochecha dela.

— Kel. — Foi a única coisa que ele conseguiu dizer.
— Eu te amo.

CAPÍTULO 32

KELAYA TATEAVA entre os lençóis procurando por um corpo sólido. Quando, porém, só encontrou um espaço vazio na cama, forçou-se a abrir os olhos e observar o redor.

O quarto estava em completo silêncio, com a única luz entrando por um feixe fino da janela equipada com tecnologia de persiana. Onde ele estava? Tinha certeza de que havia dormido na cama, nos braços dele, porque lembrava vagamente deles trocando de posição durante a noite, mas não se recordava de tê-lo ouvido se levantar.

— Zion? — chamou, enquanto ia até o banheiro na ponta dos pés descalços. Não estava lá.

Aproveitou para se arrumar, lavou o rosto e prendeu o cabelo.

Sozinha, começou a conversar com o Logos. Falou sobre si mesma, seus medos e sentimentos, mas, acima de tudo, falou sobre Zion:

— Quero muito ajudá-lo, mas não sei como. Não sei se devemos...

Um barulho na porta a interrompeu.

Zion entrou no quarto e levantou uma caixinha descartável.

— Trouxe comida. — Ele franziu o cenho. — Você estava falando com alguém?

— Não. Eu... eu só estava fazendo uma... uma prece.

— Ah.

Ele foi até a mesa circular e começou a tirar as embalagens de dentro da caixa.

— Framboesa e mirtilo, seu sabor preferido. — Estendeu um copo de vitamina para ela. — Acertei?

— Sim. Obrigada. — Ela sorriu quando pegou o copo das mãos deles. — Onde você conseguiu isso?

— Você sabe, eu tenho meus contatos.

Kelaya aprendera que contatos podiam ser perigosos naquele lugar. Mas não havia muito que pudessem fazer: eles precisavam comer.

Ambos se sentaram um de frente para o outro. Kelaya tomou um gole da bebida, que estava realmente deliciosa e, conforme indicava a embalagem, também era bastante nutritiva.

— Gostoso — ela disse —, mas sinto falta da sua comida.

A boca de Zion se curvou em um meio sorriso. Ele bebericou o café. Pelo menos estava comendo alguns pães junto com a bebida, já era um avanço. No entanto — e isso a incomodava muito —, ele agia como se absolutamente nada tivesse acontecido na noite anterior.

Kelaya passou o dedo pela borda do copo e o encarou, esperando que ele a olhasse também. Ele não o fez.

— Você está bem? — perguntou em voz baixa.

Zion apenas balançou a cabeça de forma positiva.

Sentiu-se frustrada. O pedido que acabara de fazer ao Logos claramente não estava sendo atendido. Continuou bebendo a vitamina sem dizer nada. Quando finalizou, deixou escapar um longo suspiro.

— Você quer tanto que eu volte a confiar em você, mas talvez devesse confiar em mim também.

Os olhos de Zion tremiam, como se estivesse prestes a entrar em uma discussão. Ela estendeu a mão e acariciou delicadamente as costas da mão dele com o polegar. Ele fechou os olhos e respirou fundo. Ao reabri-los, um brilho nas pupilas revelou muito do que guardava dentro de si.

— Não sei o que dizer. — Ele encolheu os ombros. — Às vezes sinto falta de ar, a perna trêmula e uma dor no peito, mas nunca dessa forma. Nunca perdi o controle.

— Quando isso começou a acontecer?

— Faz alguns anos, mas, desde que desertamos, ficou pior.

Kelaya sentiu mais uma vez a dor da decepção subindo pelo peito e se instalando bem no meio da garganta. Por que ele não havia contado para ela? Ou será que ela deveria ter percebido? Lembrava-se dos tiques na perna, da respiração pesada e dele afrouxando a gola da camisa. Será que era a forma silenciosa de ele pedir ajuda?

— E sobre o que conversávamos sobre o Planeta Origem?

Ele balançou a cabeça.

— Preciso ter certeza, preciso saber a verdade.

Kelaya teve de concordar. Ele precisava da verdade.

— Ontem — Zion começou a dizer com dificuldade —, quando eu estava em crise você recitou algumas palavras baixinho.

— Sim

— O que eram?

— Era alguns cânticos do Logos. Eu estava... estava pedindo por você.

— Por quê, se eu disse que não acredito?

— Porque eu quero que você fique livre do que te atormenta, quero que você tenha paz... mesmo não admitindo de onde ela vem.

Kelaya sentiu as bochechas arderem.

Zion mordeu o lábio inferior. Os olhos dele refletiam todas as dúvidas que ela já havia sentido antes. Ela esperou um tempo, porém, não obteve nada. Estava prestes a se levantar, mas, antes disso, ele segurou a mão dela e, em seguida, a levou aos lábios.

— Obrigado por cuidar de mim — disse.

— Tudo bem — respondeu baixinho. — Eu deveria ter percebido antes.

Uma pausa silenciosa e, então, Zion limpou a garganta.

— Sobre aquilo que você disse ontem à noite, antes de eu pegar no sono, estava falando sério?

Ela não precisou pensar muito para saber a que ele se referia.

— Sim. — Franziu o cenho. — Eu nunca havia dito antes?

— Não. Não que eu lembre. — Ele piscou algumas vezes. — E eu teria me lembrado.

Kelaya engoliu em seco. Óbvio que nunca havia dito que o amava.

Zion se levantou e parou de frente para ela, puxando-a para cima de modo que ficassem a poucos centímetros de distância um do outro. Ele ergueu uma das mãos e começou a alisar o cabelo dela, colocando os poucos fios soltos para trás da orelha.

Ela sentiu os lábios tremerem.

— Mas estou feliz que tenha dito finalmente — ele sussurrou, os olhos estavam marejados. Foi inclinando o rosto bem devagar, como se medisse a reação dela. Já estava tão próximo que ela podia sentir o aroma do café no hálito dele.

Kelaya arfou e todo o corpo estremeceu em dúvida. Não queria resolver as coisas daquela forma. Se cedesse seria um caminho sem volta; bastava uma pequena fagulha para ela se incendiar.

Não teve muito tempo para se decidir. Uma batida forte na porta e os dois se sobressaltaram.

Zion praguejou baixinho e foi ver quem era. Assim que a porta se abriu, Tai entrou como um raio para dentro do quarto, com a mochila nas costas e ofegante.

— Precisamos dar o fora daqui.

CAPÍTULO 33

A GUARDA DA CIDADE estava no hotel.

— Talvez eles estejam investigando e queiram informações sobre o que aconteceu na mansão do negociador — Kelaya disse.

— Com certeza estão investigando. — Zion disse enquanto atravessava o quarto em busca das armas. — Há quanto tempo?

Mal terminou de falar, outra batida na porta. Ele fez sinal de silêncio e escondeu as armas na parte de trás da calça. Quando a porta abriu, Zion viu o perfil da mulher baixa que os havia recepcionado.

— Desculpe-me, senhor — ela disse com um sorriso sem graça. Atrás dela, Kelaya conseguia ver a sombra de um homem alto. — Mas eles disseram que era urgente.

Zion assentiu com a cabeça e a mulher logo desapareceu pelo corredor. O capitão fez espaço para que o guarda uniformizado de azul e óculos escuros entrasse; ele estava conectado ao Aeternus. Nesse meio-tempo, Tai já havia se escondido no banheiro.

— Vocês estão fora do sistema? — o guarda disse enquanto olhava em volta. Mascava uma goma branca e fazia sons mais altos do que o aceitável. Umas das mãos gesticulava, como se capturando fotos.

— Nossos conectores estão com defeito — Zion mentiu e se posicionou de frente para o homem, as mãos descansando nas costas.

O guarda respondeu com um aceno rápido, a mandíbula mexendo para cima e para baixo. A pausa que se seguiu pareceu durar uma eternidade.

— Estou aqui para investigar sua participação no tiroteio da mansão do senhor Yaaqo — o guarda enfim anunciou. — Vocês levaram um objeto do local.

Kelaya sentiu o queixo cair. Olhou para Zion: ele se mantinha impassível.

— Nós compramos o aparelho decodificador — ela protestou, ao se voltar ao homem.

O homem voltou as lentes negras em direção a ela.

— Essa compra não está nos registros da vítima, senhora.

Zion deixou escapar um som anasalado de escárnio.

— Você só pode estar brincando, o negociador é um contrabandista. Ele não deixava registros.

O homem agora parecia fazer uma anotação do ar.

— Qual foi o pagamento do objeto que a senhora alega? — ele se dirigiu a Kelaya.

— Isso importa? — Zion respondeu. Dava para ver o ponho dele abrindo e fechando nas costas.

— Foi um anel — ela interveio dando um passo à frente —, um anel valioso. Olhe a gravação das câmeras na hora da transação.

— Infelizmente, algumas câmeras foram atingidas pelo tiroteio. — O guarda soltou um suspiro afetado e depois as sobrancelhas dele se ergueram. — A senhora disse um anel? Não há registro de nenhum objeto como esse no inventário.

— Claro que não, qualquer um poderia tê-lo roubado — Zion interrompeu mais uma vez.

O guarda trocou o pé de apoio e parou de mascar a goma.

— Verdade. — Foi a vez de ele sorrir de forma sarcástica. — Qualquer um poderia ter feito isso. Mas o senhor parece ter mais experiência no assunto, capitão.

Kelaya piscou algumas vezes. Um embate silencioso entre os dois foi travado e ela sentiu o suor frio escorrendo na borda do rosto.

De canto de olho, percebeu Tai vindo por detrás do guarda. Com apenas um comando do capitão, ele rodeou o pescoço do homem e, com o antebraço, o puxou com força para trás. Os óculos escuros caíram no chão, enquanto a boca com a goma à mostra buscava por ar.

— Não mate ele — Kelaya arfou.

Tai endureceu ainda mais o aperto. Ela olhou suplicante para Zion, mas ele apenas manteve o olhar afiado sobre a cena.

Droga, por que aquele homem havia entrado sozinho em um quarto com três soldados treinados? Ela percebeu, então, que havia sido de propósito.

— Zion, não dê motivos para sermos procurados.

— Não precisamos dar, já somos.

— Mas eles não têm provas, e é isso que querem.

O homem já estava roxo e sem sentidos. Poucos segundos o separavam da morte. O capitão deu um aceno rápido e Tai o soltou — estava desacordado, mas com vida. Kelaya olhou para o irmão, o coração acelerado.

— É nossa vida que está em jogo — ele murmurou.

Zion arrastou a cama contra a porta.

— Os outros já devem estar a caminho.

Kelaya correu para recolher o decodificador e o dispositivo drive com as informações do Logos, jogou-os na mochila junto com a espada e a única muda de roupa que possuía. Zion também pegou a mochila que mal fora desfeita.

Ela olhou pela janela: estavam em uma altura relativamente alta para pularem.

— Vamos pela lavandaria — Zion apontou para a pequena saída, onde depositavam as roupas sujas.

Tai enfiou a cabeça pelo buraco e depois voltou para eles.

— É uma queda livre.

Kelaya foi até ele e mediu a largura do espaço.

— Não se nos apoiarmos com as costas e pés.

Tai fez uma careta — não parecia convencido.

Passos rápidos no corredor e depois várias batidas na porta. Zion se adiantou.

— Precisamos ir.

A contragosto, Tai posicionou os pés no alumínio e depois ajustou o restante do corpo contra a extremidade oposta. Deslizou, com as mãos e pés sustentando seu peso durante o movimento. As bochechas vermelhas demonstravam todo o esforço que fazia.

Kelaya riu.

— Qual é, nunca fez isso na academia? — A voz dela fez eco no pequeno espaço. Porém, não esperou para ouvir a resposta dele. Enganchou a mochila na parte da frente do corpo e fez o mesmo que o irmão, seguida por Zion.

Ouviram tiros enquanto desciam.

Eles pousaram com força em um amontoado macio e cheirando mal. Olharam para cima e vislumbraram três pares de olhos encarando-os, assustados. Eram os funcionários do hotel.

— Para segurança de vocês, se escondam em um lugar seguro. — Zion mostrou as armas. Os funcionários obedeceram e logo saíram da visão de alcance.

Kelaya ajeitou a mochila nas costas e foi desviando dos lençóis pendurados. Os três saíram por uma porta lateral. Zion apontava as armas para cima enquanto Tai cobria o perímetro em linha reta. Aceleraram o passo e viraram a esquina da rua de trás do prédio. De repente, se chocaram com uma dúzia de arcos e flechas de precisão apontados para eles.

Pelo menos três homens estavam escondidos entre os edifícios em posições elevadas. O restante estava espalhado pela rua, preparado caso algum deles reagisse. Não estavam uniformizados como os homens da guarda, mas, bem, era um grupo armado.

Zion e Tai mantiveram as armas em riste.

Kelaya apertou os olhos para identificar melhor um dos integrantes do grupo que se aproximava e, quando sua visão não deixou mais dúvida, exclamou, pálida:

— Laura?!

CAPÍTULO 34

PELO SOM ALTO vindo da parte de trás e os solavancos ocasionais, Zion podia apostar que estavam em um automotor coletivo antigo, daqueles que circulam sobre rodas, algo extremamente raro no exterior. Também acreditava que o grupo armado usava o sistema-esconderijo para não serem rastreados pela guarda da cidade. Não conseguia ver nada, já que tinha os olhos vendados.

Quando Kelaya havia reconhecido Laura, a moça pediu que os três baixassem as armas para o bem de todos. Irritado, Zion apontou a pistola em direção a ela e recebeu em resposta o mesmo olhar temeroso quando a encontrara pela primeira vez nos abrigos de Baca.

Estava disposto a atirar em quem quer que fosse, ainda mais em traidores, para que pudessem escapar, mas Kelaya o impedira. Perguntou quem eles eram e o que queriam. Laura apenas pediu que confiassem nela e seguissem as orientações dos homens presentes.

Se encontraram, então, em um impasse. Kelaya parecia disposta a ceder, enquanto Zion, contrariado, mantivera a guarda alta. Enquanto isso, Tai encarava uma garota que fazia parte do grupo. Zion não sabia definir se o tenente estava a analisando para atacá-la ou se estava enfeitiçado pela beleza dela.

Por fim, ele havia cedido.

E ali estavam eles, sendo conduzidos às cegas para o que ele calculara, através das inúmeras conversões e horas de viagem, a zona norte da ilha. Em nenhum momento o grupo utilizou de violência ou hostilidade. De vez em quando, até lhes ofereciam comida, que era prontamente negada. Eles também não usavam emblemas.

O veículo parou e eles foram conduzidos por um longo trajeto a pé.

Depois de subirem uma infinidade de degraus e ouvirem murmúrios de pessoas, além do som das portas se abrindo e fechando, finalmente puderam remover as vendas. Encontraram-se em um espaço amplo, com paredes acolchoadas cobertas em grande parte por um veludo vermelho, e o restante em um tom suave de creme. O teto elevado era decorado com um lustre cintilante que pendia exatamente no centro do salão, dando a impressão de ser um local destinado a apresentações musicais. Tai e Zion pareciam tão confusos quanto Kelaya, que segurava com força a mochila que continha o dispositivo e o decodificador. Ambos estiveram com ela o tempo todo, embora tivesse precisado entregar a espada. Laura e parte do grupo que os conduziu ao local também estavam ali, parados, esperando.

Um homem calvo, com um bigode cujas pontas se curvavam, entrou por uma das portas, mancando e se apoiando em uma bengala. Ele sorriu como se estivesse se reencontrando com velhos amigos. No entanto, Zion tinha certeza de que nunca vira aquele homem na vida.

— Peço desculpas pela forma que tivemos de abordá-los e trazê-los até aqui — o homem falou e apontou para as vendas. — Espero que entendam que precisamos manter nosso esconderijo. As circunstâncias não nos eram favoráveis e exigiam uma atitude rápida.

— Não eram favoráveis? — Zion ergueu o queixo.

— Ora, vocês estavam prestes a serem atacados. — Ele apertou os lábios e juntou as mãos nas costas. — Não sei por quanto tempo conseguiriam fugir da Nomam sem nossa ajuda. Eles, assim como muitas pessoas, estão interessados no que vocês carregam.

— O que você sabe sobre isso? — Kelaya disse ao lado, apertando ainda mais a mochila contra o corpo.

— Tudo. — Os olhos do homem brilharam em direção a ela. — Inclusive, mal podíamos esperar por esse dia.

Ele apontou para algumas cadeiras vazias.

— Vamos nos sentar — disse.

Zion hesitou.

— Ainda não entendi por que nos trouxeram até aqui vendados. E onde estão nossas armas?

— Vamos explicar tudo, mas sentem-se. Por favor.

O homem puxou uma perna com dificuldade e se acomodou na cadeira, sendo seguido pelos três. Zion observava o redor.

— É verdade que você carrega o Logos? — a garota que Tai não parava de encarar perguntou.

Todos os olhos se voltaram para Kelaya. Ela piscou algumas vezes. Depois, deu um aceno rápido e pareceu relaxar um pouco.

— E vocês acreditam nele? — a garota continuou.

— Sim — Tai respondeu no lugar da irmã.

Zion o fitou com uma das sobrancelhas erguidas. O tenente fingiu não notar e continuou:

— Quer dizer, ela acredita. — Apontou para Kelaya. — Eu ainda tenho algumas dúvidas.

A garota morena sorriu.

— Eu também tinha, mas podemos conversar sobre isso.

— Seria muito bom — Tai respondeu e devolveu o sorriso. Zion o encarou perplexo. Aquela não era hora para flertes.

Voltou a analisar o homem de bengala, que parecia ser o líder, e o resto do grupo. Já havia desvendado tudo: decerto Laura ouvira as histórias de Kelaya e, convencida delas, encontrou pessoas que acreditavam nelas também. E agora eram reféns de um bando de fanáticos religiosos.

No exterior, havia pessoas que acreditavam em lendas de poderes sobrenaturais. Inclusive, tinha contado à Kelaya quando conversaram sobre o assunto na floresta do Vale. O problema é que, embora não fossem violentos, tinham armas e, mais perigoso do que grupos políticos armados, eram grupos religiosos armados. Ele precisava intervir.

— Antes de tudo, quem são vocês e o que sabem sobre esse dispositivo? — o capitão perguntou.

O homem de bengala alisou o bigode, escondendo um meio sorriso.

— Suas indagações são justas, capitão... Zion, certo? Sei que é muito para processar. Meu nome é Raul, sou o líder dessa pequena comunidade.

Zion ergueu uma das sobrancelhas.

— E do que se trata essa comunidade?

Raul riscou o ar com uma das mãos.

— Aqui nós amparamos quem é dispensado pelas indústrias e não tem condições de trabalhar ou se sustentar. Não existe nenhuma política em Efes para abrigar essas pessoas, então fazemos o que podemos por algumas delas.

Zion franziu o cenho e olhou para Laura.

— O que aconteceu?

A moça engoliu em seco.

— Não fui eu. Alguns dos refugiados não conseguiram cumprir as metas e foram dispensados, inclusive Natanael. O senhor sabe, capitão, ele tem alguns problemas de concentração. — A voz dela saiu trêmula. — Então este grupo os encontrou e eu decidi vir com eles para ajudá-los.

— Por que não entrou em contato com a gente? — Kelaya perguntou.

— Nós não tínhamos recursos para comprar um dispositivo de acesso ao Aeternus. E vocês já fizeram tanto por nós e e-eu — ela voltou-se para Zion, os olhos cintilavam — fiquei com vergonha. — Ele sentiu uma pontada de culpa, a moça continuou: — E descobri que aqui eles também acreditam nas histórias, assim como o profeta acreditava. Eu tive que contar e... e nós soubemos que vocês foram atacados, então... Me desculpem! — Laura baixou a cabeça.

— Tudo bem, Laura. — Kelaya disse. — Você fez bem.

Fez? Zion não estava tão certo disso, embora, agora, se recriminava por apontar a arma para a mulher e deixá-la assustada mais cedo. Também se culpava pela situação dos refugiados. Sabia que havia a possibilidade de eles serem dispensados — a maioria, na verdade. Tentara não pensar muito nisso quando os trouxera, não havia mais o que fazer por eles além do que já tinha feito.

— Laura — Zion chamou. A mulher voltou os olhos para ele, os soluços foram diminuindo e a respiração voltando ao normal. — Peço desculpas. Não deveria ter apontado a arma para você daquela forma.

Ela baixou o rosto e acenou.

Os outros permaneceram observando a cena. Quando todos ficaram em silêncio, Raul limpou a garganta.

— Então, podemos dar uma olhada nas histórias? — ele disse e esfregou uma mão na outra.

— Um momento — Zion colou o braço na frente de Kelaya de forma instintiva. — O que vocês sabem da Nomam e por que eles estão atrás destas informações?

Raul colocou a bengala entre as pernas e apoiou as duas mãos nela.

— Vou ser sincero com vocês: eu sei tudo sobre a Nomam, porque sou um de seus principais acionistas.

Os três se entreolharam. Ele ergueu uma das mãos.

— Mas não pense que eu concordo com os planos deles. Eu me opus veementemente. É nefasto. Estou bem ciente do interesse deles no dispositivo. Esse foi um dos motivos pelos quais arriscamos tudo para salvá-los.

— Arriscaram o quê? — Kelaya perguntou.

— A nossa invisibilidade. Ninguém sabe sobre essa comunidade.

— Mas deveriam — Kelaya insistiu. — Como as pessoas vão se abrigar aqui se não sabem de sua existência?

O homem sorriu.

— Eu chego naqueles que posso.

Ela estava prestes a argumentar, mas Zion se adiantou.

— E se não mostrarmos? — perguntou.

Raul abriu a boca e fechou sem dizer nada. Aguardou um momento e, então, fitou Kelaya, sério.

— Certamente não vamos obrigá-los usando a força, mas, se não estou enganado, foi para isso que você recebeu essa tarefa... para compartilhá-lo.

Kelaya olhou para Zion e mordeu o lábio inferior.

Ele meneou a cabeça.

— Acho que devo fazer isso — ela disse.

— Nós precisamos terminar de estudá-los antes de entregá-lo.

— Podemos estudá-lo juntos — Raul sugeriu. — Seria maravilhoso.

O resto do grupo concordou com murmúrios animados. Tai permanecia calado.

— Não. Não desse jeito — Zion disse irritado.

Kelaya colocou a mão no zíper da bolsa. *Droga!*

— Se isso te der mais segurança, prometemos não tocar no dispositivo, só queremos ver o conteúdo, uma única vez. — A expressão de Raul era quase uma súplica, no mínimo estranha, considerando que estavam em vantagem física.

Zion queria saber o paradeiro das armas. Precisava de um plano para saírem dali o mais rápido possível, nem que tivesse que carregar Kelaya nos ombros. Tai percebeu o movimento dele e balançou a cabeça.

Kelaya começou a abrir o zíper.

— O que está fazendo? — ele murmurou entredentes.

— Sinto muito. — Ela levantou o rosto. — Mas foi para isso que Adara me deu o dispositivo e eu já esperei tempo demais. — Deu um suspiro e sua expressão se tornou mais terna. — Você encontrará suas respostas, se tentar ver da maneira certa.

Zion arregalou os olhos. As palavras pareceram ter engasgado na garganta. Kelaya voltou-se para Raul e esboçou um pequeno sorriso.

— Estou pronta.

CAPÍTULO 35

ZION PERDERA AS CONTAS de quantas horas haviam passado. Ele atuara apenas como observador e preferiria que tivessem continuado de onde ele havia parado nos escritos, mas o grupo insistiu em começar do início de toda aquela profusão de informações.

O leitor, que projetava as imagens no centro do salão, estava cercado por centenas de pessoas, algumas em pé, outras sentadas. De onde estava recostado no canto da parede, reconheceu alguns refugiados entre elas.

No começo, pareciam espantados, mantinham as bocas abertas quase o tempo todo. Porém, com o passar do tempo, as fungadas de nariz começaram a soar alto; alguns deles esfregavam os olhos, esforçando-se para disfarçar as lágrimas.

O próprio Raul havia se emocionado. Não chorou escandalosamente, mas um fio brilhante na bochecha do homem denunciava suas emoções, o que deixava Zion desconcertado. Um líder não deveria demonstrar fraquezas.

No entanto, o que realmente o espantara fora o semblante de Kelaya. Jamais a tinha visto tão feliz e satisfeita. Estampava um sorriso tão genuíno que chegava a ser comovente, belo e, ao mesmo tempo, empolgante. Um sorriso que ele gostaria de ter dado a ela.

Lembrou-se, então, do que sentira na noite anterior ao ouvi-la recitar os cânticos. Ele convencia a si mesmo de que o toque quente, os movimentos carinhosos e a proximidade de seu corpo que o deixaram aliviado. Mas... e se estivesse errado?

Balançou a cabeça. Não poderia se deixar levar. Ele era o único lúcido que havia restado.

Depois de horas, que mais pareceram uma eternidade, Raul resolveu dar uma pausa para continuarem no dia seguinte. Kelaya guardou o dispositivo e começou a conversar com Laura quando Zion se aproximou.

— Laura quer nos mostrar o restante do lugar — Kelaya sorriu para ele. Não havia nenhum resquício de desconfiança nela em relação àquelas pessoas. Cadê aquela soldado que não baixava a guarda para ninguém?

— Estou mais interessado em recuperar nossas armas.

— E eu estou com fome — Tai disse atrás dele. Zion o mirou por sobre os ombros.

— Talvez você devesse pedir para a garota morena.

O tenente inclinou a cabeça para o lado.

— É uma ótima ideia, capitão.

Zion bufou em resposta.

— Serviremos uma refeição para todos no salão principal — Laura disse, o rosto inclinado para baixo, de forma que só dava para ver uma parte dele. Zion ainda se sentia mal pelo que tinha feito. Ela era uma vítima do sistema e ele usara sua insegurança para ameaçá-la.

— Podemos dar uma palavrinha, capitão? — Raul o chamou.

Ele olhou para Kelaya. Ela acenou positivo.

— Vamos ficar bem. — Ela deu uma última olhada nele e seguiu a amiga.

Raul o levou a uma sala particular com um conjunto sofisticado de sofás e fez sinal para que ele se acomodasse.

— Então, o que devo fazer para você confiar em mim? — o homem mais velho falou, ao mesmo tempo que afundava o corpo pesadamente no sofá de frente para ele.

Zion soltou uma risadinha nervosa.

— Comece devolvendo minhas armas.

— Só isso? Agora mesmo. — Ele riu e se dirigiu até a porta arrastando a perna, mas voltou o corpo antes de chegar lá. — Você quer comer ou beber alguma coisa? Evitamos bebidas alcoólicas por aqui, alguns na comunidade têm problemas com isso.

Zion só havia feito a primeira refeição do dia, mas não sentia vontade de nada.

— Vocês têm cafeína?

— Podemos arranjar. — Raul saiu pela porta. Ao lado dela, havia um painel que repassava informações úteis como o horário em diferentes lugares do planeta, clima e o mercado de ações. O homem voltou com as duas pistolas que haviam sido confiscadas. — Pedi para entregarem pessoalmente as armas dos teus companheiros. Só queríamos ter certeza de que ninguém se machucaria.

Zion analisou as armas e conferiu os cartuchos.

— Vocês têm treinamento armado aqui também, pelo visto? — disse erguendo os olhos para o homem que voltara a se sentar.

— Alguns dos integrantes tinham e ensinaram aos outros, apenas como proteção — explicou. — Tentamos fazer daqui um lugar seguro.

Zion havia aproveitado para estudar o ambiente durante as últimas horas. Realmente parecia seguro. As janelas eram altas, mas dava para ver o muro alto e com tecnologia de proteção que rodeava o prédio.

— Esse espaço era usado para o que antes? — perguntou.

— Um estabelecimento social. Na parte de baixo ficava a sala de jogatinas e apresentações musicais. — O homem levantou o dedo indicador. — Lá em cima ficam os quartos que eram usados para... bem, você imagina.

— E você comprou e o adaptou para fazer caridade?

— Quase isso — Raul apertou os lábios, firmes. — Estava à venda em um leilão. Afinal, não somos tão diferentes, capitão.

Zion não queria falar sobre si e tentou manter a conversa em Raul.

— Como mantém todas essas pessoas?

O homem deu um longo suspiro.

— Não sou apenas eu que os mantenho. Todos da comunidade que podem trabalhar ajudam de alguma forma. Mas eu, particularmente, sou investidor de risco de algumas empresas e invisto todo o lucro aqui.

— Quais empresas?

Ele pareceu hesitar, mas respondeu em seguida.

— A Nomam é uma delas. — Começou a contar nos dedos. — Mas tem as de nanotecnologia, a de alimentos sintético, as de automação e, bem, mais algumas que não lembro.

Zion cruzou os braços. Quais garantias tinha para acreditar naquele homem?

— Então você é rico?

— Hmm, não posso negar.

O homem riu de forma divertida. A melodia da risada era reconfortante. Fez Zion se lembrar do médico que o havia salvado, de quem ele adotou o sobrenome Haskel.

— E por que eu deveria confiar em você? No fim das contas, tudo que está acontecendo é sobre dinheiro.

Raul apertou os lábios. O humor havia deixado suas feições.

— Eu diria que é tudo sobre poder, sobre o desejo de ser aceito e estar por dentro do círculo interno de privilégios. Aqui é o dinheiro que nos dá acesso a isso — ele abriu os braços e deu de ombros —, mas, se o acesso mudar, o sentimento permanece.

Zion piscou. Na Fenda não era diferente, exceto que os meios eram outros. E, em Efes, o acesso estava prestes a mudar também.

— O Aeternus é o próximo acesso ao círculo interno, suponho?

— Sim, precisamente.

— Quem está por trás disso?

— Sabemos pouco sobre o diretor, apenas que é alguém que veio do Continente Baixo, assim como vocês.

Zion esfregou o queixo, pensativo. Por que alguém com tanta ambição estava interessado em lendas, como as do Logos?

Deu mais uma olhada no ambiente e notou que o painel perto da porta mostrava também imagens dos espaços públicos do prédio. Viu os membros da comunidade compartilhando uma refeição.

— Todas essas pessoas que estão aqui acreditam, você sabe, nas histórias? — perguntou.

Raul olhou a mesma direção da dele.

— Algumas sim, é o que nos une. Mas outras não, e eu não posso rejeitá-las por isso.

Conseguia entender por que Kelaya já estava se sentindo em casa. Ela gostava de fazer parte de algo — era assim na Fenda e com tudo com que se comprometia. Em partes, era bom, pois fora o que a manteve junto dele, apesar de todas as dificuldades. Porém, também a deixava refém de idealismos.

— Sua companheira disse que você tinha algumas dúvidas... Talvez eu possa ajudá-lo — Raul disse, tirando-o do devaneio.

Zion pigarreou. Mal conhecia aquele homem, por que traria seus principais conflitos para ele? Mas talvez, apenas talvez, ele tivesse alguma pista. Resolveu ir direto ao ponto.

— O que você sabe sobre o Planeta Origem?

Raul cruzou os braços na altura do peito e franziu as sobrancelhas.

— O Planeta Origem? Acredito que o mesmo que todo mundo. Por quê?

Zion suspirou, decepcionado.

— Achei que as informações do Logos pudessem me dar alguma pista de lá, mas foram poucas. Tudo é muito parecido com o nosso planeta.

— Mas por que isso te interessa?

Ele fez uma pausa. Responder à pergunta em voz alta soava um tanto ridículo, mas Zion percebeu que não tinha alternativa se quisesse alguma ajuda a respeito.

— Eu sou uma das crianças do Programa Descarte, você já ouviu falar a respeito?

Raul titubeou, as linhas finas relaxaram ao redor da boca.

— Acho... acho que sim.

— Eu fui gerado no Planeta Origem, se é que fui gerado. — Zion se perdeu no vazio entre eles e depois voltou a encarar o homem. — Queria saber sobre de onde eu vim. Tinha esperança de poder voltar para lá, talvez as coisas estejam melhores.

— Entendo — Raul alisou o bigode, parecia fazer isso sempre que precisava refletir. — Sinto muito, não há muito em que eu possa te ajudar nesse sentido.

Zion sentiu os ombros caírem. O mais velho prosseguiu:

— Tudo que sabíamos sobre o Logos, até hoje, era que ele veio com os pioneiros. Conhecíamos um pouco dos cânticos porque eles continuaram a ser recontados ao longo do tempo, mesmo depois de serem proibidos. Não tínhamos acesso ao original, como agora. Mas em uma coisa você está certo, rapaz. — O homem o fitou nos olhos. — O Planeta Origem é muito parecido com esse em que vivemos.

— Eu sei disso, mandei amostras biológicas de pardais que supostamente pertenciam ao Planeta Origem para análise. Concluíram que as condições em que viviam eram as mesmas que as nossas.

— Pardais, é?

Zion fez que sim.

Alguém bateu na porta e entrou, trazendo uma bandeja com uma caneca fumegante e um prato de comida; colocou em frente a Zion. O aroma fez o estômago dele se abrir. Deu uma colherada na comida e, após analisar a coloração do líquido, bebeu em goles pausados. Raul permanecia em silêncio, observando.

Aos poucos, ele foi se sentindo melhor, mais alerta.

— Estava aqui pensando — Raul disse depois de um tempo —, eu concordo com o que a moça disse. Suas respostas estão no Logos, mas não como você imagina.

— Como assim?

O homem exalou profundamente, fazendo um som parecido com um assobio.

— Quando descobriram o Planeta Novo, foi quase uma dádiva. Era impossível um planeta ter exatamente as mesmas condições daquele em que a humanidade vivia. Então os pioneiros vieram para cá com uma engenharia social minuciosamente planejada...

— ... que falhou.

— Sim, falhou. Porque o fator humano é imprevisível. — Ele se inclinou para frente, um lampejo de humor iluminou suas feições. — O problema é que nós, a nossa natureza, não tinha mudado. Ainda éramos os mesmos.

— E?

Ele deu de ombros e deixou escapar uma risada sarcástica.

— No fim das contas, não é só você, todos nós somos como esses benditos pardais: ainda pertencemos ao velho mundo. E não acho que o que procura está lá.

— E onde estaria?

— No Logos! — Raul abriu as mãos, como se a resposta fosse óbvia.

Zion teve de rir.

— Bem, o Logos também veio de lá.

— Os escritos que contam as histórias, sim. Mas ele já existia antes.

Zion deixou escapar uma lufada de ar. Que conversa ridícula.

— Se convenceu disso com apenas algumas horas de leitura? — disse, sarcástico.

— Não, eu já sabia.

Zion se inclinou e juntou as duas mãos na frente do corpo.

— Ainda não entendi por que você acha que é o que procuro.

— Porque o Logos pode mudar quem somos, nossa natureza. — O rosto do homem começou a ficar vermelho. — A resposta não está em novos ou velhos planetas, mas aqui. — Tocou no próprio peito.

Zion estava exausto e começava a duvidar da utilidade daquela conversa. As respostas de Raul soavam superficiais, como tudo que já tinha lido e ouvido até então.

Como poderia acreditar no Logos tão facilmente? Mesmo assim, algo na maneira como Raul falava o fazia refletir. E se, de fato, o Planeta Origem não fosse a resposta para a sua angústia? Ainda não estava convencido, mas seu foco se voltou novamente para a refeição, como se quisesse afastar o dilema por um momento.

— O que vocês pretendem fazer? — Raul quebrou o silêncio, minutos depois.

— Precisamos encontrar uma forma segura de tornar essas informações públicas antes que minha mulher tome uma atitude mais arriscada.

O mais velho arqueou as sobrancelhas.

— Ah, vocês são casados?

Assentiu. Contra todas as possibilidades, emboscadas, tiroteios e perseguições, ainda estavam unidos.

— Que interessante.

— Por quê? Aqui não é proibido.

— Não. Mas não é tão comum. Bem, é comum quando se trata de contrato econômico, status social e essas coisas. — O homem agora o observava como se soubesse muito sobre ele. Com um sorriso débil disse em um tom mais baixo: — Você parece mesmo ser do tipo que se importa com promessas.

Zion fitou a caneca entre os dedos.

— É, acho que sim — confessou.

— Isso é bom! Afinal, são as promessas que nos guiam, não? — Raul disse e recostou um pouco mais a cabeça no sofá. — Do contrário, vagaríamos sem rumo no oceano negro de nossos corações. Acho que esse é o grande segredo.

Observou o homem entre os olhos semicerrados, pensando em todas as promessas que fizera ao longo da vida e como realmente tinham lhe dado um sentimento de propósito, ainda que poucas tenham sido cumpridas.

— Eu gostaria que vocês permanecessem aqui por enquanto — Raul disse de repente —, não apenas porque gostaríamos de continuar tendo acesso às informações do dispositivo, mas porque é mais seguro para vocês. Meus recursos ficarão à sua disposição.

— Provavelmente é o que ela vai querer.

— Um homem que faz as vontades de sua mulher, quem diria. — Raul riu, fitando seus olhos. — Estar com as outras pessoas que acreditam no mesmo que você, além de mais seguro, torna a demanda mais fácil.

Zion concordou. Não queria acreditar, mas no fundo sabia que precisava desse apoio.

CAPÍTULO 36

KELAYA RECOSTOU A CABEÇA na porta do banheiro e colocou as duas mãos no coração. Depois de algumas respiradas profundas, riu até que as lágrimas começaram a escorrer. Queria poder pular e gritar bem alto. Tinha conseguido cumprir a missão.

Foi até o espelho. Não conseguia se desfazer do sorriso, nem dos olhos marejados. Adara teria ficado tão feliz. As pessoas, a comunidade — era tudo que a amiga sonhara.

Engoliu em seco, tentando controlar a bola de emoção que se formou na garganta.

Ficou refletindo como tudo havia acontecido: ser inspirada a conversar com a Laura, a moça ter encontrado justamente uma comunidade que já havia ouvido falar sobre as histórias e, quando mais precisavam, ela, Zion e Tai foram resgatados por essas pessoas.

Seria coincidência? Não, com certeza não. Aquilo havia sido arquitetado.

Imediatamente, teve a mesma certeza que sentira na caverna. O Logos era real e nunca a abandonara, mesmo quando ela havia vacilado.

Hineni. É a palavra usada por aqueles que se prontificam a cumprir a missão do Logos.

Os lábios tremeram e as lágrimas caíram soltas. Não havia sensação melhor do que a certeza de não estar sozinha. Precisava manter a confiança, em todos os momentos, não importava se via ou não uma resolução.

O Logos cuidaria de tudo.

Depois de se recompor, Kelaya voltou para a sala de interação social, onde os residentes faziam as refeições. Laura fora ajudar na cozinha e Tai a esperava na ponta de uma mesa comprida de braços cruzados.

— Quem você está procurando? — ela perguntou enquanto se sentava. Ele mantinha os olhos fixos no fundo do salão.

— Ah, ninguém. — Ele se remexeu na cadeira. — Está tudo bem? Você demorou.

Tai e sua facilidade de desviar das perguntas. Mas ela sabia jogar aquele jogo.

— Tudo bem. Tem certeza de que não está procurando ninguém, nem uma certa garota morena?

Ele revirou os olhos.

— Você também?

— É que ficou muito na cara.

— Só quis parecer amigável e quebrar a tensão.

Kelaya concordou e soltou uma lufada de ar. Esperava que a conversa com Raul aplacasse a desconfiança de Zion. Ainda assim, não deixaria de provocar o irmão: ainda estava chateada por ele ter quase matado o guarda mesmo pedindo para parar.

— Você, contrariando o capitão? Achei que não era capaz disso.

Tai cerrou os olhos.

— Acredite, já contrariei várias vezes, e por sua causa.

— Sei.

Eles ficaram em silêncio e começaram a batucar os dedos sobre a mesa. Ela estava morrendo de fome.

Próxima aos dois, havia uma mulher de pele escura e olhar taciturno; ao lado dela, uma jovem de cabelo raspado e de cara fechada, elas não se falavam. Mais à frente havia um rapaz loiro, também solitário, e depois uma sequência de pessoas de diferentes idades e características físicas. Algumas delas conversavam entre si e até sorriam; outras, não.

Era no mínimo curioso. Mesmo em uma comunidade que já havia ouvido falar sobre o Logos, nem todos eram amigáveis. No entanto, pareciam seguir uma certa diretriz.

Ela se voltou para o irmão.

— Em relação à garota — colocou a mão sobre a dele —, só tenha cuidado, ok? Aqui não é como lá fora. As pessoas têm outros modos de conduta.

— Percebi pela lista de regras que a Laura nos passou.

Kelaya sorriu. Eram realmente muitas regras, mas compreensíveis, dada a realidade em que eles viviam.

— Ora, a gente sempre seguiu regras na Fenda, por que não seguir agora?

Tai deixou escapar uma risada sarcástica e a fitou de canto de olho.

— Não acho que você seguia muitas regras enquanto estava na Fenda.

Ela riu também.

— Ei, agora eu sigo! — Deu um tapa nele e completou: — Não porque me foi obrigado, mas porque eu sei que será o melhor para mim e para todos nós.

Tai suspirou.

— Parece que não tenho escolha. Mas, de qualquer forma, não sabemos se o capitão vai querer ficar.

— Você acha?

Os ombros dele se encolheram.

— Ele não pareceu muito disposto mais cedo.

Ela apertou os lábios e um calafrio passou pelo estômago. Precisava confiar.

Kelaya mordia uma lasquinha de pele que crescia ao lado da unha e a incomodava muito. O hábito, quase involuntário, era um reflexo da inquietação que tomava conta dela naquele momento. Estava sentada na cama de dossel do quarto designada a eles. Poderiam dormir em quartos separados, mas Kelaya nem cogitou essa possibilidade. Não queria deixá-lo sozinho, não depois da noite anterior.

O espaço era amplo e muito aconchegante. Além da cama em que estava sentada, havia um armário para roupas e pertences. E, em cima de uma pequena mesa próxima à parede, havia comida à espera de Zion.

Ele entrou pela porta poucos minutos depois. O coração dela começou a bater mais forte quando pôs os olhos nele.

— Você já comeu? — Ela não o deixou raciocinar direito e já acrescentou: — Pedi um prato para você.

Ele piscou algumas vezes.

— Obrigado, mas eu já comi com o Raul.

— Ah!

A resposta curta e direta a pegou desprevenida, fazendo com que o assunto morresse ali. Um pequeno silêncio se instalou entre eles enquanto Zion percorria o quarto com o olhar, como se estivesse avaliando o ambiente.

— O que eu preciso mesmo é de um banho. — Ele começou a tirar o casaco e apontou para a porta lateral. — O banheiro?

Ela mostrou o caminho com um aceno. Depois mordeu o lábio inferior ao vê-lo se encaminhando para o outro cômodo. Voltou a se sentar na cama, apertando uma mão na outra.

Será que ele ainda estava bravo por ela ter mostrado as informações do dispositivo? Será que queria que eles fugissem? Os pensamentos a atormentavam enquanto o som abafado da água corrente preenchia o silêncio do quarto.

Alguns minutos depois, Zion saiu do banheiro, deixando uma nuvem de vapor para trás. Depressa, Kelaya se levantou.

— C-como foi com o Raul?

Zion parou de esfregar a toalha nos cabelos molhados e a encarou.

— Bem, por quê?

— Sobre o que vocês falaram?

Ele deu de ombros.

— Basicamente sobre o lugar, como tudo funciona. — Ele guardou a toalha no banheiro, depois retornou e parou no liminar da porta. — Falamos um pouco sobre o Planeta Origem também — disse em um tom mais baixo.

Kelaya deu um passo à frente.

— Descobriu alguma coisa?

Ele meneou a cabeça em negativa.

— Mas o Raul acessou o Aeternus, estamos mesmo sendo procurados. O guarda morreu, alguém o eliminou depois que saímos e colocou a culpa em nós.

Pudera, conectado no sistema, era fácil ter as imagens de Tai o estrangulando.

— Não foi estranho o guarda dizer "O senhor parece ter mais experiência no assunto, capitão" como... como se me conhecesse? — Zion disse.

Kelaya concordou.

— E o que pretende fazer? — ela perguntou.

Ele soltou um suspiro lento.

— Vamos ficar aqui por um tempo.

— Vamos? — Ela se levantou rapidamente, em euforia.

Ele esboçou meio sorriso, depois colocou as duas mãos no bolso.

— Pelo menos até encontrarmos uma forma segura de tornar essas informações públicas... E sei que é o que você quer. — Recostou com o ombro no batente da porta. — Agora você confia em mim?

Kelaya encontrou o olhar de Zion e o sustentou. Em seguida, correu e saltou no colo dele, deixando-o atônito. Escondeu o rosto no seu pescoço e o abraçou com muita força, como se não fosse mais largar. Zion devolveu o gesto envolvendo-a pela cintura. Eles permaneceram assim por algum tempo, com o calor dos braços envolvendo um ao outro.

Ela inclinou a cabeça para trás, ainda com as duas mãos no pescoço dele. O coração pulsando de alegria.

— Obrigada — sussurrou.

Ele sorriu. Os dois ficaram se encarando, mal piscavam.

A respiração dela oscilou ao pensar que o amava profundamente apesar de conhecer os defeitos dele, assim como os próprios. Mas, ao vislumbrar suas qualidades, sentia que queria estar ao lado daquele homem para sempre. Via também como ambos poderiam crescer e se tornar melhores juntos. A confiança, como um pequeno broto insistente que não se dava por vencido, voltou a florescer dentro dela.

— O que foi? — Zion perguntou, ainda a olhando nos olhos.

Quase sem perceber, uma das mãos de Kelaya enroscou no cabelo dele. Deslizou para a lateral do pescoço, acariciando e fazendo um pouco de pressão para trazê-lo para mais perto.

Zion não resistiu quando os lábios se tocaram em um beijo longo e carinhoso. Quando tudo começou a esquentar, ele interrompeu, as duas testas unidas.

— Tem certeza? Não pretendo parar — disse ofegante.

Kelaya levantou os lábios e respondeu com outro beijo. As mãos tremiam e o coração batia forte. Zion deslizou a mão pelas costas dela e os conduziu até a cama, agora sem segredos e máculas.

Assim, entre sussurros ternos, carícias e beijos apaixonados, eles voltaram a ser um só, e todas as promessas foram refeitas.

CAPÍTULO 37

O DIA AINDA NÃO TINHA AMANHECIDO, mas Zion já estava acordado, assombrado pelas lembranças de diferentes momentos de sua vida. Havia conseguido o que mais queria, mas não parecia ser suficiente. Por quê?

Voltou os pensamentos para a primeira vez que viu Kelaya. Ele estava sozinho na sala de acesso ao Vírtua em Hinom. Estudava sobre as antigas viagens marítimas, coordenadas e pontos de perigo do oceano. Tinha completado um ano na academia e mantinha o posto de melhor cadete da instituição.

Seu objetivo havia sido alcançar uma boa posição para garantir privilégios, usufruir de todos os recursos da facção para viajar pelo planeta. Quando fora pego em Baca pelos soldados que mataram seus amigos, ele havia sido trancafiado, espancado e passado por todo tipo de tortura psicológica. Havia se convencido de que era um lixo.

Por muito tempo, Zion lutara contra o sistema e se negou a colaborar, até perceber que a melhor maneira de ser tornar livre era fazer exatamente o que queriam, ou pelo menos fingir. Com isso, traçara um plano muito bem arquitetado de explorar a Fenda. Esse era seu propósito.

Foi quando uma garota entrou abruptamente na sala, interrompendo sua leitura. Ela se sentou na máquina mais distante. Era uma coisinha miúda, mas com uma postura firme e autoconfiante que não tinha como passar despercebida. O cabelo era um tom de ruivo como nenhum outro, que imediatamente o lembrou das piadas de Oliver.

Ficara incomodado com a distração, ainda mais quando ela começou a suspirar de maneira impaciente e a digitar com força, como se estivesse operando uma nave velha. Esperou que ela percebesse a inconveniência. Em vez disso, a garota deu um soco na mesa, assustando-o.

Ele fora até ela, mas a dissimulada virou o rosto para o computador e fingiu não o ver. Ao chegar mais perto, percebeu que nunca a tinha visto ali antes. Tentou chamar sua atenção, mas ela o ignorou.

— Com licença, você é nova aqui? — ele perguntara.

Quando ela finalmente olhou para ele depois de mais um suspiro, notou que seus olhos eram os mais azuis que vira em seus dezessete anos. Não estava preparado para o efeito que causaram a ele.

— Como você sabe? — ela retrucara, demonstrando não ter um resquício de respeito por veteranos.

Era bonita, mas irritante.

— Essa unidade tem um grupo seleto de recrutas avançados — ele respondera, erguendo uma das sobrancelhas. — Eu nunca te vi por aqui.

— Cheguei ontem.

Zion percebeu que ela queria fazer algum tipo de pesquisa.

— Precisa de ajuda?

A pergunta a deixara irritada: ela respondeu um "não" enfático.

Aquela folgada tinha o atrapalhado e ainda recusava sua ajuda. Ele a encarava pelas costas.

— Você parece ter dificuldade em manusear o sistema de pesquisa. Eu posso ajudar.

— Eu só... Está bem.

Zion tentara se sentar ao lado dela, naqueles assentos minúsculos que mal cabiam as pernas dele.

— Esses algoritmos de pesquisa são muito mais avançados do que os que eu tinha acesso antes. Não consigo encontrar os dados de... — ela havia parado de falar de repente.

— De? — Ele estudara o conteúdo da tela e se surpreendeu com o que viu. — Parece um civil.

O rosto dela começara a ficar vermelho. Zion achou graça e sentiu uma estranha vontade de provocá-la.

— Você sabe que não podemos fazer esse tipo de pesquisa, certo?

— Pensei que pudesse.

— Tenho certeza de que sabia que não era o caso, mas achou que pudesse usar o argumento caso fosse pega.

Zion havia feito o comentário como um gracejo, mas ela não riu. Ele a observou por um instante e se deparou com um breve olhar desolado. O semblante dela havia suavizado e trazia uma tristeza ressentida. Zion sentiu algo se mover dentro de si. Rapidamente, num abrir e fechar de olhos, quase imperceptível, ele se deu conta que ela de fato tinha esperança de que pudesse obter aquelas informações. E ele desejou, com todas suas forças, poder ajudá-la.

Ela se levantou e empertigou as costas. A expressão havia endurecido novamente.

— Obrigada pela ajuda, senhor. — Saiu sem ao menos dizer seu nome.

Zion havia ficado irritado com a mudança súbita de atitude. Não sabia o que tinha feito de errado. Ele não a denunciaria, caso fosse essa sua preocupação. Queria poder dizer isso a ela.

Não demorou muito para encontrá-la de novo: assim que entrara na turma teórica, lá estava ela. A mesma postura despreocupada e orgulhosa, como se nada fosse capaz de atingi-la. Mas ele tinha visto, ah, ele tinha... Por baixo daquela figura dura, havia um lado frágil. E, por alguma razão incompreensível, gostara de ter tido um vislumbre dele.

Mal havia conseguido prestar atenção na aula. Vez ou outra se pegava olhando para ela, pensando se a tinha ofendido de alguma forma. Acabou sendo designado como seu monitor, mas suspeitava que a cadete se sairia muito bem sozinha. Conforme o tempo foi passando, ela se igualou a ele em eficiência e habilidade.

Para seu tormento, percebeu que o objetivo havia mudado; mais do que explorar a Fenda, ele desejava aquela garota. E agora ela estava ali. Dormindo tranquilamente ao seu lado.

Zion virou-se quando sentiu ela se mexer entre os lençóis. Esperou Kelaya se espreguiçar e a abraçou. Os dois desfrutaram da quietude que antecedia o amanhecer em um silêncio preguiçoso e reconfortante.

Quando a luz atravessou o quarto em uma única linha reta vinda da janela, revelando pequenas partículas de poeira, parte do cômodo se iluminou. Kelaya, então, o fitou.

— Em que estava pensando nesse tempo todo?
— Como assim?
— Notei que já estava acordado há um bom tempo.

Os lábios dele se curvaram em um meio sorriso. Ela estava acordada também. Levantou a cabeça e apoiou em uma das mãos.

— No dia em que nos conhecemos.

Ela se afastou um pouco para encará-lo melhor.

— Hmm! Em como você foi impertinente?

Zion riu e depois a cutucou na lateral da barriga, com os dois dedos em forma de pinça.

— Quem atrapalhou minha pesquisa foi você — ele disse.

Kelaya o afastou entre gritinhos; ela odiava sentir cócegas.

— Eu não pedi sua ajuda — revirou os olhos, dramática —, poderia ter continuado a sua pesquisa.

— E perder a chance de você ficar me devendo? — Ele se aproximou e a beijou no topo da cabeça, sentindo o aroma do cabelo dela.

Para o espanto de Zion, Kelaya não retrucou — pelo contrário.

— Ficamos devendo várias vezes um para o outro depois disso — ela comentou.

Ele ajeitou o corpo no travesseiro e a puxou para mais perto.

— E eu acho ótimo. Assim sempre tínhamos motivos para nos ver.

Kelaya se recostou no peito dele e começou a fazer círculos invisíveis em sua pele. O silêncio voltou a preencher o quarto. Zion ficou se perguntando que horas deveriam se levantar. Em seguida, os pensamentos se voltaram para como poderia prosseguir com as investigações e, o mais intrigante, como ocuparia o tempo, considerando que não compartilhava das crenças dos demais.

— Quanto tempo faz desde que você fez a manutenção do controle de fertilidade? — Kelaya disse, interrompendo os questionamentos dele.

Ele piscou algumas vezes e refletiu. Nunca haviam tocado no assunto e, desde que desertaram, estavam tão ocupados fugindo que o assunto nem passara por sua cabeça.

Como ele não respondeu, ela completou:

— A minha já está vencida.

Zion fez as contas.

— Temos algumas semanas ainda, depois podemos procurar outras alternativas — garantiu.

Kelaya não respondeu de imediato, mas apostava que ela se debatia sobre a possibilidade de ter filhos tanto quanto ele.

— Imagina você ser desejado e amado por um pai e uma mãe — ela sussurrou de repente.

Zion sentiu uma onda de medo e pavor.

— Não consigo nem imaginar — respondeu. — Uma criança em um mundo como aquele? Nenhum amor a salvaria.

Outro momento de silêncio. E mais outro.

Ele a abraçou forte, como se, assim, pudesse dividir tudo o que sentia. Finalmente disse:

— Talvez um dia.

CAPÍTULO 38

ZION ESFREGOU AS TÊMPORAS com uma das mãos. A sensação de estar nas nuvens havia sido substituída por uma enxaqueca implacável. A conversa com Kelaya pesava em sua mente. Ele sempre quis se ver livre da Fenda e ter sua própria família, mas esse sonho parecia muito distante, quase como uma miragem.

Estava em frente a sala do escritório de Raul, pois o líder havia solicitado sua presença após a primeira refeição. Tentou dissipar os pensamentos incômodos e se concentrar.

Bateu à porta e logo foi autorizado a entrar. As luzes pareciam mais intensas do que o normal. Raul o aguardava no mesmo sofá da última conversa. Zion se sentou de frente para ele.

— Quero que vocês os treinem — Raul disse sem rodeios.

— Mas você disse que eles eram treinados.

— São amadores. Temos um bom equipamento, mas mal sabem usá-lo.

— Isso quer dizer que...

— Se vocês tivessem reagido, teriam os matado. — Ele acenou com a cabeça.

Zion sentiu o queixo cair.

— Você mandou seu pessoal para morrer?

— Foram eles que quiseram ir.

— E você deixou.

O homem juntou as duas mãos em frente à barriga, contrariado.

— Foi um ato de confiança — Raul disse depois de um tempo.

— Neles?

— Em quem planejou tudo isso.

Zion apertou os lábios. A resposta o deixou ainda mais irritado. Aquilo fora uma irresponsabilidade e não deveria ser atribuído à sua crença. Se Kelaya não tivesse intervindo, aquelas pessoas inocentes estariam mortas.

Raul estudava o rosto dele com um olhar intrigado, quase ressentido.

— Não consegue acreditar, nem um pouco? — o mais velho perguntou.

Ele o fitou com as sobrancelhas unidas. Por que toda conversa tinha que parar no mesmo lugar?

— Não é como se eu não quisesse... — o tom de voz dele caiu para quase um sussurro. — Gostaria de ter algo para me apegar nos momentos mais sombrios.

Raul cruzou os braços e levantou o queixo.

— Mesmo?

Zion pigarreou.

— Quem não?

Zion começou a se sentir desconfortável. Ajeitou-se na cadeira, mas o incômodo persistia.

Raul afunilou os olhos.

— Se você quer mesmo, deveria falar sobre isso.

— Estou falando.
— Não comigo, com ele.
Zion deixou escapar um riso zombeteiro.
— Como vou falar com alguém que não acredito existir?
— Tente.
— É ridículo.
— E qual o problema?
— Não gosto de parecer ridículo.
Raul descansou os braços sobre a mesa.
— Talvez seja esse o seu problema. Você está muito preocupado com a aparência. Não falo da física — ele curvou os lábios em um sorriso —, e sim da figura que você representa. Mas do que adianta, se está tudo bagunçado aí dentro?
Zion ergueu uma das sobrancelhas. Ele não havia dado intimidade suficiente àquele homem para que falasse daquela maneira. Muito menos o transformara em seu mestre, guru ou seja lá o que Raul imaginava ser. Mas o líder continuou:
— Muita gente o respeita e confia em você, capitão. Isso é bom. Mas todos temos nossas limitações, e você conhece muito bem as suas.
Zion sentiu um pequeno incômodo crescer dentro de si. Ele não gostava de ouvir aquilo.
— O que você sabe sobre isso? — murmurou.
Raul esboçou um sorriso leve. Não era zombeteiro, nem condescendente. Era algo diferente... algo quase compreensivo.
— Alguma coisa — respondeu. — Sei do peso quase insuportável de ter vidas sob sua responsabilidade. Sei que muitas vezes nos sentimos incapazes e até fracassamos. Sei também que não precisamos carregar esse fardo sozinhos.

Zion sentiu os olhos arderem. Questionou a possibilidade de Kelaya ter falado com Raul. Mas era impossível: esteve com ela desde que acordaram.

— Você está com medo — Raul disse de repente. — Teme por sua esposa. Quer protegê-la.

Zion riu, mas não havia humor algum no som.

— Sempre — respondeu. — Mas é uma tarefa impossível. Ela sempre foi muito resoluta e sabe se proteger sozinha.

— Então por que não confia nessa parceria que vocês têm?

Zion deu de ombros.

— É o que me resta.

Raul o observou por um instante antes de continuar, a voz firme, mas sem traços de acusação.

— A melhor coisa que pode fazer é confiar nas pessoas ao seu lado e no poder que os uniu. É o que eu faço aqui.

Zion não disse nada. O rosto de Raul se iluminou quando perguntou:

— Não seria reconfortante não ter que cuidar de tudo e de todos, deixando que um capitão mais sábio e poderoso assuma o leme? Um capitão que sabe lidar tanto com mares revoltos quanto águas calmas?

— Se eu encontrasse alguém em quem pudesse confiar.

— Você pode.

Zion estalou a língua e meneou a cabeça em negativa.

Ainda assim, visualizou-se a bordo de um barco cujo capitão enfrentava tempestades e mantinha tudo sob controle. Nunca tivera alguém assim em sua vida. Nunca teve em quem confiar para cuidar dele — nem no laboratório, nem nas ruas de Baca, tampouco na Fenda. Aquela solidão pesava sobre ele desde sempre. Fechou os olhos por um instante.

Queria não ter de se preocupar tanto com a segurança de quem estivesse ao seu lado. Nem ter de enfrentar o olhar de decepção como o de Beno e Oliver em seus últimos suspiros.

Sacudiu a cabeça, expulsando os pensamentos. Aquilo não levaria a lugar algum. Era preciso focar em algo tangível, real.

Zion precisava se concentrar nas investigações.

Decidiu ceder ao pedido de Raul, mas não deixaria de tirar vantagem da situação.

— Vamos treiná-los, mas também quero um favor.

CAPÍTULO 39

APÓS A PRIMEIRA REFEIÇÃO, enquanto Zion fora se encontrar com Raul, Kelaya ficou um tempo na sala comum. Agora, iluminada pela luz natural do dia, era possível ver claramente a área verde sintética à frente, que criava um ambiente de tranquilidade e bem-estar. Cada pessoa limpava o espaço que ocupava, recolhendo os resíduos descartáveis das refeições servidas em embalagens.

— Como a comida chega até aqui? — Kelaya perguntou para Laura, enquanto as duas iam em direção ao deposito de resíduos.

— Por encomenda. Como é para toda a ilha.

— E ninguém desconfia deste lugar?

Laura posicionou os resíduos dentro de uma abertura redonda que ficava na parede. E passou o braço em um sensor na lateral.

— As pessoas não estão muito preocupadas com o que acontece dentro da casa dos outros — ela disse.

Pequenos esguichos de água começaram a limpar os resíduos, que foram separados e triturados conforme o tipo de material: plástico e papel sumiram por uma abertura traseira enquanto a água escorria por um pequeno ralo.

Uma garota de cabelos compridos se aproximou e fez o mesmo que Laura. Quando estendeu o braço, deu para ver várias marcas de corte em sua pele.

Kelaya enrugou o cenho. A garota saiu sem nem olhar para elas.

— Pois deveriam — disse e repetiu o processo de descarte.

Elas começaram a caminhar em direção à porta.

— Por que você está tão preocupada? — Laura perguntou.

— Zion me contou algumas coisas que acontecem por aqui, relacionadas ao Aeternus.

— Que tipo de coisas?

Ela virou para trás para se certificar que ninguém perto o bastante pudesse ouvi-las.

— Além do que aconteceu com os refugiados, abusos, exploração sexual e outras coisas que não tenho coragem de repetir.

— Você acha que isso não acontece no Continente Baixo? — Laura disse em um tom baixo.

Kelaya a fitou, boquiaberta.

— Não dessa forma.

Laura baixou a cabeça e estudou os próprios pés.

— Acho que você não tinha uma noção do que acontecia fora das zonas de guerra.

As duas ficaram em silêncio. Já estavam em outra área comum, em que alguns residentes participavam de atividades artísticas com telas transparentes que possibilitavam apagar e começar o trabalho do zero.

Enquanto apreciavam as pinturas, Kelaya ficou pensando no que Laura dissera. De qualquer maneira, existiam muitas pessoas em Efes que precisam de ajuda. Se Raul mostrasse mais do trabalho que era feito na comunidade, elas teriam a quem recorrer e talvez outros quisessem seguir o exemplo e ajudar também. E, quem sabe, dando luz a esses problemas, houvesse uma revolta e...

Laura estava olhando para ela com o rosto franzido. Kelaya caiu em si. Havia reconhecido que não poderia salvar o planeta, mas, ao mesmo tempo, sentia uma urgência em fazer tudo o que estava a seu alcance.

— Acho que Raul tem medo — Laura começou a dizer — de expor a comunidade e outros se aproveitarem da instituição. Ele não é tão jovem. Imagino que ele se preocupe com o futuro.

— Por isso mesmo que ele precisa expor. Não vai estar aqui para sempre.

Laura levantou as sobrancelhas. Uma gota surgiu na lateral do olho, em uma mistura de espanto e tristeza. Kelaya percebeu que foi indelicada.

— Às vezes instituições começam com princípios nobres, mas acabam se perdendo. Foi o caso da Fenda — Laura disse.

— Mas a Fenda não é guiada pelo Logos.

As duas agora se dirigiam para outra sala; havia dezenas delas ali. Nesta, os residentes faziam musicoterapia.

— Eu sei, mas é muita responsabilidade.

— É um ato de fé, Laura. Como eu tive nele quando mostrei os escritos do Logos.

— Mas isso não nos coloca em risco.

Kelaya girou os calcanhares, seus olhos perfuraram os dela.

— Isso é o que *mais* nos coloca em risco. Lembra o que aconteceu com aquele homem... como era mesmo chamado?

— O Profeta?
Assentiu.
— Não foi bom para vocês ele ter compartilhado as histórias, ainda que da maneira dele? Não lhes deu esperança?
Laura mordeu o lábio inferior.
— Sim.
— E não é justo que todos os que sofrem tenham esperança?
— Com certeza — a voz de Raul soou atrás dela.
Laura se sobressaltou. Kelaya virou-se, as bochechas vermelhas.
— Laura, pode nos dar um momento? — o homem pediu.
Ela fez que sim e logo seguiu na direção em que as duas tinham vindo.
— Posso terminar de te apresentar a propriedade? — Raul estendeu a mão em direção ao caminho à frente.
— Seria uma honra — Kelaya respondeu.
Começaram a andar bem devagar. Raul se apoiava na bengala enquanto arrastava a perna.
— Você se ofenderia se eu te fizesse uma pergunta? — Kelaya disse de repente.
— Creio que você acabou de fazer uma. — Ele riu.
— Uma um pouco mais pessoal.
— Fique à vontade.
— Por que não usa o dinheiro que você tem para curar sua perna? Aqui tem tanta tecnologia disponível para isso.
Ele suspirou.
— Existem tantas demandas necessárias, por que gastar recursos com um corpo que muito em breve será totalmente regenerado e eternizado?

Kelaya sentiu as bochechas esquentarem. Não estava preparada para uma resposta tão sincera. Raul sabia que seu tempo era pouco e não sentia medo.

— Está certo — ela disse —, mas considerei que, com isso, você teria mais disposição para trabalhar aqui.

Ele meneou a cabeça despreocupado.

— O Logos me enviou uma grande ajuda, não posso reclamar.

Eles entraram em uma nova sala, onde os residentes trabalhavam no Aeternus em diferentes funções do mercado. No entanto, havia um monitoramento especial para garantir que não caíssem nas armadilhas do sistema. Voltaram para o corredor; não havia mais salas para visitar. Saíram no jardim sintético que rodeava a propriedade.

— Eu entendo o seu desejo de socorrer mais pessoas — Raul disse enquanto voltavam, a voz mansa e serena —, mas pense que, para expandir, é preciso ter uma base muito bem construída, ou até os que já alcançamos podem se perder. Não é fácil viver em uma comunidade, somos suscetíveis a erros e mágoas. — Ele fez uma pausa e Kelaya aguardou em silêncio. — Já perdemos algumas pessoas, elas voltaram para o lugar de onde vieram. Eu não quero que isso aconteça de novo.

— Entendo — ela disse —, mas o risco não valeria, considerando que você não tem controle?

Ele balançou a cabeça.

— Não é como as ações em que eu invisto. Nenhuma pessoa perdida vale o risco.

— Nem as que forem ganhas?

Raul parou, apoiando-se na bengala. Um vinco surgiu em sua testa.

— Essa é uma questão que não consigo decidir no momento.

Kelaya olhou para o chão. Sempre fora uma idealista, mas na prática nem tudo funcionava como queria.

— Sabe, acabei de ter uma conversa muito interessante com o seu marido.

— Sobre o quê?

— Muitas coisas, entre elas capitães e tempestades.

Kelaya riu, sem entender muito bem.

— Mas penso que teremos um tempo de bonança por aqui — ele concluiu, olhando para o jardim ensolarado.

Ela respirou fundo e concordou.

CAPÍTULO 40

MESMO DEPOIS DE TANTAS VEZES, o corpo de Amber ainda não se acostumara ao choque da mudança abrupta de temperatura. Quando o jato de água fria a atingiu, um arrepio percorreu a pele, e os pelos se eriçaram como se sua carne tivesse sido invadida por um gelo implacável. Ela cobriu o corpo com as mãos trêmulas em um gesto involuntário de proteção. O ar ao redor ficou ainda mais frio, e sua respiração se tornou curta.

O banho gelado acontecia duas vezes por semana, em um corredor mal iluminado, cujas paredes de azulejos pareciam desmoronar a cada passo. Porém, o lugar tinha uma vantagem que nenhum outro espaço da base possuía: não era vigiado por câmeras. Assim, apesar do desconforto, era uma das poucas chances que ela tinha de fugir.

Uma toalha esfarrapada cheirando a carne queimada era disponibilizada para que os prisioneiros pudessem se secar — havia seis, além dela. Rapidamente, Amber enxugou o excesso de água e vestiu o macacão verde-musgo.

— Você conseguiu? — ela perguntou ao prisioneiro ao seu lado, enquanto observava o guarda responsável que conferia as numerações em uma prancheta eletrônica.

— Está aqui. — O prisioneiro estendeu o pequeno aparelho de metal escovado e uma pequena luz indicadora de carga; era um isqueiro eletrônico. Com agilidade, Amber o pegou e apertou entre os dedos. Deixou cinco analgésicos não ingeridos na mão do homem e se afastou.

Já vestidos, eles deveriam voltar para a cela e fazer uma parca refeição, mas Amber tinha outros planos.

— Podem ir — o guarda disse, fazendo sinal para outro oficial levar o primeiro detento. Cada prisioneiro era liberado separadamente e Amber era a última da fila.

Ela deixou o corpo cambalear e se apoiou na parede por alguns instantes, como se estivesse sentindo vertigem. Nesse meio-tempo, deixou em uma das brechas do azulejo o isqueiro ligado e um pequeno pacote improvisado, feito com embalagens de comida. Dentro, havia açúcar e nitrato de potássio. Levara semanas para reunir os materiais: a embalagem e o açúcar, coletou durante as refeições, e o nitrato, quando recebeu uma compressa fria da enfermaria. Só precisou de alguns raios de sol concentrados pelo vidro e uma posição que não revelasse à câmera o que estava fazendo para transformar aquilo tudo em uma bomba de fumaça.

Não foi à toa que levou o primeiro lugar na academia.

— Próximo! — o guarda responsável gritou e a fila andou.

No início do corredor, ao lado da porta por onde saíam, havia uma outra, trancada por senha, que dava acesso a uma sala de apoio. Ela observava atentamente a sequência digitada sempre que a porta se abria. Com o tempo, conseguiu decifrar os padrões: as letras correspondiam a elementos da tabela periódica, dispostos de trás para frente; os números começavam divididos por seis, depois por sete, oito e agora por nove; e os demais caracteres seguiam a ordem do Unicode do Risa.

Precisamente, nos três últimos banhos, Amber soubera com antecedência a senha que o oficial digitaria. Estava na hora de agir.

— Vamos — ela sussurrou para si mesma, enquanto dava mais um passo.

Faltavam poucos metros para alcançar a saída. Chegou a vez do prisioneiro que estava à frente dela ser conduzido. Amber era a próxima e seria acompanhada pelo próprio guarda responsável, o único que restara.

Ela olhou para a saída que a esperava, para o guarda distraído e depois para a porta com tranca a poucos metros. Teve a sensação de que a garganta estava se fechando. Seu coração batia tão forte que parecia querer denunciar seus planos. Mas tudo dependia daquilo.

Deu mais um passo. Pelos seus cálculos, já deveria ter acendido. Precisava que a bomba funcionasse. Agora.

— Fique onde está! — o guarda disse de repente. Amber olhou na direção para onde ele foi. Uma corrente de fumaça começava a se formar no pequeno espaço. Era agora ou nunca.

Aproveitando a distração do guarda, ela se dirigiu com rapidez à tela da tranca eletrônica na porta, cuja sequência do teclado já havia decorado. Ao encontrá-la, digitou a senha com precisão. A porta se abriu em silêncio, e ela deslizou para dentro, movendo-se com cautela.

No escuro, tateou rapidamente até apanhar o primeiro objeto pesado que encontrou e, sem fazer barulho, colocou-se contra parede. Aguardou imóvel, os músculos tensos.

— Onde você está? — o guarda gritou lá fora, a fumaça já havia tomado tudo.

Segundos depois, ele entrou pela porta com a arma apontada em riste. Amber mal ousava respirar. Ele não a enxergou pelo ângulo da mira, mas ela podia ver a luz da arma.

Amber fechou os dedos ao redor da arma improvisada. Ela segurava um mosteiro. O guarda estava de costas. Era tudo ou nada. Ela só tinha uma chance. E não iria desperdiçá-la.

Amber não gostava de sujar as mãos, mas às vezes era necessário. Principalmente quando a possibilitava andar pelos corredores da base do Risa sem ser reconhecida. Ela usava o uniforme do guarda, não era uma armadura como dos oficiais especiais, mas um conjunto comum de vigilância: calça, casaco, boné, óculos escuros — que escondia quase todo o rosto — e uma arma. O tecido plastificado havia facilitado o trabalho de limpar o sangue.

Quando saiu da sala de banho disfarçada, tinha uma pequena recordação do desenho do prédio visto de fora. Seu instinto a levou para o sul, acreditando que lá haveria uma saída.

— Ei, você! — alguém disse atrás dela. Amber deu meia-volta e prestou continência. Um oficial de armadura a encarava. Ela prendeu a respiração.

— Venha até o laboratório. Precisamos de reforços.

Essa não! Não agora.

Deu um aceno com a cabeça, mas o que realmente queria era sair correndo. Antes de o seguir, olhou para trás e gravou o caminho.

Ele a levou a uma porta de titânio ampla e iluminada. Digitou em uma tela holográfica o mesmo padrão de senha que ela decifrara há poucos minutos.

O local estava um caos: mesas reviradas, fios arrebentados soltando faíscas e pessoas de jaleco branco sangrando. Amber havia treinado sua mente para ignorar o significado daquelas coisas estranhas que aconteciam e focar apenas em seu objetivo.

— Ajude a transferir estes — um homem idoso de olhar altivo disse, apontando para corpos inconscientes ao seu lado.

Amber se dirigiu até ele e aproveitou para manter os ouvidos atentos.

— Precisamos injetar adrenalina para acordarem — o idoso disse para um homem mais novo.

— Mas, senhor...

— Precisamos deixá-los consciente, é a única forma de manterem o controle.

Amber soltou um gemido pelo esforço ao erguer um dos corpos; estava nu e completamente desfigurado. Começou a arrastá-lo para uma cela onde havia outros. Com isso, teve que se afastar da conversa.

Dois homens pegaram o corpo que ela trazia e o colocaram em uma cabine de vidro. Em seguida, o conectaram a fios. Ela tentou disfarçar o interesse pelo que faziam, ajeitando alguns objetos caídos. Porém, se não voltasse logo para buscar os outros, acabaria chamando atenção — e isso era a última coisa que queria.

Os dois cientistas ainda conversavam.

— Estou cansado de tudo isso — o mais velho disse irritado, ao mesmo tempo que analisava alguns dados na tela do computador. Ele cruzou os braços quase como se estivesse abraçando o próprio corpo e depois baixou o tom. — Foi um erro terem escolhido esse cliente. Se tivéssemos investido na relíquia de mitos teria sido mais vantajoso e menos dor de cabeça.

Amber enrugou a testa enquanto puxava mais um corpo. Estavam falando do Logos.

Ishmael conseguira uma única informação que o ligava a um poder sobrenatural. Ela gostaria de saber mais sobre o assunto. Uma pena que nunca havia colocado as mãos no dispositivo que Kelaya captara.

Ela voltou para buscar o último corpo. Os cientistas agora estavam de costas.

— Estamos abrindo as mentes para os dados e... — Eles começaram a caminhar. Ela não conseguia mais ouvir o que diziam, então tentou segui-los sem que ninguém percebesse. — Mas algo maligno tem tomado....

— Já terminou o serviço? — O oficial de armadura se colocou na frente dela, impedindo-a de continuar.

Droga, agora que estava ficando interessante.

— Este é o último, senhor. — Ela apontou para o corpo que havia ficado para trás.

— Depois que terminar aqui, comece com a limpeza.

— Sim, senhor.

Quando o oficial virou de costas, Amber o fuzilou com os olhos. Não fazia o trabalho de limpeza na Fenda há muitos anos e não seria no Risa que voltaria a fazer. Além do mais, permanecer ali era perigoso. A essa altura, era provável que já tivessem descoberto o corpo do vigilante e dado falta dela. Precisava dar o fora.

Pegou alguns poucos entulhos e pediu permissão para sair com a desculpa de que iria descartá-los. O laboratório ficava na parte de trás da base. Ela foi andando rápido pelo corredor, seguindo algumas setas. Não demorou muito para alcançar uma porta que dizia "saída". Quando a abriu, o sol da manhã beijou seu rosto marrom, aquecendo-a por inteiro. Ela respirou fundo e sorriu de prazer.

De repente, uma sirene disparou, cortando o silêncio. Amber agarrou a arma e correu em direção a um dos veículos estacionados. Em instantes, foi cercada por três viaturas de vigilância. Uma luz vermelha, intensa e ofuscante, foi dirigida em seu rosto, cegando-a.

Ela lembrou-se de quando era criança e, vez ou outra, ganhavam migalhas de comida da administração da República. Não duravam cinco segundos antes da fome voltar.

Tinham o mesmo gosto de sua liberdade.

CAPÍTULO 41

— **MANTENHA A GUARDA** alta enquanto você desfere o soco — Kelaya instruiu Sinara, a garota morena que havia chamado a atenção de Tai. Elas estavam na arena de treino, realizando exercícios adicionais com o sistema de simulação de combate, que utilizava hologramas para projetar imagens e criar cenários realistas.

— Não consigo ser tão rápida quanto você — a garota reclamou ofegante. Voltou à posição de defesa. O suor escorria pela lateral do rosto.

— Mas você precisa. A defesa é a parte mais importante.

Uma nova sequência de golpes foi iniciada. Desde que Zion aceitou treinar parte dos residentes, Kelaya assumiu o time feminino, enquanto ele e Tai ficaram com o masculino. O grupo fora selecionado a partir do condicionamento físico e estava progredindo rápido nas técnicas de luta e manuseio de armas. Logo, eles se tornariam uma equipe qualificada o bastante para defender a comunidade.

— Descansar — Kelaya disse.

A garota alcançou uma garrafa de água enquanto abria o zíper do uniforme. Raul havia investido em trajes de alta tecnologia para toda a equipe. Eram feitos de nanomateriais — leves e altamente resistentes —, proporcionando ao mesmo tempo flexibilidade e proteção. Além de possuírem tecnologia de camuflagem ativa.

— Você está indo bem — Kelaya assegurou. Sinara estava terminando de se hidratar. — Só precisa treinar mais a esquiva.

— *Passamos da segunda metade da tarde* — o sistema geral anunciou, de repente.

— *Temperatura externa: quarenta e três graus. Temperatura interna do ambiente: vinte e oito graus.*

O local de treino ficava na cobertura do prédio, era amplo e bem arejado, com uma película transparente de proteção contra raios UVA.

— Finalizamos por hoje. — Kelaya começou a guardar os equipamentos. — As outras meninas podem ficar com ciúmes dos treinos extras.

Sinara assentiu.

— E não podemos nos atrasar para a leitura conjunta.

Ela desligou o sistema de simulação e as duas desceram juntas pelo elevador.

No caminho, ouviram um burburinho que foi aumentando conforme avançavam, até se transformar em uma discussão acalorada. Deram mais alguns passos e encontraram um grupo de mulheres discutindo. Uma apontava o dedo em riste, outra mantinha o maxilar rígido com as mãos na cintura, enquanto as demais falavam em volta sem parar.

Kelaya riu. Aprendeu que aquele tipo de situação era comum por ali.

— Senhoras, vamos manter a calma. — Sinara entrou na confusão, sacudindo as mãos abertas.

— É essa mulher que quer tomar conta de tudo — uma delas se adiantou. — Hoje é o meu dia de organizar a sala de reunião.

— O senhor Raul já falou que devemos dividir as tarefas — alguém gritou atrás delas.

A acusada levantou o nariz e estava pronta para responder, mas Kelaya foi saindo pelos calcanhares de fininho, sem acompanhar o desenrolar do confronto. Precisava se encontrar com Zion antes da reunião e, desta vez, teria que deixar Sinara lidando sozinha com a confusão.

Outra lição que havia aprendido era que o simples fato de as pessoas acreditarem no Logos não as tornava perfeitas. Na realidade, como Raul bem dissera, eram justamente aquelas que mais precisavam das orientações dele. No entanto, ao longo dessa jornada, inevitavelmente enfrentariam conflitos. Além dos refugiados, havia uma pluralidade interessante de pessoas. Indivíduos solitários, abandonados por familiares, doentes e incapacitados para trabalhar; fugitivos dos setores de exploração, tanto braçal como sexual, que naturalmente carregam traumas. Além daqueles que simplesmente perderam a vontade de viver e foram resgatados por Raul em centros médicos de eutanásia.

Se Kelaya pudesse dar um nome àquela comunidade, seria algo como "Grupo de Pessoas Quebradas". Fazia todo sentido estar entre elas.

Ela refletiu no caminho até seu quarto e, quando a porta se abriu, viu Zion e Tai de braços cruzados e escorados um em cada lado da grande janela do quarto. Eles também vestiam uniformes novos: uma jaqueta curta toda preta — que Zion usava com a gola para cima, no mesmo estilo do casaco de capitão —, calça azul-escura e coturnos.

— Tem certeza? — Tai disse. A luz alcançava apenas uma parte do rosto dele, mas era possível ver as linhas de expressão contorcidas.

— Certeza do quê? — Kelaya perguntou.

Zion a fitou sobre os ombros.

— Entre!

Ela se aproximou dos dois e imitou a postura deles para trazer algum humor ao momento, porém sem muito sucesso.

— Raul mostrou as informações que foram expostas no Aeternus sobre nós — Zion explicou. — As referentes a vocês são as mesmas que estavam na ficha da Fenda, mas as minhas... — pausou. — Há coisas lá que nem eu mesmo lembrava. Sobre minha infância no laboratório.

Ela arregalou os olhos.

— Achamos que só alguém que conhece o capitão bem o suficiente está envolvido — Tai disse.

— Da Stella? — ela perguntou.

Zion apertou os lábios e mirou o chão por meio segundo.

— É o mais óbvio, mas nenhum dos tripulantes tinha acesso a algumas das informações.

— Ainda assim, poderia conseguir — Tai o interrompeu. O rosto estava marcado pela preocupação.

— Não sei. — Ele recostou a mão na parede. — Parece que todo mundo nessa ilha sabe algo a meu respeito.

Os três se entreolharam. O peso da constatação pairou sobre eles.

Tai esfregou o pescoço e virou-se, inquieto.

— Melhor eu ir, nos encontramos depois. — Ele saiu depressa sem dar a chance de Kelaya protestar. Ela o acompanhou com o olhar e depois encarou Zion.

A expressão dele mudou quando voltou o rosto para ela. As linhas de expressão suavizaram e um dos cantos da boca se elevou em uma sombra de um sorriso.

Kelaya sentiu as bochechas esquentarem. Ela virou-se de costas.

— Vou me arrumar para a leitura em conjunto. — Começou a tirar o casaco.

— Mas eu gosto de você assim. — Ele se aproximou por trás e a beijou na dobra do pescoço.

— Para com isso. — Ela se afastou rindo.

Foi até o armário e separou uma camisa acinturada com o colo emoldurado e uma calça com um corte reto e elegante que havia ganhado de Sinara.

Zion se sentou na cama e reclinou a cabeça nas duas mãos cruzadas atrás. Ele a observava com intensidade.

— Alguma chance de eu ter um tempinho com você antes da leitura?

Kelaya ergueu os olhos e os lábios se curvaram para baixo.

— Você poderia participar da leitura com a gente.

Ele mirou o teto e deixou escapar um suspiro pesado.

— Melhor não.

Depois do primeiro dia em que mostraram as informações do Logos para Raul e alguns residentes, Zion não tinha mais participado dos encontros e das leituras em conjunto. Ele havia dito que preferia estudar sozinho, porém nem chegara perto do dispositivo leitor desde então. Kelaya sempre o convidava, mas não insistia quando ele negava.

— Tudo bem. Vou tentar voltar mais cedo hoje.

Contudo, seria difícil. Surgiam muitas conversas, dúvidas e até algumas discussões depois de cada leitura. Todos tinham vontade de aprender e entender mais sobre aquele poder e como ser transformado por ele.

Kelaya havia dividido com os outros o que Adara lhe explicara e a própria experiência pessoal, mas cada um deveria ter a sua em particular. Raul dissera que, quando tal experiência acontecesse, requeria do indivíduo renunciar ao senhorio da própria vida. E, na prática, não era tão simples. Dizer que acreditava em algo era uma coisa; vivê-lo era outra.

A leitura ocorrera como das outras vezes, exceto que, desta vez, Tai não tinha participado. O irmão se tornara um companheiro para Kelaya e estava tão interessado em aprender quanto os outros. Ela suspeitava que alguma coisa na última conversa o havia abalado.

Kelaya voltou para o quarto logo após o fim da leitura. Quando entrou, Zion andava de um lado para o outro.

— O que foi? — ela perguntou. Ele parou de súbito e a olhou.

— Aconteceu uma coisa estranha. — Ele mordeu o lábio, hesitante. — Tai foi visto deixando o prédio com uma mochila nas costas.

— Onde ele foi? — Ela foi andando devagar até o centro do quarto.

Zion manteve a expressão endurecida. Parecia medir as palavras que estavam por vir.

— Acredito que... embora.

CAPÍTULO 42

TAI APERTOU FIRME os braços contra o corpo, os olhos vidrados no chão. O aerometrô deslizava por entre a densidão da noite em direção à zona central da Efes, onde ficava a sede da Nomam.

Pouco tempo depois, ele desembarcou a duas quadras de distância do prédio. Já era possível visualizar a fachada monumental em forma de uma mão humana segurando a letra "N", iluminada por luz de led.

Não havia ninguém na rua. Puxou o capuz do uniforme e se escondeu por entre as sombras dos outros edifícios, uma posição estratégica para avistar quem entrava e saía do local. Carregava apenas uma pistola leve e poucos equipamentos nos bolsos. Estava preparado para esperar o tempo que fosse, mas, céus, iria encontrar Samara.

Se ela não estava trabalhando na empresa à qual foi designada, era porque recebera uma proposta melhor. Tai poderia jurar que teria sido da Nomam. Sem contar que Samara era a única pessoa que os conhecia bem o bastante, além de ser perita em conseguir informações.

Ainda era madrugada quando avistou uma pequena movimentação no prédio. Não demorou muito para reconhecer a mecha do cabelo vermelho de Samara balançando de um lado para o outro.

Ele arfou. Embora tivesse certeza de suas suspeitas, não deixou de ficar decepcionado.

Em vez de entrar, Samara estava saindo do prédio. Num abrir e fechar de olhos, ela embarcou em um aerotáxi particular acompanhada de dois homens armados.

Com agilidade, Tai se escondeu atrás de uma coluna de pedra, puxou de um dos bolsos um sensor aerodinâmico e jogou quando a condução passou por ele.

— Te peguei.

O objeto grudou na parte de trás do veículo e emitiu uma pequena luz, permitindo que Tai o rastreasse através de um console holográfico.

Sem perder tempo, ele embarcou no próximo aerotáxi e seguiu o sinal. O veículo de Samara foi em direção ao litoral sul e parou no mesmo porto onde a Stella havia desatracado. Para não ser visto, Tai desembarcou alguns metros antes. Com destreza, ele foi cortando caminho por entre os prédios que circulavam a costa, com os olhos atentos e uma mão na arma.

Quando chegou em um dos portões do cais, chacoalhou as maçanetas trancadas. A escuridão dificultava a visão. Em vez de pular, decidiu escalar uma torre alta que ficava de frente para a grande extensão do mar de modo que pudesse avistar toda a área.

Lá em cima, fazia silêncio, com exceção do barulho das ondas que batiam contra o quebra-mar.

Tai esperou.

Minutos depois, um grande farol acendeu da torre em que ele estava seguido de outros semelhantes espalhados ao longo da praia.

— O que é isso? — Apertou os olhos ao observar o mar.

O grande navio cargueiro do Risa estava atracado na costa, o mesmo que eles haviam tentado saquear, sendo pegos em uma armadilha.

Sentiu o ar abandonar os pulmões.

— Malditos! — Fechou os punhos e observou em silêncio, mal ouvia o som da própria respiração. Máquinas gigantes içavam os containers e os homens da Nomam descarregavam a *carga*.

Como esses desgraçados chegaram aqui?

Precisava avisar Zion e Kelaya, mas como faria isso sem acessar o sistema?

Ainda não tinha visto Samara, mas não deixava de pensar em como ela poderia estar envolvida com os negócios do Risa depois do que havia presenciado no navio. Será que sempre fora agente duplo?

Tai desceu da torre e aterrissou os dois pés com força no chão, de forma que partículas de poeira dançaram no ar. Direcionou a luz da arma para o caminho pelo qual tinha vindo e seguiu cortando a praia por entre os equipamentos espalhados pelo cais.

Próximo ao navio, sentiu uma mão no ombro. Virou-se rápido com a arma apontada e deu de cara com Samara. Um ódio amargo percorreu todo seu corpo. Não deveria se sentir assim, havia aprendido algumas coisas nas últimas semanas, mas era inevitável. Ele detestava traidores.

— O que está fazendo aqui? — ela perguntou.

— Faço a mesma pergunta — ele replicou, pressionando os dedos no cano da pistola. A palma da mão suava.

O olhar de Samara estava profundo, com manchas escuras se destacando sob os olhos.

— Largue a arma — Samara ordenou. — Vai ser melhor para você.

Tai fungou, mas não moveu um dedo. Cinco guardas uniformizados da Nomam se aproximaram e o rodearam com armas.

Samara lhe lançou mais um olhar. Tai a avaliou com amargura antes de entregar a pistola. O rosto dela estava duro feito concreto.

— Não esperava algo assim de você, Sam — ele disse, enquanto estava sendo algemado. Mas não recebeu nenhuma resposta.

CAPÍTULO 43

— **EU SABIA QUE ELE** não tinha ido embora. — Kelaya prendeu a última fivela da bota. — Mas não esperava que fizesse algo tão estúpido.

Raul fora informado que a encomenda da Nomam havia chegado do Continente Baixo — o navio cargueiro que eles tentaram saquear — e que um espião com treinamento militar havia sido pego enquanto investigava a carga. Só podia ser Tai.

— Você não vai se preparar? — ela perguntou.

Zion estava sentado, uma mão esfregava o queixo. Próximo a ele, em cima da mesa, uma refeição esfriava sem que nenhum dos dois a tivesse tocado. Ele levantou os olhos bem devagar.

— Para quê? Raul foi convocado para uma reunião com o conselho da Nomam. Ele vai trazer informações úteis.

Kelaya se levantou e arfou. Sentia uma mistura de raiva e preocupação. Por que Tai teve que ir lá sozinho? Por que não disse nada?

— Ele pode estar sendo torturado.

— Tomara — Zion disparou.

Os olhos dela faiscaram e ele encolheu os ombros.

— Pelo menos um pouco, para deixar de ser burro.

Kelaya se moveu inquieta de um lado para o outro. Zion estava sendo sarcástico, uma das coisas que fazia quando a situação ficava tensa.

Parte da tensão se devia ao fato de que ela o convencera a poupar os homens do Risa e agora o plano absurdo de transformar pessoas em zumbis em prol de um suposto avanço fenomenal estava sendo colocado em prática.

Mas o que Kelaya deveria ter feito? De qualquer forma, se eles estavam ali, foi porque receberam reforços do Continente Baixo. O Risa traria aquela carga de qualquer maneira. Não havia como ser evitado... Havia?

Ela terminou de vestir o uniforme. Separou a espada e a engatou ao lado do corpo. Não sabia mais o que poderia fazer para passar o tempo e evitar ser consumida pela dúvida e pela culpa.

— Não é você que anda dizendo para a gente confiar no acaso? — Zion murmurou baixinho.

Kelaya deixou escapar um muxoxo. Não era no acaso, era no Logos.

Zion a observava enquanto permanecia sentado com os braços cruzados. Ela respirou fundo e se trancou no banheiro, pelo menos ali poderia derramar seus sentimentos e suas frustrações sem ser julgada.

Havia se passado pelo menos uma hora quando foram chamados à sala de Raul. Encontraram o homem com semblante sério, quase abatido sentado à mesa.

— As notícias não são boas — ele começou dizendo. — Temo que o plano da Nomam em breve será colocado em prática.

— Isso nós já sabemos — Keleya respondeu, a voz saiu mais rude do que gostaria. Ela pigarreou. — Quero dizer, além disso, você tem alguma outra novidade?

Raul assentiu.

— Soube por informações internas que seu irmão foi pego e está detido na sede da Nomam. Ao que tudo indica, ele está vivo.

Ela sentiu os ombros caírem. A raiva se transformou em alívio, embora a preocupação continuasse lá.

— Quanto tempo temos antes de eles começarem? — Zion perguntou.

Raul girou a cadeira.

— Não sei dizer. Transmitir a mente humana para um sistema on-line parecia uma ideia impossível. Não sabíamos como fariam isso. Mas agora... — o lábio inferior tremeu quando se voltou para eles — agora vejo que é possível.

Zion inclinou o corpo para frente e olhou fixamente para o líder.

— Como?

Raul passou a mão no bigode. O olhar meio perdido transmitia preocupação.

— Preciso mostrar algo para vocês.

Ele os levou até o painel de informações que ficava ao lado da porta. O anfitrião deu um comando e o esqueleto do prédio da Nomam preencheu a tela. Outro comando e agora visualizavam o projeto de um salão largo, localizado bem no meio do prédio. No centro, havia uma espécie de máquina, um monumento que lembrava um portal. A base era feita de colunas pretas em forma de garras dispostas uma ao lado da outra pela extensão inteira do salão, das quais eram emitidas luzes de energia em forma de arcos.

— O que é isso? — Kelaya perguntou.

— Uma máquina que será usada para transformar as mentes adormecidas em dados e depois transferi-los para o sistema. — Ele alisou as têmporas por alguns instantes. — Uma potência tecnológica nunca antes vista.

— Não tem como você acessar essa sala pela realidade aumentada do próprio Aeternus? — Zion se inclinou.

Os três analisavam o desenho da máquina por diferentes ângulos, mal piscavam.

— Essa sala não faz parte da realidade aumentada do prédio.

Um vinco surgiu bem no meio das sobrancelhas de Zion.

— Curioso — comentou.

— Como exatamente essa máquina funciona? — Kelaya perguntou.

— É difícil de explicar, mas, basicamente, o Risa conseguiu mapear o cérebro das cobaias utilizando substâncias alucinógenas. A partir disso, a Nomam criou uma interface neural tão avançada que é capaz de extrair e converter os padrões de atividade cerebral em dados processáveis. É como transformar a mente em energia, e essa energia em dados, mas isso leva ao descolamento do corpo. — Raul pausou. — Se o procedimento der certo, a pessoa viverá apenas no Aeternus.

A mente de Kelaya girou. Aquilo parecia ultrapassar os limites da ciência e do humano.

— Já foi testado? — ela perguntou, quando enfim encontrou a voz.

— É o que eles pretendem fazer nos próximos dias.

— Você sabe de que material essa máquina é feita ou a que tipo de armamento ela é resistente? — Zion perguntou. Antes que Raul pudesse responder qualquer coisa, acrescentou: — Consegue pensar em alguma possibilidade de destruí-la?

— Não exatamente, mas posso tentar descobrir.

— Não podemos destruir a máquina, pelo menos não por enquanto — Kelaya disse.

Os dois a olharam confusos.

— Se essa máquina tem capacidade de transformar mentes em dados e transferi-los para o sistema, ela poderia muito bem transferir uma quantidade grande de informações que já estão no formato de dados, como o Logos, certo?

Zion e Raul se entreolharam, os cenhos ainda franzidos.

— O que pretende? — o mais velho perguntou.

— Talvez essa seja a nossa chance e...

— Pretende levar o dispositivo para a Nomam e dar de presente para o inimigo? — Zion já tinha decifrado o plano.

Ela mordeu o lábio. Parecia loucura, mas poderia funcionar.

— Nós não vamos conseguir impedi-los de qualquer maneira. — Balançou a cabeça e fitou os próprios pés. — Mas podemos fazer as informações do Logos se tornarem públicas.

Ela olhou para Raul, que ponderava.

— Não podemos salvar o planeta — Kelaya continuou —, nem todas as pessoas desta ilha, mas isso podemos fazer. — Voltou a olhar para Zion.

Os três ficaram em silêncio.

— Acredito que ela está certa — Raul disse. — Vamos deixar que o Logos alcance aqueles que abrirem o coração para ele.

Zion parecia confuso.

— Desculpem-me, mas até pouco tempo atrás estávamos discutindo sobre como impedir que uma corporação maluca transformasse tudo em dados e criasse um universo on-line paralelo. Impedi-los não é mais importante?

— Sim, mas... — Kelaya pestanejou — não vamos conseguir mudar as coisas do modo convencional.

Zion balançou a cabeça. Kelaya e Raul o observavam em silêncio.

— Céus, você deve mesmo me ter na palma da sua mão para eu concordar com uma loucura dessas — ele, enfim, respondeu.

Zion esfregou o rosto e deixou escapar um suspiro cansado.

— Qual é exatamente o seu plano?

Kelaya limpou a garganta e levantou o queixo para passar confiança, mesmo que não sentisse quase nenhuma.

— Como não temos pessoal qualificado e os residentes ainda não estão prontos, precisamos fazer o mais simples. Portanto, um de nós terá que entrar no prédio e liberar o acesso para o outro. Depois, resgatar Tai e, com ajuda dele, atrair a atenção da segurança. Enquanto isso, o segundo aciona o dispositivo na máquina e transfere as informações. — Ambos pareciam esperar que ela concluísse, mas Kelaya não tinha muito mais a dizer.

— Simples assim? — Zion questionou sarcasticamente.

Ela abriu os braços ao mesmo tempo que encolhia os ombros.

— O simples bem executado, geralmente, é a melhor opção.

— E como vamos fazer para entrar em um prédio com o acesso por segurança biométrica e detector de intrusos por movimentos sem ninguém perceber? E você sabe como operar aquela máquina para transferir os dados?

Kelaya franziu os lábios e pensou.

— Talvez aquele garoto gênio da Stella possa ajudar, como é mesmo o nome dele? Elazar? Lembro-me que ele tinha bons truques para invadir a segurança dos lugares.

Zion suspirou.

— Não sei mais se posso confiar nele ou em qualquer um da tripulação.

— Precisamos arriscar. Você deveria pelo menos tentar contatá-lo, assim como aos outros tripulantes. Quanto à máquina, teremos que ser intuitivos. — Ela olhou para Raul. — Podemos contar com a sua ajuda?

O homem que os observava assentiu com a cabeça. O canto de seus lábios se curvava levemente para baixo.

— Ficarei feliz em contribuir com o que for necessário, desde que a localização da comunidade seja poupada. Mas tenho certeza de que vocês dois juntos farão um ótimo trabalho.

— Não tenha tanta certeza — Zion disse.

— Eu tenho — o mais velho respondeu. E o rosto suavizou. — O Logos é especialista em coisas impossíveis.

CAPÍTULO 44

ZION OBSERVAVA AS GOTAS de suor que escorriam pela testa de Elazar enquanto os lábios do rapaz permaneciam tensos e contraídos. Seus dedos ágeis manipulavam o dispositivo, dando forma à chave de acesso para o prédio da Nomam. Raul ajudou Zion e Kelaya a encontrarem o paradeiro de Elazar. Não foi difícil, considerando que, através do Aeternus, o líder descobriu aquilo que Tai havia deduzido sozinho: Elazar fora trabalhar para a Nomam, a empresa na qual Raul investia. Dali até contactar o antigo tripulante não foi difícil, ainda que convencê-lo de ajudá-los tenha custado mais tempo do que imaginavam. Afinal, Nomam era uma organização perigosa, e Elazar parecia saber disso mais do que ninguém.

Pela manhã, Raul havia ido até a sede fingindo ser mais um acionista interessado na nova tecnologia. Obviamente não conseguira acessar a sala onde estava instalada a máquina que transformava a consciência em dados, mas a visita fora suficiente para coletar a biometria facial da recepcionista através de um scanner acoplado nos óculos.

Elazar havia feito algo parecido no resgate da equipe da Stella quando foram aprisionados no navio do Risa, mas o desafio era muito maior, considerando que agora precisava reproduzir os padrões faciais e ele não teve acesso direto ao rosto a ser duplicado.

Zion mantinha os olhos sobre seu antigo Gerente de Navegação. Lembrava quando o rapaz havia se juntado à equipe da Stella: não era um oficial com grandes habilidades físicas, mas provou o seu valor através de sua genialidade e ética. Mesmo assim, Raul disponibilizou uma propriedade vazia no centro da ilha a fim de preservar a segurança da comunidade. Assim, poderiam desenvolver o plano sem grandes riscos.

— Como está sendo o novo trabalho? — Zion perguntou assim que o rapaz se juntara a eles, ainda na madrugada.

— Ah, temos acesso a todo tipo de inovações tecnológicas, mas...

— Mas?

Ele deu de ombros.

— Não é como na Stella, senhor. — Os olhos do antigo oficial brilharam.

Zion concordou e o deixou trabalhar. Enquanto observava o rapaz, percebeu que, mais importante do que trabalho e dinheiro, era encontrar um propósito. Refletiu sobre como falhara em proporcionar um não apenas à sua equipe, mas também a si mesmo desde que haviam chegado a Efes.

— Pronto! — Elazar levantou uma espécie de máscara transparente e gelatinosa. — Vamos testar.

Kelaya, que até então estava ocupada separando os equipamentos para a missão, aproximou-se deles e acomodou-se em uma cadeira. Elazar aplicou cuidadosamente uma camada fina sobre o rosto dela, ajustando com precisão as bordas com as pontas dos dedos. Aos poucos, o material se fundiu à pele, tornando quase imperceptíveis as alterações feitas na estrutura facial. Então, simulou a autorização de acesso em um sistema programado por ele mesmo. A princípio, não havia nenhum problema. Os algoritmos de reconhecimento entendiam que Kelaya era a recepcionista da Nomam. Só restava saber se de fato ela conseguiria entrar.

Algumas horas depois, já prestes a anoitecer, Zion e Kelaya estavam no pináculo de um dos edifícios públicos da cidade. Elazar havia ficado para dar o suporte via escuta.

Zion ajustou os óculos noturnos em modo visão periférica e verificou mais uma vez os arredores do prédio. O fluxo de pessoas havia diminuído com o cair da noite. Em seguida, afunilou o foco para visão de longa distância e mirou unicamente o prédio da Nomam.

— Está quase na hora — disse.

— Como estou? — Kelaya ajeitou a peruca loira. Ela usava um jaleco branco por cima do uniforme tático, escondendo a bolsa que carregava o aparelho de leitor do Logos.

— Isso não faz a menor diferença. Eles têm tantos funcionários que não é possível saber se você é uma intrusa ou não. O importante é o sistema te reconhecer.

— Mesmo assim, não quero levantar suspeitas.

Ele a olhou de cima abaixo. Não podia negar que o cabelo loiro-fatal a deixava bastante atraente, mas não era o momento para isso.

— Você está bem — respondeu.

Kelaya deixou escapar um sorriso.

— Tudo pronto. Máscara ajustada e captador de sinal. — Ela levantou um pequeno objeto e depois guardou no bolso. — Mais alguma orientação?

Zion fez que não com a cabeça.

— Acho... acho que eu já vou então. Nós nos encontramos lá dentro.

— Espere! — Zion a segurou pela cintura e a puxou para mais perto. — Lembre-se que estou aqui por você. — Ele a segurou pelo queixo e beijou os lábios dela com firmeza. — Tome cuidado.

Os olhos de Kelaya se iluminaram. Zion enterrou o rosto na linha da mandíbula dela e inspirou fundo. Ela rodeou os braços em volta do pescoço dele e devolveu o gesto, como se também estivesse memorizando seu cheiro. Depois de um tempo, se afastou e o fitou nos olhos.

— Desculpe — ela disse.

As sobrancelhas dele se juntaram.

— Como assim?

— Eu insisti em você poupar a tripulação do Risa.

Zion não esperava por aquilo. Escorregou as mãos para os ombros dela e depois para os braços, esfregando-os de leve.

— Eu nunca te culpei.

Ela olhou para o chão, e ele a ergueu o rosto dela novamente, agora tomado por um brilho diferente.

— Vai dar tudo certo. Confie no Logos — ela disse.

Zion abriu um sorriso fraco e assentiu.

Ele iria pelo menos tentar.

CAPÍTULO 45

KELAYA ESTAVA PARADA diante da entrada de funcionários da Nomam. Visto de perto, o edifício apresentava uma fachada de vidros espelhados combinada com detalhes metálicos curvilíneos que pareciam fundir com o céu tranquilo do anoitecer. Esse cenário sereno, entretanto, contrastava com o que ela sentia internamente: seu coração estava acelerado, com cada batida ressoando em um ritmo insistente. Quatro guardas patrulhavam a fachada enquanto os funcionários passavam pelos leitores biométricos, construídos em aço e acrílico transparente. Uma sequência de catracas conduzia a uma porta lateral.

Quando chegou a vez de Kelaya, ela inspirou fundo e posicionou os pés em cima do ponto indicado no chão. Ela inclinou levemente o pescoço, alinhando o rosto com precisão ao centro do aparelho. Então, uma linha vermelha transpassou o rosto dela.

— *Cadastro não identificado* — bradou uma voz vinda da abertura lateral.

Seria o posicionamento que não estava correto? Inclinou mais o rosto e tentou de novo.

— *Cadastro não identificado.*

Ela apertou as mãos junto ao corpo. De esguelha, viu dois dos guardas vindo em sua direção. Antes que fosse tomada pelo nervosismo, fechou os olhos por um breve momento e fez uma oração silenciosa.

Uma última vez. Engoliu em seco.

O tempo pareceu se arrastar.

A linha vermelha desceu sobre o rosto no mesmo tempo que uma gota de suor escorria pela testa. Dessa vez, porém, a linha parou e se transformou em uma barra holográfica azul.

— *Acesso liberado!*

O vidro da porta deslizou.

Kelaya soltou o ar, alívio misturado à adrenalina.

O interior apresentava portas e janelas com acabamento arredondado, e as paredes e o piso refletiam como superfícies de lâmina polida. Nos seis andares de corredores com guarda-corpo transparente, funcionários de jalecos brancos circulavam de forma metódica, evitando trocar olhares entre si. Alguns passos longe deles, Kelaya levou a mão a orelha e acionou a escuta.

— Elazar, na escuta? Já estou aqui. Faça sua mágica.

Um pigarro do outro lado.

— Hã. Você precisa encontrar alguma entrada de sinal. Geralmente são três pontinhos azuis na parede que ficam espalhados em todo prédio.

— Certo.

O garoto gênio havia garantido que conseguiria invadir o servidor principal, mesmo que não pudesse usar seu cadastro de funcionário. Bastava conectá-lo ao sinal.

Uma rápida olhada em volta e Kelaya encontrou o que procurava. Com discrição, se aproximou e ligou o captador de sinal. Um breve momento de espera.

— Sinal captado — Elazar confirmou.

Ela foi até o banheiro esperar pelo momento de agir. Um minuto. Dois.

Todas as luzes do prédio se apagaram.

Kelaya sorriu, mas algo dentro dela dizia que estava fácil demais.

CAPÍTULO 46

ILUMINADO APENAS PELO BRILHO opaco das estrelas, Zion aproveitou cada segundo antes que a energia voltasse e se esgueirou para perto do edifício; usava botas com propulsores silenciosos para evitar chamar atenção. O fundo do edifício ficava além da grade de proteção, cujos sensores a laser estavam agora desativados.

Ele correu. Com um salto, agarrou firmemente as duas barras de metal e pulou sobre a estrutura. Já no outro lado, bateu uma mão contra a outra. Com apenas um toque no pulso, uma miniatura do mapa do prédio se materializou diante dele. Localizou a entrada pequena e vulnerável pela qual deveria se infiltrar.

— Elazar, na escuta? — disse.
— Sim, senhor.
— Sensores de movimentos internos desligados?
— Confirmado. Sensores desligados, senhor.

Um ruído às costas fez Zion se virar. Mesmo surpreso, foi rápido o bastante para desviar do cabo de metralhadora lançado contra seu rosto. Em um movimento rápido, acertou o guarda no estômago e lançou a arma para o alto. Ambos agarraram o cano ao mesmo tempo, engajando em uma disputa de força enquanto o instrumento permanecia inclinado na diagonal entre eles.

Zion apertou a mandíbula enquanto os músculos dos braços se contraíam com o esforço. O adversário começou a ceder, permitindo que o capitão aproveitasse a abertura para acertá-lo na virilha, o que fez o guarda se desequilibrar. A arma inclinou na direção oposta. Empurrou a mira para frente e, frio como gelo, apertou os dedos contra o gatilho. O disparo foi certeiro, e o guarda caiu no mesmo instante.

Zion deteve-se nos arredores enquanto os batimentos cardíacos voltavam ao normal; não havia mais ninguém por perto. Puxou o corpo sem vida pelas pernas e o depositou atrás da câmera de dejetos, de modo que não alertasse o restante da segurança.

Depressa, voltou-se para o ponto em que estava antes de ser interrompido e se enfiou na pequena abertura indicada no mapa. Em pouco tempo a energia iria ser estabelecida.

O caminho dava para um túnel apertado, com luzes de emergência piscando em volta. Zion se arrastou pelo pequeno espaço e, no mesmo instante em que encontrou a saída, as luzes brancas acenderam.

O capitão encontrava-se em uma espécie de sala auxiliar, compacta, mas inteiramente revestida por estantes de armazenamento. Através das frestas entalhadas na porta, observava o ambiente adjacente: uma fila de cabines transparentes ocupava o espaço, com corpos nus deitados dentro delas, conectados a uma intrincada rede de fios. Três funcionários caminhavam entre as cabines, conferindo dados exibidos em telas nas paredes e registrando informações em pranchetas holográficas enquanto inspecionavam os ocupantes.

Um arrepio percorreu a espinha de Zion quando se lembrou dos corpos empilhados no navio.

— Elazar, estou dentro — sussurrou no comunicador.

— Até que enfim! — disse Kelaya, do outro lado da escuta.

— Tive um contratempo — Zion murmurou.

— Certo, senhor — Elazar os interrompeu. — Estou passando a localização das salas de segurança. Acredito que o tenente esteja lá.

Zion analisou o ponto vermelho no mapa: não era longe.

— Você estava certo. Ninguém dá a mínima para mim aqui — Kelaya comentou. — Se encontrar um disfarce, acredito que consiga andar livremente pelo prédio.

Zion virou o corpo em direção às prateleiras.

— Entendido. — Alcançou um jaleco dobrado e o vestiu.

Seria muito estranho se ele simplesmente surgisse da sala auxiliar como se nada tivesse acontecido, então, esperou por um tempo com a mão na pistola, já se preparando caso algum dos cientistas o surpreendesse. Porém, minutos depois, eles haviam desaparecido.

Zion abriu a porta, que rangeu levemente, e esgueirou-se para fora, examinando atentamente todos os cantos da sala. O espaço estava realmente vazio, com exceção das cabines. Aproximou-se de uma delas e observou um homem imerso em um líquido espesso. Fios se conectavam ao seu corpo, e ele respirava com auxílio de um tubo. *Então eles estão vivos.*

Seguiu pelos corredores com a convicção de quem fazia parte do quadro de funcionários. Antes disso, tinha estudado cuidadosamente o mapa interno, memorizando o caminho até a área onde Tai deveria estar.

Um funcionário passou por ele, mas sequer virou o rosto em sua direção. O mesmo com outro, depois mais outro. Era tudo muito estranho, mas pelo menos evitava incidentes.

Zona leste, zona leste...

Virou três corredores e atravessou mais quatro bifurcações até encontrar a área. Ninguém o seguia. Entrou na primeira porta. A sala estava completamente vazia. Repetiu em outras quatros até chegar na última.

A porta deslizou silenciosamente para o lado assim que sua mão se aproximou. Ele deu um passo à frente, enquanto sua sombra se projetava no chão, iluminada pela luz que vinha do corredor. Não havia gemidos, suspiros ou nenhum outro sinal de que uma viva alma estava lá dentro. Apesar de estar mal iluminada, também não parecia ser uma cela de prisão, assim como as outras.

Zion sabia que precisava dar o fora dali imediatamente, mas um objeto em cima da mesa chamou sua atenção. Caminhou a passos lentos e, então, tocou com uma das mãos o metal frio da pequena medalha contorcido e gasta, marcada com os números de série de um antigo soldado e aquele maldito nome: "Nomam". Pegou o cordão ligado à medalha e a levantou na altura do rosto para ter certeza de que não estava sonhando.

Não pode ser. Estão brincando com a minha cabeça.

O pânico voltou. Um formigamento subiu pelo corpo até a garganta e passou a se sentir sufocado.

Jogou a corrente longe. O passado insistia em assombrá-lo, como grilhões dos quais era impossível se libertar.

Zion ouviu um ruído mecanizado e virou-se. Ficou em estado de choque. Começou a respirar fundo em compassos entrecortados, mas nem as pernas, nem as mãos, sequer o pescoço se mexia. O ruído ficou mais alto, invadiu as têmporas e toda sala.

Só podia ser um truque do sistema, a realidade aumentada de seus medos mais obscuros. Esfregou os olhos e lembrou que não estava conectado ao Aeternus. Aquilo era real.

Sentiu um nó na garganta. Estava realmente ali, grande e forte, contra a luz.

Com exceção da cabeça e do tronco, o corpo era formado de módulos de titânio intercambiáveis. Mas a expressão astuta dos olhos, agora sem óculos, e a curva sarcástica do sorriso eram as mesmas.

Zion ameaçou dar um passo à frente, porém, uma parede de raios laser se contrapôs entre eles. Estava preso, enjaulado em seu pior pesadelo.

— Como vai, meu amigo? — a metade homem, metade máquina falou.

Zion encontrou a voz apenas para sussurrar:

— Oliver?

PARTE 3

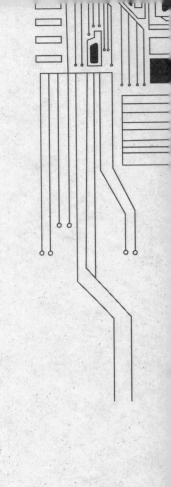

CAPÍTULO 47

ERA NO MÍNIMO ENGRAÇADO, Tai pensou, com os olhos cravados na porta. Sempre que as coisas estavam prestes a esquentar, ele se via preso em uma cela. Mas essa cela não era como a da Stella, onde podia jogar buraco com Johan para passar o tempo. Era vazia e fria. E o pior: não tinha janelas para acompanhar o passar do tempo.

Minutos antes, a energia havia acabado. Suspeitava que não havia sido uma simples falha técnica. Precisava estar pronto para agir caso houvesse uma brecha.

Enquanto analisava as opções, três homens entraram abrindo espaço para Samara, que ele não queria ver nem pintada de ouro.

Tai se levantou. Ela parou de frente para ele, enrijecida.

— Você ainda não comeu e precisamos de você vivo. — Ela estendeu uma caixa gravada com a palavra "suprimentos" na direção dele.

Desviou os olhos de Samara para a caixa e de novo para ela.

— Por quê? — Foi a única coisa que ele conseguiu dizer.

Ela mirou os próprios pés e depois voltou o rosto para ele, impaciente.

— Apenas pegue.
— Antes responda a minha pergunta.
Samara bufou.
— Para conseguir o que queremos.
— O dispositivo com as informações do Logos? Não sabia que a Nomam era tão devota.
Ela soltou um riso anasalado e jogou a caixa no banco, atrás dele.
— Coma logo!
Ele cruzou os braços e levantou o queixo. Não estava nem um pouco disposto a cooperar.
— O que tem nessa comida, alucinógenos? Vai me transformar em uma dessas cobaias?
A boca dela se transformou em uma linha dura. Virou o rosto de lado.
— Saiam — disse para os guardas que a acompanhavam.
Os três homens hesitaram.
— Não se preocupem, dou conta dele. — Ela mostrou a arma no coldre da cintura.
Enfim sozinhos, Samara voltou a olhar para Tai.
— Faça um favor a si mesmo e apenas coopere — ela disse.
— Como pôde trabalhar para eles?! — ele disparou mais alto.
— Em que mundo você vive, Tai? — Ela ergueu os braços. — Estamos por conta própria. Infelizmente, eu não tenho nenhuma *irmãzinha* para cuidar de mim. — Fez um beicinho sarcástico e endureceu o rosto de novo. — Aqui você precisa ter recursos para ser reconhecido e a Nomam era a melhor oportunidade para alguém como eu. Não ouse me julgar com sua falsa moralidade.
Ele deu um passo à frente.
— Mesmo sabendo o que eles fazem com as pessoas?

Samara lançou o rosto contra o dele, de forma que os narizes quase se encontraram. Os olhos dela faiscavam de raiva. Havia baixado a guarda — Tai poderia sacar a arma e rendê-la se quisesse.

— Elas não estão mortas — disse entredentes —, apenas dormindo. Escolheram estar ali e podem viver para sempre. — Ela se afastou um pouco, a carranca se desfez. — Depois que entendi do que se tratava, percebi que era algo bom. Imagina ter a chance de não ser mais limitado pelo mundo material, fazer o quiser e não sentir nenhum tipo de dor?

Tai colocou a mão no queixo.

— Um mundo controlado pelas vontades de cada pessoa, onde não há limites nem consequências para seus atos? Não sei, não parece o paraíso para mim.

Ela cruzou os braços.

— Haveria regras, de qualquer forma — disse.

— Impostas e fiscalizadas por quem?

— Pela Nomam.

Ele deu um passo atrás. Tentou, em vão, decifrar expressão no rosto da garota. Ela acreditava mesmo naquilo ou tentava convencer a si mesma?

— Essa companhia deve ser um exemplo de bondade e ética a ponto de as pessoas confiarem a eternidade a ela — Tai disse.

Ela revirou os olhos.

— Ninguém está procurando por isso aqui. Só querem fazer o que bem entender sem precisar pagar por isso depois.

A raiva de Tai havia se aplacado e se transformado em uma espécie de pesar. Se as palavras não eram suficientes para convencê-la de que estava tomando o caminho errado, podia pelo menos pedir desculpas pelo mal que havia causado a ela.

— Peço perdão, Sam. — Buscou os olhos da garota que fora a amiga confidente e leal durante todos aqueles anos. — No fundo eu sabia dos teus sentimentos por mim, mas eu os encorajei e te usei quando quis. Embora não quisesse admitir, estava errado. Antes não conseguia ver dessa forma, mas hoje consigo.

Uma sombra de dor atravessou o rosto de Samara. Um momento passou entre eles sem que nenhum dos dois dissesse alguma coisa.

— Mas escute quando eu digo que não vai dar certo — Tai disse —, não como vocês planejam. Existem limites que não podem ser quebrados e, se forem, não há nada que poderemos fazer.

Ela esboçou um sorriso de desdém.

— Sua irmã fez mesmo sua cabeça com aquelas historinhas.

Ele deu de ombros.

— Fazem mais sentido do que tudo isso aqui.

Samara se aproximou com uma mão no coldre e apontou para a comida.

— Coma, não tem nenhum alucinógeno — disse e virou-se para ir embora.

— Lembra quando estávamos na Stella, Sam? — Ela interrompeu os passos. Tai continuou: — Apesar de nos sentirmos culpados, procurávamos fazer a coisa certa de vez em quando. Ainda dá tempo.

Samara apenas foi embora.

CAPÍTULO 48

VÁRIAS VEZES ZION HAVIA LUTADO contra a imagem de Oliver sendo atingido pelos tiros. E, mesmo após todos aqueles anos, nunca conseguira apagar da mente a cena de sua morte. Encontrá-lo vivo em um corpo robótico e sofisticado era perturbador.

— Você não é real, não pode ser — disse enquanto o observava. Era como ver um fantasma: a mesma aparência, mas não a pessoa de verdade.

Um lampejo de divertimento passou pelos olhos de Oliver, que mais parecia um humanoide.

— Claro que sou, cara. — Ultrapassou a barreira de laser, como se fosse nada, e pegou da mão de Zion o cordão com a medalha distorcida. Os dedos de liga leve fizeram-na girar. — Quem mais guardaria essa coisa inútil?

Zion engoliu em seco. Não conseguia ver o próprio rosto, mas tinha certeza de que demonstrava todo o espanto que sentia.

— Por favor, sente-se — Oliver disse. — Você está pálido.

Zion olhou para o lado e um banco do mesmo material da mesa simplesmente surgiu do chão. Ele se sentou não por obediência, mas porque as pernas começavam a ficar bambas.

— O que foi? Não está feliz em ver seu amigo?

Zion não encontrou palavras para responder. Mas a Oliver elas não faltavam.

— Eu tenho acompanhado as suas façanhas, capitão. Mas confesso que esperava mais. Achou mesmo que seria tão fácil entrar aqui?

Zion baixou a cabeça e fechou os olhos por um momento.

— Elazar — sussurrou.

— Onde acha que ele arrumava todas as novidades de tecnologia para a sua nave?

— Então era você? Negocia com o Risa e a Fenda ao mesmo tempo?

Oliver deu de ombros com um sorriso astuto.

— Dê as cartas e você sempre terá o controle do jogo.

Zion nunca havia se preocupado com a procedência das novidades trazidas por Elazar: a tecnologia de invisibilidade, a reprodução de biometria... desde que fossem efetivas e fizessem a tropa da Stella se destacar, se dava por satisfeito. Então, por mais que sentisse certa decepção pelo garoto ter se vendido, sentia muito mais de si mesmo.

Continuou observando o antigo amigo de infância brincar com o cordão da placa de identificação. Talvez fosse intencional, mas aquele simples gesto fazia com que centenas de lembranças fervilhassem em sua mente.

— Como você sobreviveu? O que faz aqui? — perguntou.

— Tecnologia, a única coisa que pode nos salvar. — Oliver olhou rapidamente para ele, o sorriso astuto continuava lá. — Não entendo por que você tem insistido em impedir os meus avanços.

Zion ergueu uma das sobrancelhas, confuso.

— Vou ser direto. Me dê aquele dispositivo e eu te deixo em paz. Vai poder viver a vida que quiser com a ruivinha. Aliás — Oliver deu uma piscadela rápida —, boa escolha. Você finalmente conseguiu uma família, hein?!

Zion sentiu os músculos enrijecerem e todo o sentimento de nostalgia se desfez em um meio segundo.

— Estou sendo procurado em toda rede on-line graças a você, como vou viver em paz?

Oliver baixou a cabeça e o olhou diretamente nos olhos, as pupilas brilhavam divertidas.

— Eu comando a rede, você não percebeu? Basta dar um novo assunto para o público se entreter e eles simplesmente se esquecem do que estava em alta no dia anterior. É impressionante.

Fez-se silêncio na sala.

— Ainda não entendi como exatamente você sobreviveu e chegou até aqui — Zion olhou em volta.

Oliver soltou um muxoxo.

— Após aqueles cretinos atirarem em mim a sangue frio e te levarem, os soldados remanescentes da República me encontraram, eu estava praticamente morto. Fizeram-me de cobaia de novos métodos de ressuscitamento. — O rosto dele assumiu uma expressão de dor momentânea. — No começo foi horrível, eu suplicava que eles me deixassem morrer. Mas, no fim, deu certo. — Ele apontou para o próprio corpo e o sorriso voltou, mas desta vez de modo assustador. — Estou aqui!

— E como se tornou um investidor em Efes?

Ele suspirou com indiferença, como se estivesse fazendo um favor em explicar.

— Depois do que fizeram comigo, entendi que não havia limites. Comecei a ajudá-los com novos experimentos, me aprofundei em pesquisas e, como a Fenda havia tomado parte do continente, começamos a vender nossas invenções para fora. Dinheiro fez mais dinheiro; tecnologia, mais tecnologia... e aqui estamos.

Zion franziu as sobrancelhas, e sua voz ficou mais dura.

— Nós odiávamos a República.

— Odiávamos, mas o ódio só dura até recebermos favores do odiado. Depois disso, nos tornamos melhores amigos.

— E agora estão construindo um novo mundo juntos?

O sorriso dele se tornou enigmático.

— Sabe, os pioneiros tiveram boas intenções quando enviaram aqueles embriões para cá, mas nunca haverá justiça se ainda estivermos presos a um corpo. Mesmo com a seleção de genes, alguns ainda podem ter mais do que outros. Ou pior, serem obrigados a viver dentro de uma embalagem que não querem.

Zion não disse nada e ele continuou:

— Fomos amaldiçoados a um corpo que sofre, definha e morre. Não é justo. E eu posso mudar isso. — Oliver fixou os olhos em Zion. — Nada podia me parar até... até saber sobre esse dispositivo e suas histórias correndo por aí. O departamento de ciências nunca soube que alguém de dentro do Risa havia encontrado aquelas informações escondidas no banco de dados dos pioneiros, senão já teriam dado um jeito de eliminá-las. O pior é que alguns idiotas tiveram a ideia de reproduzir e vender. — Os dedos metálicos fizeram um aceno desdenhoso no ar. — Se você apenas tivesse destruído aquela carga, como meu espião havia planejado... Mas o desejo de tirar vantagem falou mais alto, não é? Eu deveria ter previsto. Por isso estamos juntos novamente. Se eu acreditasse no destino, diria que ele trabalhou direitinho.

Zion cruzou os braços.

— Por que quer destruir as informações do dispositivo?

O rosto dele se contorceu de forma sinistra.

— Como eu vou vender uma eternidade infalível se já tem uma sendo oferecida de graça? — disse depois de um tempo.

— Pelo que ouvi, alguém pagou um preço por ela.
— Ah, é? Quem?
Zion ponderou, confuso.
— Acho que o próprio criador.
— Que bondade da parte dele. — O corpo robótico se inclinou para frente e um dos cantos dos lábios de Oliver se estendeu. — Você já foi enfeitiçado pelas lendas?
— Não, mas... — Zion franziu a testa se dando conta do que estava dizendo — por algum motivo eu sei disso.

Pouco lhe havia chamado atenção nas histórias, mas lembrava de Kelaya falando sobre elas. Oliver endireitou a postura e cruzou os braços, impaciente.

— Então, onde está?

Se eles não estavam com o dispositivo, também não estavam com Kelaya.

— Não está comigo.
— Isso eu sei, mas onde está aquela garota?
— Fugiu — blefou. — Kelaya era a melhor agente de campo, ela sabe como se livrar de qualquer emboscada.

Dava para ver a irritação se formando no rosto de Oliver.

— Ouvi dizer, mas não acho que ela tenha fugido, você ainda está aqui.

Zion encolheu os ombros.

— Está perdendo seu tempo.
— Sim — as articulações da mão robótica se fecharam —, vocês já fizeram eu perder muito tempo.

Zion se levantou e foi até a grade de lasers, de onde sentiu um cheiro peculiar de componentes químicos.

— Você não é o Oliver. Tem o rosto dele, mas é outra pessoa.

O androide se aproximou do capitão. Os olhos pareciam dois abismos de loucura. — Tem razão. Eu sou algo muito melhor.

De repente, um funcionário entrou pela porta, caminhou até eles e sussurrou alguma coisa no ouvido do humanoide. O sorriso dele se alargou ainda mais.

— Pois bem, desvendamos o mistério. — Olhou para Zion. Não havia mais nele brilho, compaixão ou humor genuíno. — Se você tivesse colaborado, eu teria dado uma chance a ela.

Oliver começou a se afastar. As articulações robóticas faziam um ruído incômodo. Conforme se distanciava, ondas de adrenalina e medo voltaram a tomar o corpo de Zion.

A porta se fechou atrás dos guardas, deixando tudo vazio e escuro. Mas, pouco tempo depois, uma fresta de luz se abriu, revelando uma figura pequena que trouxe uma inesperada sensação de esperança.

CAPÍTULO 49

QUANDO A COMUNICAÇÃO com Elazar havia sido perdida e Zion deixou de dar sinal de vida, Kelaya soubera que o plano tinha fracassado. Ela suspeitara que os guardas da Nomam sabiam que ela estava dentro do banheiro e só precisavam de uma autorização para capturá-la.

Ela precisava dar o fora dali sem ser vista, e a única opção viável era se esconder no compartimento de lixo do robô de limpeza que, por sorte, estava passando justamente ao lado dela naquele momento. Um tempo depois, de pé em um laboratório rodeado de cabines de vidro, ela se livrava dos resquícios de lixo no cabelo e do fedor de fezes e chorume. Jogou o jaleco branco no primeiro compartimento que encontrou.

— Mas o que é isso? — Observou os arredores.

As cabines pareciam na verdade caixões transparentes. Algumas estavam vazias, outras continham corpos com um líquido sendo drenado de dentro delas... Era uma vitrine de atrocidades.

Ouviu alguém chegando e procurou um lugar para se esconder. A única opção era uma cabine vazia. Sem pensar duas vezes, ela pulou para dentro, fechou a tampa e colocou o respirador na boca.

— Cobaia número trinta e dois não resistiu a procedimento de transferência e precisa ser descartada — alguém disse, entrando na sala.

— Sim, senhora — outra voz respondeu, dessa vez masculina.

Um barulho estridente tomou a cabine.

— *Sistema de esterilização iniciado* — disse uma voz robótica.

Ela espiou pelo canto do olho: o vidro estava levemente embaçado e uma fumaça branca e espessa saía de pequenas aberturas na lateral. Sentiu vontade de tossir, mas o respirador não permitia. Tudo ficou turvo; exceto por uma silhueta esfumada vindo em sua direção, era impossível ver o lado de fora.

— Levem esses para a sala principal — uma voz humana falou de trás do vidro e então a cabine começou a se mover.

Por Logos, para onde estão me levando?

Ela ouviu portas se abrindo e fechando. Depois a voz do sistema anunciou que os escudos de segurança estavam sendo liberados enquanto os funcionários conversavam banalidades sobre o tempo e faziam piadas sobre a aparência de um dos corpos a ser descartado.

Kelaya sentiu vontade de vomitar. A raiva se instalou em sua mente aludindo a imagens de um passado sombrio. Elas iam e viam, enchendo-a de dúvidas. Poderia muito bem sair dali e simplesmente matá-los. Era o que mereciam.

De qualquer forma, não havia outro jeito: era matar ou morrer. Quando a tampa da cabine fosse aberta, ela teria que usar a espada, já de prontidão na mão junto ao corpo.

Uma única vida e talvez você não queira parar mais.

Sentiu o sangue gelar. O movimento da cabine parou. Segundos se passaram sem ouvir um som sequer. Se não estivesse com o respirador, estaria engolindo em seco repetidamente.

Um vulto se aproximou. Ela apertou a espada na mão novamente. O vidro foi cedendo aos poucos, a fumaça saindo até que a figura se tornou totalmente nítida. O homem não a viu de imediato, o que lhe deu tempo para pensar e decidir o que fazer. Em vez de abrir a espada, com o próprio cabo o acertou na nuca, fazendo-o desmaiar.

Ela se livrou do respirador e saltou para fora da cabine. A outra funcionária arregalou os olhos e saiu correndo em direção à porta.

— Espere!

Kelaya tentou alcançá-la. Queria poder dizer que não a machucaria se ela cooperasse. Queria ter tido uma segunda opção. Mas, quase em câmera lenta, a mão da mulher foi em direção a um ponto específico na parede. O que era? Um botão? Um sinal de alerta? Não podia arriscar, não tinha alternativas. Abriu a espada e a jogou contra ela. Ainda no ar, a lâmina fez um movimento de rotação e a cravou nas costas. A funcionária caiu no chão sem vida, mas, antes disso, as pontas dos dedos roçaram no sensor e a porta abriu. O cômodo ficou vermelho, repleto de luzes piscando em alerta.

Kelaya alcançou o corpo inerte. Com as mãos trêmulas, abaixou-se e guardou a espada. Do que adiantou matá-la? Sentia-se miserável; não desejava mais sangue.

Forçou-se a retomar o foco. Quanto tempo até os guardas chegarem?

Voltou o corpo para o centro do salão. A máquina de transferência de dados estava lá, exatamente como mostrava o projeto: a base, as colunas pretas em formas de garra e os arcos de energia. Só que era enorme e imponente. Quem olhava bem no centro dela podia ver uma atmosfera etérea, quase mística.

Na lateral havia uma pequena escada que dava acesso a um compartimento superior. Kelaya foi até lá e encontrou uma cápsula do mesmo tamanho que as cabines de vidro; em cima dela, a interface holográfica do painel de comando.

Deve ser onde os corpos são colocados, mas por onde saem os dados?

Ela pegou o dispositivo e o leitor da bolsa. Se houvesse algum cabo ou entrada de conexão, qualquer forma de transferir os dados para dentro daquela coisa...

O que fazer, o que fazer? Logos, me dê uma direção.

Analisou as opções da tela: mapeamento cerebral, nivelamento de energia, gráficos, porcentagens. Uma em especial chamou sua atenção, "Despertar cobaias". Por Logos, ainda dava tempo de salvar aquelas pessoas, mas quanto tempo levaria? E ainda poderia comprometer a missão.

Não teve tempo de pensar, simplesmente clicou. A frase "Injetando adrenalina" começou a piscar na tela, ao mesmo tempo que um marcador de progresso preenchia uma por uma as lacunas restantes.

Vamos! Vamos!

A fumaça das duas cabines que estavam na sala começou a se desvanecer.

— Liberar cabines? — o sistema perguntou.

— Sim.

As tampas abriram e duas mulheres se levantaram sonolentas.

— As pessoas que entraram nesta máquina morreram, saiam daqui — Kelaya gritou enquanto voltava para as opções do painel. As mulheres olhavam em redor, confusas, sem reação. — Vocês ainda estão aqui? Corram ou serão as próximas.

As duas saíram tropeçando, meio desconcertadas por estarem nuas. Cataram o primeiro tecido que encontraram e se foram pela porta por onde as cabines haviam entrado.

Kelaya teclou os comandos instintivamente, adivinhando os que pareciam mais lógicos para ligar a máquina. Depois de algumas tentativas falhas, luzes azuis acenderam e começaram a estalar de dentro dos arcos. Desenhos de cargas elétricas se formavam e desapareciam em seu centro.

— Estou curioso — alguém disse às costas dela. Os ombros pularam de susto —, o que pretende fazer com isso?

Do outro lado do salão, em uma sala superior, um homem metade robô a observava com um sorriso no rosto; estavam separados por paredes de vidros. Na parte de baixo, junto à porta, vários guardas levantaram armas de fogo. Ela agarrou a espada e ativou o modo eletrificado, protegendo o dispositivo.

— Quem é você? — Kelaya perguntou.

— Eu fiz a pergunta primeiro.

— Estou fazendo o que precisa ser feito. — Apontou a espada para o painel de comando. — Não se aproximem ou eu destruo a máquina.

— Meus homens a acertarão antes disso.

Ela abriu um sorriso astuto.

— Eles podem tentar.

O homem ergueu um dos cantos da boca e estalou os dedos robóticos, fazendo um dos guardas atirar. Com agilidade, Kelaya circulou a espada no ar, criando o campo magnético, e bloqueou o tiro. Depois, se lançou ameaçadora contra o painel.

O homem levantou a mão e o guarda recuou.

— Uma hora você vai cansar. Mas eu decidi dar uma chance para um antigo amigo. — Ele estalou a língua.

Kelaya estreitou os olhos. — Entregue o dispositivo e todos sairão daqui em segurança.

— Não acho que alguém esteja saindo daqui em segurança. — Ela olhou para as cabines agora vazias.

As sobrancelhas dele se juntaram. Ele tentou colocar as mãos para trás, mas as juntas não eram flexíveis o bastante.

— Essas pessoas são voluntárias de uma experiência que possibilitará um mundo novo de total liberdade. Acho que todo sacrifício vale a pena.

Kelaya levantou o queixo.

— O seu mundo parece oferecer mais depravação do que qualquer outra coisa. Não há liberdade quando se é escravo da vontade.

Agora o sorriso dele era pura malícia. Ele deu um passo para frente, ficando colado ao vidro.

— Quando se trata da minha vontade, há, sim. — O sorriso desapareceu. —Bem, a chance foi dada. Peguem-na.

Uma saraivada de tiros e Kelaya fez o mesmo movimento com a espada, mas o efeito não duraria muito. Ela correu para trás de uma das colunas da máquina e os tiros cessaram. Eles não podiam colocar em risco seu precioso engenho.

Um dos guardas avançou, e Kelaya reagiu rapidamente. Primeiro, ela acertou o cabo de sua arma, que girou no ar antes de atingir a barriga do inimigo, lançando-o para longe. Em seguida, ela se virou para o próximo guarda, chutando sua panturrilha e depois o joelho, derrubando-o com precisão. Mais deles vieram, obrigando-a a desferir uma sequência de chutes e golpes. Os rostos dos guardas rompiam nas sombras e depois desapareciam conforme ela os atacava. O sangue pulsava rápido enquanto os pés dançavam habilidosos. A espada dela se ergueu e desceu em todos os ângulos possíveis. Mais alguns movimentos, ela sentiu o gosto de sangue na boca e o latejar de uma costela. Tinha sido atingida. No entanto, também havia um fluxo vermelho na lâmina da sua espada e corpos caídos pelo chão.

Kelaya não fazia ideia de com quantos estava lutando, nem quantos já havia derrubado, só que precisava proteger o dispositivo até que a última gota de suor caísse, até que não tivesse mais nenhuma força no corpo. Não havia raiva em seus movimentos, apenas a ideia fixa de que não poderia falhar como acontecera no deserto contra Moloch.

Uma sirene tocou. Outra leva de homens vieram contra ela e a rodearam. Ela guardou a espada e ergueu os punhos. A respiração pesava.

Desviou do primeiro golpe e lançou o homem contra a coluna de ferro. No próximo, o chute foi na costela e no seguinte, bem no meio do rosto. Ela alternava entre ataque e esquiva, contando apenas com proteção das colunas para se defender. Os braços começaram a latejar e a respiração a ficar rarefeita.

— Você está sozinha — o homem robótico gritou lá de cima. — Não pode resistir por muito tempo.

Kelaya estava dolorida e exausta, mas não sozinha, disso tinha certeza. Puxou a espada que voltou a tinir, forte e rápida. Mas a voz dele continuou:

— Entregue logo esses dados, eles não valem sua vida. São apenas um eco moribundo de um mundo esquecido.

Ela parou por um instante, o coração palpitando. Apenas um eco do Logos era suficiente para resolver qualquer situação.

De repente, parte do amontoado de homens que a rodeava recuou. Deu um passo atrás e viu uma confusão na porta. Ouviu uma explosão e tiros. Outra parte dos guardas foi em direção à entrada. Ela aproveitou a distração para dar a volta na estrutura de ferro. Um guarda a seguiu, mas logo desabou atrás dela.

Balas penetravam nos uniformes azuis e ricocheteavam no ferro dos arcos. Seja lá quem estivesse atirando, não tinha medo de acertar a máquina. Lançou-se contra a confusão e pegou um dos guardas de surpresa. Um momento depois, outros guardas estavam sobre ela, mas precisavam também se defender dos tiros que agora estavam mais altos. O caos aumentou; chutes e socos vieram de todos os lados.

Então, mais uma explosão, desta vez vinda da máquina. A estrutura estalou. Os homens de uniformes azuis recuaram alguns passos, surpresos. Então, Kelaya o viu. Zion estava ali e vinha até ela.

Em um breve momento, reconheceram a presença um do outro. O lábio de Zion desenhou um sorriso trêmulo enquanto o coração de Kelaya saltitou ao se sentir segura de um jeito que só ele a fazia se sentir.

Os dois se voltaram para seus opositores, agora manchas negras de movimentos. O círculo foi diminuindo até que as costas deles se encontraram.

Em sincronia, eles se defenderam do ataque. Ele com suas armas e ela, com a espada, pronta para bloquear os tiros. Os guardas, entretanto, não atiravam.

O homem meio-robô não estava mais na sala de vidro.

Zion mirou um ponto à esquerda. Kelaya acompanhou o olhar dele e viu Samara em frente ao painel da máquina, as mãos agitadas de um lado para o outro. Percebeu que Zion focava em manter os guardas longe dela.

— Sistema preparado para a transferência de dados — o painel anunciou alto suficiente para todos ficarem em alerta.

Eles estavam bem na frente do primeiro arco da máquina. As luzes do centro se intensificaram e o equipamento iniciou um movimento em redemoinho, lançando rajadas de vento sobre eles. Um barulho grave e contínuo ecoou pelo salão.

— Kel! — Zion gritou, o barulho continuava intenso. — Ligue o leitor de dados.

— O quê? Por quê? — O cabelo dela dançava contra o rosto.

— As ondas, elas p....

Não conseguiu ouvir o restante. O brilho nos olhos dele era como a lua vista todas as noites do convés da Stella. Sem mais demora, ela fez o que ele pediu. Os guardas estavam mais distantes, levados pela força do vento. Em um instante, conectou o dispositivo, digitou a senha e as luzes do holograma do Logos tomaram o salão, ainda maiores e intensas.

O homem meio-robô retornara: havia alcançado a entrada, com uma postura rígida e o rosto contorcido de raiva. Dava ordens e fazia gestos, mas ninguém parecia compreendê-lo.

Kelaya se aproximou mais de Zion.

— O que pretende fazer? — gritou.

Ele a fitou nos olhos.

— Confia em mim, meu amor?

Ela assentiu, firme, e um sorriso despontou nos lábios dele.

Mas, então, Zion fez a última coisa que ela esperava que fizesse. Agarrou o leitor com o dispositivo da mão dela e o jogou para dentro do arco de energia. A força emitida pela máquina segurou o objeto no ar por alguns segundos até que se partiu em milhares de pedaços. Kelaya deu um grito e os dados começaram a se misturar com a energia.

Ainda chocada, voltou o rosto para a entrada. Os guardas levantaram as armas, prontos para atirar. Sentiu os braços de Zion a envolvendo e, depois, puxando para perto dele. Ele a ergueu com facilidade e saltou para dentro da máquina de transferência em pleno funcionamento enquanto os estilhaços de bala chicoteavam em volta. Os dois foram totalmente envolvidos pela energia e, por uma pequena fissura no tempo, a ordem se sobrepôs ao caos.

Kelaya ergueu os olhos e, ao seu redor, tons de azul e dourado se misturavam, criando uma atmosfera hipnotizante. Era como se os dois, sozinhos, estivessem atravessando galáxias de cores vibrantes. Do lado de fora, os tiros continuavam, mas a energia pulsante no centro dos arcos os mantinha protegidos. Mesmo atordoada, ela não conseguia desviar o olhar. Mantendo-se abraçada ao marido, Kelaya fitou seu rosto, tentando entender o que ele havia feito. Zion sorriu, mas havia algo de inquietante. De repente, uma sensação pegajosa entre os dedos a interrompeu. Ao estender a mão, viu que estava coberta de sangue.

Voltou a olhar para cima, o rosto totalmente branco.

Conforme entendia o que havia acontecido, o mundo voltava ao seu horror natural.

Antes de conseguir entrar na máquina, Zion fora atingido.

CAPÍTULO 50

KELAYA AJUDOU ZION a se deitar na superfície sólida, em meio ao fluxo de energia; tentava deixá-lo o mais confortável possível. O coração acelerou quando verificou a gravidade do ferimento.

— Fique calmo, vou dar um jeito de nos tirar daqui.

Pálido, ele esboçou um meio sorriso.

— Estou bem. Acho que posso andar.

Ela segurou o ombro dele, impedindo de se levantar. Depois, sufocou um soluço, ponderando as possibilidades. Na parte de fora, os guardas estavam prontos para matá-los; era uma questão de tempo até eles conseguirem desligar aquela coisa e capturá-los. E, de qualquer maneira, Zion não conseguira correr depressa.

O chão começou a tremer. A intensidade da energia ficava cada vez maior, mas eles não eram consumidos por ela.

— Naquele dia — Zion começou a dizer com dificuldade —, quando eu estava em crise, você recitava algumas palavras baixinho.

Ela ficou feliz por ele se lembrar.

— Sim — respondeu e apoiou a cabeça dele em sua perna.
— Pode recitar de novo?
Kelaya sentiu os olhos marejarem.
— Claro. — Acariciou o rosto dele. E repetiu todos os versos que vieram à mente. Quando as palavras lhe faltaram, ela concluiu: — Espero que você fique livre do que te atormenta, que você tenha paz.
— Eu tive. Por um momento, senti que estava onde eu sempre quis estar. — Uma lágrima caiu pela lateral do rosto dele, e Kelaya a secou. — Gostaria de manter essa esperança, já que todas as outras morreram.
Ela alisou os cabelos deles com as pontas dos dedos.
— Um dia, não nessa vida, voltaremos ao lugar que tanto ansiamos. Mas ele não fica em nenhuma parte física deste universo.
Ele enrugou a testa, refletindo.
— Como fazemos isso? Como ter certeza?
Kelaya respirou fundo, procurou reunir as palavras certas que pudessem alcançá-lo.
— Precisamos acreditar, de verdade.
— E como faço isso?
Ela relembrou as palavras de Adara e como ela lhe havia ensinado.
— Primeiro diga.
— Mas...
— Apenas diga.
Zion fechou os olhos, ensaiou várias vezes com os lábios, mas as palavras não saíam.
— Não consigo, não parece sincero — ele disse, voltando a olhar para ela.
Ela ergueu o rosto, aflita. Adara havia chorado pelo marido que morrera sem conhecer o Logos, agora ela

entendia a dor da amiga. Se Zion morresse, essa teria sido sua última chance.

Voltou os olhos para ele e sorriu com ternura.

— Eu estive pensando — ela começou, pausadamente —, você disse que talvez teria algum valor no Planeta Origem por ter os melhores genes vindos de lá, e não acho que seja assim. — Zion ouviu em silêncio e ela continuou: — Nós não temos valor devido a nossa genética, característica física, nem mesmo inteligência, e sim porque somos almas. — Ela fez uma pausa, a voz embargou. — Almas que foram amaldiçoadas por estarem longe do seu criador. É por isso que sempre estragamos tudo, não importa o quanto tentamos. Não somos capazes de quebrar essa maldição sozinhos, mas o Logos consegue. É nisto que você precisa crer, Zion.

Ele fechou os olhos mais uma vez, o rosto se transformou em dor.

— Você não tem nada a perder, meu amor. Se entregue.

Zion olhou para ela e tudo ao redor pareceu silenciar. Então limpou a garganta.

— Eu creio.

— Você reconhece que precisa?

— Sim, reconheço.

Kelaya não segurou mais as lágrimas, elas caíram copiosamente. Passou a mão pelas gotas que caíram sobre o rosto de Zion, tirando um pouco de sujeira de sangue também.

— Parece bem simples — ele disse.

Ela meneou a cabeça.

— Não é, porque agora você terá de viver baseado nisso. É muito difícil, na verdade. Tem sido difícil.

Zion esboçou um sorriso fraco, os lábios já estavam roxos.

— Eu tenho dado muito trabalho a você? — Ele levantou a mão e enxugou algumas das lágrimas dela. — Talvez eu não sobreviva.

Ela apertou os punhos, contra o corpo dele.

— Você vai, você precisa.

Ele inclinou um pouco a cabeça de lado, o lábio inferior se transformou em um sorriso travesso.

— Preciso?

Como ele ousava brincar em um momento como aquele?

— Sim. Não pode me deixar sozinha nessa missão, ela é minha e sua, entendeu?!

Ele assentiu com a cabeça, quase imperceptível.

Um estrondo maior veio do lado de fora. A pressão da máquina chacoalhou a estrutura do prédio. As vigas do teto pareciam se desprender lançando poeira para todos os lados. Tudo iria para os ares em pouco tempo. Era isso: o fim.

— Minha menina — Zion sussurrou, chamando novamente a atenção para ele —, tão curiosa e determinada.

— Melhor guardar suas energias. — A voz dela saiu trêmula. — Logo essa máquina vai parar e nós precisamos...

— Me escuta — ele a interrompeu, as pálpebras quase se fechando.

— O quê?

— Casa comigo de novo?

Assim como naquela praia, quando ele pediu sua mão, ela demorou a entender o que Zion dizia. Sorriu em meio às lágrimas.

— Sim, quantas vezes for preciso.

O sorriso dele ficou mais vivo.

— Vou me apegar a isso. Mal posso esperar pela lua de mel.

Os dois riram juntos. Ela sentiu o chão tremer, ainda mais forte. Como se tivesse se rasgando ao meio. Era estranho que no meio de um momento terrível, que parecia destruir todas as suas esperanças, encontrassem alguma alegria.

— Prometo que não será em uma cabine apertada de um navio velho como da última vez — ele acrescentou.

— Mas foi na cabine apartada do navio velho que eu ganhei algumas das melhores lembranças que tenho.

— Dessa vez será melh... — Zion ficou inconsciente.

— Zion! — Ela bateu de leve no rosto dele, depois o chacoalhou pelo ombro.

Ele não respondeu. Ela inclinou o corpo para observar melhor; a poça de sangue havia crescido de forma assustadora, muito além do tolerável. Já presenciara homens morrerem por bem menos. Encostou a cabeça em seu peito e percebeu que os batimentos cardíacos estavam quase inexistentes. Chorou. Das profundezas da alma, suplicava para que o marido fosse salvo da morte. Não porque achava que tinha algum direito de pedir, mas porque tinha convicção de que o Logos tinha o poder de realizar o impossível.

CAPÍTULO 51

UM ESTRONDO VEIO do centro do prédio. Tai abaixou-se em reflexo com as mãos na cabeça. Segundos depois, ouviu gritos e funcionários correram para fora. Ele e o capitão haviam sido libertados por Samara, e Tai ficara com a incumbência de contatar reforços.

O alarme começou a apitar alto e a voz do sistema ordenou evacuação imediata. Ao mesmo tempo, um cheiro forte de fumaça e outros gases impregnou o ar. Tai improvisou uma máscara com parte do capuz do casaco e, então, mergulhou na contramão da multidão de jalecos brancos.

Além dos funcionários e a guarda do prédio, havia também muitas pessoas seminuas, de pele translúcida e cabelos molhados. Atordoadas, elas cobriam partes do corpo com tecidos improvisados.

Tai era empurrado de um lado para o outro; a compressão o impedia de avançar. Olhou ao redor e procurou uma rota mais rápida. Havia uma amurada estética que rodeava toda a extensão do salão. Moveu-se em diagonal até lá, com as mãos e braços se livrando do aperto. Depois, apoiou-se sobre o muro e içou o próprio corpo até conseguir se equilibrar e andar de lado. Quando alcançou a distância necessária, pulou na primeira brecha de espaço e começou a empurrar e tropeçar em quem se colocava à sua frente.

Detectou a entrada da sala onde estava a máquina de transferência. Ficava a poucos metros, uma fumaça preta e espessa saía de lá.

— *Perigo. Ultrapassagem proibida* — a voz avisava no alto-falante interno.

O desespero se sobrepôs a ele, a adrenalina queimando a pele.

No meio do caminho, encontrou Samara. Ela o reconheceu, e o olhar dela era pura consternação. Ele a segurou e puxou para segui-lo. Se eles parassem, seriam levados pela confusão.

— Não podemos ir para lá, vai tudo explodir. — Ela fez força na direção contrária, mas ele não cedeu.

— Onde está Kelaya?

— Ela... O capitão — Os olhos da garota brilharam.

Tai parou de súbito.

— O quê? Onde eles estão?

— Dentro da máquina. — Ela engoliu em seco, a voz saiu vacilante. — Eu disse para o capitão que, se os dados fossem abertos lá dentro, as ondas poderiam capturá-los e mandar para a rede. Só que o núcleo não aguentou a quantidade de informações. Eu... eu não sabia que ele iria fazer aquilo.

Alguém os empurrou, jogando-o para cima de Samara. Tai girou o corpo e revidou com um soco.

Imagens embaçadas do passado começaram a queimar em sua mente. O vulto pálido e esguio da mãe erguendo os braços, seu nome se formando nos lábios dela enquanto se afastava. Agora, o que ele repetia nos próprios lábios era: Kelaya. Não a perderia também — ela era a única coisa que lhe restava.

O fluxo de pessoas já não era tão denso; havia intervalos entre os grupos que se moviam. Tai aproveitou um desses espaços e se lançou adiante com o braço estendido. Samara, porém, permaneceu imóvel, os pés firmemente plantados no chão. Tai soltou sua mão, apenas para lançar em sua direção, sobre o ombro, um último olhar. Logo depois, balançou a cabeça e contraiu os lábios, afastando a expressão de tristeza que vislumbrou no rosto da garota. *Dane-se tudo isso!*

Com o caminho livre e sem ninguém para carregar, ele começou a correr.

A porta do salão estava escancarada, no entanto, a máquina de transferência escondida atrás de uma bola luminosa fora protegida por um escudo de força. Correntes elétricas robustas e violentas corriam dentro do espaço. Seria um milagre se Zion e Kelaya ainda estivessem vivos.

Em desespero, Tai atirou contra a proteção, que não cedeu.

Então, ouviu algo se rasgando, como o som de uma árvore se partindo ao meio, só que muito mais forte. A fundação sob os pés tremeu, e Tai abriu os braços para se equilibrar. Foi aí que notou uma fissura no chão que abriu cada vez mais em sua direção. Correu e pulou através dela.

O coração retumbava feito uma bomba. O que poderia fazer para tirá-los de lá? Em um gesto irracional e até imbecil, começou a socar o escudo. Era inútil, ele sabia, só que não conseguia não fazer nada enquanto a irmã estava dentro de uma espécie de bomba plasmática.

De repente, a energia de dentro do escudo se comprimiu no centro dos arcos, como tivesse se recolhido, formando uma bola brilhosa e densa. Em seguida, ela explodiu e uma força invisível jogou o corpo de Tai contra a parede em um baque silencioso.

O campo de visão dele ficou embaçado, mas podia jurar que tudo estava girando. Cada pedacinho do corpo doía, em especial a cabeça, que latejava com um zunido.

Depois de um momento, conseguiu erguer o pescoço. O escudo havia desaparecido e a fissura no chão aumentara, separando a parte da sala do restante do prédio. As bases dos arcos da máquina estavam no chão.

Tai estreitou os olhos e mirou o centro do salão. A energia ainda se dissipava no ar, mas havia uma camada dourada e cintilante protegendo algo, como cascas de ovos que protegiam os filhotes das aves prestes a nascer.

A camada dourada foi desaparecendo e no meio dela surgiu a imagem de Kelaya segurando o capitão nos braços.

CAPÍTULO 52

CERCADO PELA ESCURIDÃO infinita, Zion estava sozinho no interior de uma embarcação. Não era moderna e equipada como a Stella Capitânia. O veículo menor e rudimentar continha apenas uma vela e um leme, como os antigos barcos do Planeta Origem.

Sem aviso, uma tempestade se armou sobre ele. Pingos grossos de água começaram a cair, enquanto o vento bradou e ondas revoltas empurraram o barco com fúria.

Zion se lançou para frente e cambaleou de um lado para o outro até chegar ao leme. Antes que pudesse alcançá-lo e tomar o controle, caiu e bateu contra o casco oco.

Com um esforço colossal, apoiou as duas mãos na superfície sólida e tentou se levantar, sentindo o peso das roupas encharcadas, que se agarravam ao seu corpo como se fossem feitas de chumbo. Resignado, agarrou o instrumento de direção, porém, por mais que tentasse não conseguia movê-lo.

O barco estava sem controle, enquanto as ondas ao redor cresciam, maiores e intensas.

Zion fixou os olhos no horizonte procurando por ajuda, mas tudo o que encontrou foi o vazio. Aos poucos, a sensação antiga de desolação foi se infiltrando em cada parte de seu corpo. Pernas e mãos começaram a tremer com o peso da solidão.

De repente, uma onda gigante inclinou o barco em vertical e o lançou com violência ao mar. Ele buscou por ar. Batendo mãos e pés, lutou contra a corrente das águas que o empurrava para baixo, até os membros do corpo ficarem dormentes.

Exausto, Zion usou suas energias apenas para manter o rosto na superfície. Ao longe dava para ver o barco sendo chacoalhado impetuosamente.

Ele se deu conta de que não chegaria ao lugar ao qual pertencia e ficaria perdido em um abismo negro e profundo. O orgulho que carregava consigo morreu. Todos os feitos não valeram de nada. A morte era a única coisa que havia conquistado e que bem merecia.

De súbito, o vazio o cercou e o frio subjugou sua alma.

Então, se lembrou do Logos e de que havia acreditado. Mas do que adiantava se estava sozinho?

— *Apenas diga. Apenas diga* — o vento sussurrou.

Zion chorou.

— Estou cansado. Preciso de ajuda.

Sem fôlego, se sentiu pequeno e indefeso. O que ele era para exigir ajuda do ser criador do universo? Logo ele, um projeto científico que deu errado. Uma combinação de elementos químicos que se tornara lixo.

As últimas palavras de Kelaya ecoaram em sua mente: era uma alma, ainda que perdida em um oceano de falhas.

A tempestade parou e o mar foi se acalmando. Uma voz que parecia estar ali todo o tempo, mas só agora era compreensível o bastante, começou a falar sobre as águas.

Tu és meu filho, eu hoje te gerei.

Zion olhou para cima. O barco havia se aproximado. Ele levantou a mão para alcançar a borda, mas foi puxado para dentro. Com o rosto no chão, cuspiu a água que trazia nos pulmões doloridos.

Levantou a cabeça.

Alguém estava no leme e havia tomado o controle do barco.

Zion abriu os olhos de uma vez. Tudo girava em órbita. Esperou até distinguir as luzes do teto e os equipamentos médicos com fios conectados ao peito nu.

Tentou falar, mas a boca estava seca e os lábios envoltos em crostas duras. Balbuciou alguns sons curtos e sentiu um puxão na mão esquerda. Olhou para baixo, Kelaya estava dormindo com a cabeça debruçada na cama enquanto segurava a mão dele.

Ele fez uma leve pressão nos dedos.

Ela respondeu com uma careta, esfregou o rosto no braço e depois olhou para cima. As pálpebras se arregalaram, os lábios tremeram e, por fim, se entreabriram em um suspiro pesado. O espanto deu lugar ao alívio, sucedido pela alegria e então o choro.

— Eu sabia... eu sabia... — Kelaya enterrou o rosto no pescoço dele e o abraçou com força, com o corpo estendido sobre a cama.

Zion a abraçou de volta e eles ficaram assim por alguns instantes, instantes esses que poderiam ser eternos. Quando ela o fitou de novo e sorriu, ele fez um gesto indicando que estava com sede. De pronto, os lábios foram umedecidos com algodão e, depois, pôde dar poucos goles em um copo de água.

— Como se sente? — ela perguntou.

Zion apreciou o rosto da esposa, iluminado por algo que agora conhecia. O peito transbordava paz e pertencimento. Finalmente conseguiu dizer:

— Eu entendi. Entendi tudo.

CAPÍTULO 53

— **ENTÃO OS DADOS DO LOGOS** estão completos no Aeternus? — A voz de Zion, rouca e impaciente, preencheu o quarto pela enésima vez.

Kelaya perdeu as contas de quantas vezes ele já havia repetido aquela mesma pergunta. Ela respondeu com um aceno, sem dizer nada, enquanto cuidadosamente levava uma colher cheia de comida até os lábios dele. Zion ainda estava se recuperando do ferimento, e o repouso era essencial.

Mas, ao que tudo indicava, descansar era a última coisa em sua mente.

— Quantas vezes você disse que foram replicados? — ele insistiu, mal dando tempo para mastigar antes de continuar.

Kelaya respirou fundo.

— Até a última vez que Raul viu, eram milhares de downloads e leituras.

Não havia como voltar atrás, nem se a Nomam quisesse.

— Uau! — Ele ajeitou o corpo na cama exprimindo alguns gemidos baixinhos. O olhar ficou perdido por instantes no espaço vazio entre ele e o teto. — Por um momento eu pensei que havia estragado tudo e que a máquina tinha destruído tanto o dispositivo quanto as informações.

— Na verdade, foi o Logos que a destruiu.

As ondas de energia captaram os dados e sobrecarregaram o núcleo da máquina até destruí-lo. No entanto, o fato de terem sobrevivido à explosão química permanecia um mistério que ninguém conseguia explicar.

— A Nomam deve reconstruir tudo de novo — Zion disse.

— O experimento foi desacreditado depois que as mortes foram expostas.

— Mas sinto que não vão desistir tão cedo.

Na confusão, o dono da Nomam havia escapado através de um veículo aéreo, deixando funcionários e cobaias para trás. Todas as que estavam nas cabines foram libertadas quando Kelaya acionara a função de despertar. Não houve feridos graves, apenas leves escoriações nos que se aproximaram do painel de instrumento e tentaram desligar a máquina.

Kelaya colocou o prato de lado.

— Vamos nos preocupar com uma luta de cada vez.

Zion fez que sim e os dois ficaram em silêncio.

— Sinto muito pelo seu amigo — ela disse, depois de um tempo. — Você sempre falou dele com tanto apreço.

Zion encolheu os ombros e continuou olhando para o teto.

— Ele morreu quando levou os tiros. Aquela coisa não é o garoto que conheci.

— Você também não é mais o mesmo.

— Não. — Ele suspirou. — Não sou.

Quando Tai os encontrara nos escombros da explosão, Zion perdera muito sangue e tinha os batimentos cardíacos extremamente baixos. Aproveitando a distração da confusão, o levaram pela parte de trás do prédio até o veículo de Raul, que viera ajudar depois de ser contatado por Tai. Desde então, foram seis dias de tensão e cuidados intensos da antiga enfermeira da Stella. Ela e outros tripulantes vieram ajudar.

Kelaya queria muito saber o que acontecera com Zion enquanto estava desacordado. Ela estava prestes a perguntar, mas foram interrompidos por uma turma de ex-tripulantes.

— Como se sente, capitão? — o antigo piloto surdo sinalizou com as mãos.

— Bem — Zion respondeu com a mão livre.

Conforme eles conversavam sobre a vida na ilha e o que estiveram fazendo, Kelaya sentiu o cansaço dos últimos dias. Esfregou os olhos para ver e tentou disfarçar a sequência de bocejos.

Tai colocou uma mão no ombro dela.

— Por que não descansa um pouco enquanto eu fico aqui com o capitão?

— Não precisa.

— Tai tem razão — Zion disse. — Eu estou bem, você deve descansar. Eu só preciso te contar uma coisa antes.

— Pode falar.

Ele olhou para os demais, os lábios formaram uma linha reta.

— Vocês podem nos dar um minuto?

Quando todos saíram, ela voltou o rosto para ele em expectativa.

— Diga.

As sobrancelhas grossas de Zion se uniram.

— Eu recebi uma missão.

Os lábios de Kelaya foram se abrindo aos poucos, como se já estivessem prevendo o que ele iria falar. Conhecia a sensação de ter um novo propósito.

— E qual é?

Ele bateu os cílios algumas vezes, o rosto duro e reflexivo. Então a encarou, os olhos negros mais profundos do que antes.

— Precisamos voltar ao Continente Baixo.

CAPÍTULO 54

AMBER HAVIA SACRIFICADO MUITO. Quando jovem, tornara-se responsável por suas duas irmãs pequenas, um fardo que não havia desejado. A Fenda representou uma chance de finalmente fazer algo por conta própria, mas essa escolha lhe custou a separação das irmãs e trouxe consigo um peso de culpa que nunca a abandonou. Ela, então, se dedicou para ser a cadete número um de sua turma. Construiu uma carreira exemplar, provando sua competência até chegar ao posto de marechal. Mas, agora, era como se todo o esforço e sacrifícios não fossem suficientes. Estava sendo esmagada pela sensação de incapacidade e fracasso.

Não poderia deixar que tudo que conquistara se esvanecesse em uma cela fedida. Por isso, tinha convicção no que ia fazer.

Ela se mantinha ereta com os olhos fixos na porta. Tentava, em vão, demonstrar uma dignidade inabalável, apesar da tornozeleira de choque, dos hematomas pelo corpo e da sala de trancas duplas abafada e com cheiro metálico no ar. Lá fora, o sol poente já tingia o céu de laranja e vermelho.

Um oficial de armadura entrou na sala. Amber levantou o nariz e cravou os olhos negros nele. Sem dizer nada, ele foi até ela e a puxou pelo uniforme amassado. Prendeu suas mãos com algemas e a empurrou pela porta.

— Eles aceitaram meu requerimento? — Amber disse ainda de cabeça erguida.

— Acareação — foi a resposta ríspida.

Ela virou o rosto confusa.

— Com quem?

O oficial não respondeu. Amber foi jogada em uma sala não muito diferente da anterior, exceto por uma parede espelhada e duas banquetas. Pouco tempo depois, Benjamin Dantas entrou pela mesma porta, com as mãos também algemadas e a tornozeleira.

O olho direito dele estava inchado e o queixo cortado.

— Sentem-se — uma voz no alto-falante ordenou.

Os dois se estudaram por alguns segundos, ignorando a ordem.

— Sentem-se!

A tornozeleira emitiu ondas de choque, fazendo o corpo de Amber tremer antes de ser tomado por espasmos de calafrio. Eles trocaram um último olhar, respirando fundo, e então se sentaram nas banquetas opostas.

— Qual era o plano? — a voz perguntou.

— Não havia plano algum, eu já disse — Benjamin disparou, olhando para frente.

— Você nega ter vazado informações privilegiadas para a Fenda? — a voz insistiu.

— Eu já disse que foram autorizadas pelos meus superiores.

Os olhos de Amber brilharam. Sua intenção era pedir um acordo, mas estava prestes a descobrir quem era o contato de Benjamin na Fenda, o traidor.

— Quais foram as informações? — perguntaram a ela.

— Eu não era o contato dele — respondeu, evasiva.

A tornozeleira foi ativada e as ondas de choque voltaram em uma intensidade ainda maior. Amber apertou a mandíbula com força, enquanto todo o corpo tremia.

— Ela está falando a verdade — Benjamin gritou e a descarga elétrica parou. Amber fechou os olhos e tomou ar. — Ishmael era o nome do meu contato.

Ela ergueu o rosto. Seus olhos estavam arregalados.

Ishmael?

— Era o homem de confiança dela, mas a marechal não sabia de nada — Benjamin concluiu.

A respiração de Amber começou a ficar pesada, como se os pulmões não tivessem espaço suficiente para o ar que circulava na sala. Se a informação fosse verdade, Benjamin não havia sido preso, mas sim infiltrado na corporação e por seu braço direto. O sangue dela ferveu e a mente começou a pensar depressa. Recapitulou todas as informações supostamente vindas do Risa que tiveram alguma importância no conflito.

"Os registros proibidos ligam o Logos a uma espécie de força sobrenatural."

A missão do Vale. Moloch recebera as informações antes dela. Na época, não sabia quem havia sido o informante. Por certo, o canalha do Ishmael fazia jogo duplo com o antigo secretário. Mas, pela Fenda, jamais admitiria que havia sido manipulada.

— Quais foram as informações vazadas? — a voz voltou a perguntar.

Amber estreitou os olhos, uma ideia lhe ocorreu.

— Além da natureza das informações, data e local onde as cópias eram processadas — ela respondeu.

Benjamin a encarou de cenho franzido, depois soltou um riso sarcástico.

— E vocês fizeram exatamente o que eu queria. Era do interesse do meu mandante que as cópias fossem destruídas.

Ele poderia estar blefando para se safar, mas, assim como na Fenda, era possível que no Risa também houvesse divisões de poder. De qualquer forma, o Risa queria eleger um culpado, e ela se beneficiaria disso.

— Além disso — ela olhou para a parede espelhada, um dos cantos dos lábios erguido —, graças ao repasse, eu pude orientar o capitão Zion Haskel que mantivesse uma cópia das informações enquanto resgatava a oficial que se escondia com a riseu desertora da qual as informações vieram.

Ela voltou a olhar para Benjamin, impassível apesar da mentira. Ele a encarava com uma mistura de ódio e inquietação.

— Por que quer prejudicar o único que pode te tirar daqui viva? — ele disse.

— Você me trouxe até aqui — ela cuspiu as palavras. — E não preciso de você para sair.

Ele ergueu as sobrancelhas, zombeteiro.

— Não é o que parecia naquela nave.

— Qual a motivação para os repasses? — a voz voltou a questionar.

Benjamin olhou para a parede espelhada.

— Eu fiz o que tinha que ser feito. — Ele apontou com a cabeça para o laboratório. — E agora vocês estão me usando como bode expiatório. Mas eu não vou cair sozinho.

As lâmpadas da sala começaram a piscar. Amber sentiu um calafrio transpassar todo corpo. Mas isso também poderia ajudá-la. Quando a luz se estabilizou, ela começou a rir.

Benjamin a encarou, confuso.

— Por que simplesmente não mandaram destruir as cópias vocês mesmos? Era uma aposta, não era? Parte de vocês acreditava que as informações dos dispositivos trariam lucro; a outra, e isso inclui você, apostava nas experiências científicas. Preferiu armar uma emboscada para seus próprios homens.

— E eu estava certo.

— Ah, com certeza. Com esses monstros descontrolados por aí.

— Silêncio! — a voz no alto falante ordenou.

Amber estava apostando em um caminho perigoso. A qualquer momento poderia receber as ondas de choque ou algo pior. Mas ela precisava atingir seu objetivo.

— Será que os civis que os têm apoiado, as famílias das cobaias e até os soldados sabem de tudo isso? É para eles toda essa encenação?

Fez-se silêncio total na sala. Os olhos de Benjamin transpareciam preocupação.

Então, ela deu a cartada final.

— Mas, senhores, eu posso ajudar a se livrarem desta confusão se aceitarem meus termos de acordo.

CAPÍTULO 55

NO ÚLTIMO ANO, a vida de Kelaya passou por uma transformação intensa. Ela havia desertado da Fenda, confrontando a verdade amarga de que era uma assassina implacável que merecia a morte. Contudo, sua descoberta sobre o Logos, o poder criador do universo, mudou completamente sua trajetória. Esse ser provocou uma revolução em seu interior, oferecendo-lhe uma chance de redenção. Após fugir para o exterior, Kelaya percebeu que, apesar do sistema econômico ser diferente e cheio de encantos, a crueldade permanecia tão implacável quanto no lugar de onde escapara. Entre perseguições e acolhidas inesperadas, ela conseguiu realizar seu propósito de tornar o Logos conhecido. Agora, estava se casando novamente. Laura a ajudava a se preparar. A mulher deu os últimos toques no penteado, se afastou e a observou com um sorriso no rosto.

— Está perfeito — Laura disse.

Kelaya sorriu, tímida, por dentro estava fervilhando de nervoso.

— Obrigada, Laura.

— Eu que agradeço. Por tudo. — A mulher se afastou e a abraçou. Um abraço terno e sincero. — Vocês nos deram esperança.

Kelaya lutou contra as lágrimas.

— Não fui eu.

— Obrigada por se deixar ser usada, então.

As duas riram e se separaram.

— Acho que isso é um privilégio, na verdade — Kelaya disse.

Laura deu um leve aperto em sua mão e logo depois saiu do quarto, deixando-a sozinha por um momento para que pudesse se preparar.

Eles iriam apenas renovar os votos publicamente. Zion havia mantido a promessa que fizera enquanto convalescia nos braços dela e estava decidido a cumpri-la, mais do que nunca.

Apesar de ainda estar dormindo na enfermaria até aquela noite, o marido já estava quase totalmente recuperado do ferimento e, durante as últimas semanas, havia usado todo o tempo e energia readquirida para planejar a volta ao Continente Baixo.

Raul os surpreendeu ao presenteá-los com a Stella Capitânia. Antes mesmo de saber da missão, Zion havia solicitado a ele uma nave em troca do treinamento dos residentes. Contudo, Raul fez ainda mais do que o esperado: arrematou a antiga nave em um leilão e transferiu a propriedade para o capitão.

Poucos remanescentes da antiga tripulação estavam de volta, entre eles Samara. Kelaya ainda tinha algumas suspeitas sobre a garota. Tai a confrontara enquanto estava preso e, aparentemente, ela se arrependera e estava disposta a ajudá-los. Toda a execução do plano de Zion de transferência de dados havia sido feito com as orientações dela. Ele pediu para Kelaya perdoá-la e seguir em frente. Ela estava disposta, mas era a confiança, a bendita confiança, que precisava ser recuperada.

Alguém bateu na porta. Kelaya virou-se. Tai, bonito em seu smoking branco com detalhes em preto, estava parado no batente a observando.

— Você está linda.

— Obrigada.

O vestido que ela usava era longo e esvoaçante, com um corte reto e uma espécie de capa sobre os ombros. A cabeça era adornada por um tecido branco, com uma tiara bordada em pequenas pedras.

— Está na hora — Tai foi até ela e a segurou pela mão, depois a firmou no próprio antebraço.

Kelaya inspirou fundo, afastando os pensamentos inquietantes sobre a breve despedida que teriam de dar à comunidade e a Raul, para então retornarem ao fogo cruzado. Com um aperto leve no braço do irmão, deu o sinal de que estavam prontos para seguir em frente. Os dois caminharam juntos até a sala onde eram realizadas as leituras dos escritos do Logos. O ambiente estava todo decorado com luzes e flores sintéticas e, mesmo assim, exalava um perfume delicioso.

Laura sorriu para ela, ao lado de Sinara. Outros residentes da comunidade também estavam lá, entre eles alguns refugiados que vieram na Stella e agora estavam com um semblante vivo e alegre, totalmente diferente de quando ela os vira naquele salão enorme e deprimente do navio.

No fim do corredor, próximo a Raul, contemplou a figura que mais ansiava ver. Imponente e bonito, Zion a aguardava. Ele usava a antiga capa de capitão, mas, desta vez, ela caía sobre os ombros, cobrindo um conjunto de terno verde — estilo militar — transpassado por uma faixa; nos olhos, trazia o mesmo brilho de quando se casaram pela primeira vez em um navio clandestino. Ele sorriu e uma lágrima traiçoeira escapou dos olhos dela.

Quando os passos o alcançaram, Tai largou sua mão. Ela agradeceu enquanto o irmão se afastava.

Então, marido e esposa puderam fixar o olhar um no outro. O tempo pareceu se suspender, e aquele momento se estendeu como um mar sem fim.

Mas eles tiveram de se virar para Raul. O homem parecia nervoso por conduzir a cerimônia.

— O casamento nos lembra um pouco do amor do Logos por nós — ele começou. — Amar mesmo conhecendo as piores falhas de uma pessoa é difícil, mas também o único tipo de amor que vale a pena.

Kelaya prestou atenção em cada palavra. A cerimônia seguiu e ela refletiu em como o Logos a havia amado mesmo conhecendo o pior dela. Esse amor revelou todas as suas fraquezas e a transformou. Era assim que eles deveriam amar um ao outro.

— Estou curioso, rapaz, por que decidiu renovar os votos? — Raul se dirigiu a Zion.

O marido deu uma rápida olhada nela.

— Porque são os votos que fazem com que permaneçamos juntos. — Voltou para o Raul. — Você disse algo sobre promessas quando nos conhecemos, lembra?

Raul fez que sim.

— Com os últimos acontecimentos, eu entendi que os sentimentos, por melhores que sejam, são volúveis. É preciso uma estrutura, essa estrutura é a promessa que fazemos uns aos outros, e que eu quero fortalecer hoje. — Ele girou o corpo para o público que o assistia sem mal piscar. — Já realizamos essa promessa há muito tempo em segredo, mas agora desejo que todos vocês sejam testemunhas do nosso compromisso, assim como Logos, a quem esta promessa será feita em especial.

Kelaya o amou ainda mais.

Depois disso, Raul citou algumas canções do Logos, e os noivos repetiram promessas de perseverança e fidelidade. Antes de encerrar, Zion colocou a mão dentro do terno e tirou um pequeno objeto, fazendo Kelaya perder o fôlego: era o anel com a joia de Adara que havia sido trocada com o Negociador pelo leitor do dispositivo.

— Não me orgulho de ter tirado isso de um corpo sem vida — Zion disse —, mas é seu e espero que o fato de eu tê-lo resgatado tenha algum resquício dos antigos símbolos de marido e mulher.

Ela estendeu a mão e ele encaixou o anel no dedo. Um beijo ousado e demorado selou o momento, seguido de aplausos e assobios.

A pequena comunidade comemorou da forma mais simples e sincera possível, comendo boa comida e rindo. Alguns dos convidados improvisaram músicas e danças com a ajuda de um sistema de mixagem de som. Cada um exibiu suas habilidades — ou a falta delas. Kelaya dançou com Tai e com mais uma porção de convidados.

— Quero te dar um último presente — Raul disse a Kelaya, antes da noite acabar. — Você teve muita coragem quando foi até a Nomam executar um plano ousado, colocando a sua vida e de quem mais ama em risco para que conhecessem o Logos. Isso me inspirou a tomar um passo de fé. Em breve, anunciaremos esta comunidade no sistema também. Ela estará aberta para receber os que precisam. E, se o Logos, permitir, teremos que ampliá-la.

Sem palavras, ela o abraçou. Um agradecimento sincero em silêncio.

— Posso pedir um último favor? — ela disse, um pouco tímida. Raul já havia feito tanto. — As pessoas que foram feitas de cobaias precisam de uma ajuda que só o Logos pode dar. Eu não faço ideia para onde elas foram, mas devem estar se sentindo sozinhas e com medo.

— Vou tentar alcançá-las — Raul respondeu antes de ela terminar.

— Só tome cuidado. Elas podem ser perigosas.

— Não se preocupe, tenho uma equipe treinada. — Ele piscou e os dois se despediram.

No fim da noite, Zion a levou para o quarto. Estava feliz por finalmente se ver livre da enfermaria. Ela o ajudou a se despir, pois a cicatrização do ferimento ainda exigia cuidados. Mesmo assim, puderam apreciar o momento juntos.

Eles entenderam que tudo, absolutamente tudo, ficava ainda melhor com o Logos.

Era a calmaria antes do caos.

FIM DO LIVRO DOIS

AGRADECIMENTOS

GOSTARIA DE DEDICAR um agradecimento especial aos leitores que embarcaram comigo nesta jornada, oferecendo seu apoio e incentivo de forma tão carinhosa. Foi um prazer imenso ler cada relato sobre a experiência com o primeiro livro, e espero que esta nova história esteja à altura das suas expectativas.

Agradeço também às queridas amigas Camila Antunes, Beca Mackenzie e Juliane Martins, que foram as primeiras a ler o segundo livro, algumas delas quando ainda era apenas um rascunho.

Minha profunda gratidão à editora da Thomas Nelson Brasil, Brunna Prado, e à sua equipe, pelo trabalho editorial impecável. Em especial, pela forma como trabalhou no texto, transformando-o em algo muito melhor.

Ao meu marido Christopher e à minha filha Elise, que sempre demonstraram paciência nas madrugadas em claro e nos dias exaustivos. Aos meus pais e irmãs pelo apoio incondicional.

E, por fim, ao Autor de toda criação, o Logos do mundo, que escreveu a mais bela das histórias: a nossa redenção.

Este livro foi impresso em papel pólen natural 80 g/m² pela Braspor para a Thomas Nelson Brasil em 2025. Em um mundo dividido, que a história de Kelaya e Zion te lembre que a verdade não pode ser apagada — e que o Logos não é apenas um guia, mas a própria luz que resgata, transforma e conduz para além das fronteiras do conhecido.